런던 스케치
London Observed: Stories and Sketches

London Observed: Stories & Sketches
by Doris Lessing

Copyright © 1987, 1988, 1989, 1990, 1991, 1992 by Doris Lessing

All rights reserved.

Korean Translation Copyright © 2003 by Minumsa

Korean translation edition is published by arrangement with
Doris Lessing c/o Jonathan Clowes Ltd. through Imprima Korea Agency.

이 책의 한국어 판 저작권은
IKA를 통해 **Jonathan Clowes Ltd.**와 독점 계약한
(주) 민음사에 있습니다.

저작권법에 의해 한국 내에서 보호를 받는 저작물이므로 무단 전재와 무단 복제를 금합니다.

세계문학전집
82

런던 스케치

London Observed: Stories and Sketches

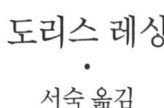

도리스 레싱
·
서숙 옮김

민음사

차례

데비와 줄리 · 7
참새들 · 41
장애아의 어머니 · 54
공원의 즐거움 · 64
자궁 병동 · 75
원칙 · 87
사회 복지부 · 92
응급실 · 103
지하철을 변호하며 · 112
새 카페 · 138
로맨스 1988 · 145
진실의 대가 · 153
장미밭에서 · 167
폭풍우 · 178
그 여자 · 188
흙구덩이 · 196
늙은 여자 둘과 젊은 여자 하나 · 239
진실 · 253

옮긴이의 말 · 303

데비와 줄리

    하늘색 코트를 입은 뚱뚱한 여자가 다시 거울 앞으로 갔다. 여자는 거울에서 떨어질 수가 없었다. 두 뺨은 천연두를 앓는 것처럼 새빨갛고 머리카락은 땀에 젖어 달라붙어 있는데 사람들은 왜 아무 말도 안 했을까? 그들은 알아차리지 못했을 따름이었다. 그녀는 사람들이 자기를 주시하지 않는다고 생각했다. 데비가 그녀를 보호하기 때문이었다. 그래서 그들은 아무것도 알아차리지 못한 거다.
    그녀는 바깥이 춥다는 것을 알고 있었다. 창문을 열고 날씨를 살펴보았던 것이다. 그녀는 이 아파트가 따뜻하다고 생각했다. 그러나 이 지역의 난방은 특히 날씨가 안 좋을 때에는 믿을 수 없었기 때문에 전기 난로를 사용하기 시작했다. 데비는 욕을 하고 불평을 하며 이사를 가야겠다고 했지만 줄리는 데비가 그러지 않으리라는 걸 알고 있었다. 데비는 그럴 수 없었다. 예전에 그녀는 싸워서 이 집을 제 것으로 만들었기 때문이다. 그리고 도처에 있는 사람들(남자들)은 데비가 이곳에 산다는 것을 알고 있었다. 그들은 '세계 각지에서' 온다고 줄리는 자랑스럽게 혼잣말을 했다. 줄리는 자기 집으로 돌아갔을 때 데비는 이곳에 있다는 것을 생각해야만 할 것이다. 그녀는 사람들이 오가는 환하고 북적거리는 이 장소를 기억할 것이다. 무서운 사람들도 있었지만 줄리, 그녀를 위협하는 사람은 아무도 없었다. 데비가 보호해 주기 때문이었다.

그녀는 자기 몸이 너무 젖어 있어서 절버덕거리는 소리가 날까 봐 겁이 났다. 물이 코트로 스며 나오면 어쩌나? 그녀는 다시 화장실로 가서 코트를 벗었다. 옛날에는 근사했을 코트도 데비의 것이고 드레스 역시 데비의 것인데 지금은 노란색이 아닌 오렌지색이다. 물에 흠뻑 젖어버렸기 때문이다. 줄리는 때가 되면 물이 굉장히 많이 나온다는 것을 알고 있었다. 데비가 사온 책에 그렇게 쓰여 있었다. 그러나 왜 자기가 땀만 흘리고 있는지는 알 수 없었다. 책에는 모든 것이 매우 깔끔하고 체계적으로 나와 있었고 그녀는 몇 번씩이나 거쳐가야 할 단계들을 검토했었다. 그녀는 지금 목욕탕의 둥그런 선반 위에 놓인 목욕용 소금과 로션 병에 둘러싸여, 모피처럼 털이 부스스한 발깔개 위에 두 발을 넓게 벌리고 서 있다. 이마에서 찬 물이 솟고 다리 사이로는 뜨거운 물이 흐르는 것이 느껴졌다. 온몸이 아픈 것 같았지만 자기가 느끼는 것이 책에서 읽은 것과 똑같은지는 알 수 없었다.

다시 그 푸른색 코트가 움직였다. 다행스럽게도 옷은 아직 헐렁했다. 데비는 체격이 컸고 그녀는 작았다. 그녀는 다시 데비의 방에 있는 긴 거울 앞으로 갔다. 고통으로 일그러진 얼굴을 보면서 이제 떠나야 할 시간이라고 생각했다. 데비가 보고 싶었다. 데비가 마침내 나타날지도 몰랐다. 데비를 보지 않고 떠날 수는 없었다……. 줄리는 그러지 않기로 약속했었다! 그러나 곧바로 떠나야 했다. 그녀는 만일의 경우를 대비해서 준비해 두었던 종이 위에 썼다. '나는 지금 떠나. 모든 게 고마워. 정말 고마워. 사랑을 담아, 줄리.' 그 다음 자기 집 주소를 썼다. 그녀는 이 편지를 흰 봉투에 넣은 뒤 데비의 거울 틀에 끼워두고는 많은 사람들이 텔레비전을 보며 여기저기 앉아 있는 거실로 들어갔다. 아니, 많지는 않았고 네 사람이 그 작은 방을 채우고 있었다. 아무도 그녀를 쳐다보지 않았다. 그러다 그녀가 두려워하는 그 남자, 그녀를 '잡으려' 하던 그가 거기 푸른 코트를 입고 엄청나게 큰 몸집으로 바보 같은 미소를 지으며 서 있는 그녀를 보았다. 그러고는 그녀를 보면 늘 짓던 표정을 지었다. 어째서 데비가 그녀를 챙기는지 모르겠지만 자기에게는 상관 없다는 표정이었다. 그녀는 그가 매섭고 영리하며 아랍인처럼 번드르르하게 잘생겼다고 생각했다. 그는 레바논 출신이며 그곳에서는 전쟁이 일어나고 있다는 사실을 그녀는 감안해야만 한다. 그 남자 옆에는 그를 위해 마약을 배달하는 여자가 소파에 앉아 있었다. 그녀도 그 남자처럼 말끔하고 영리했지만 금발 머리에 번쩍이는 차림을 하고 있어서 싸구려 옷 모델처럼 보였다. 그녀는 자기가 모델이라고 말했지만 줄리는 그렇지 않다는 사실을 알고 있었다. 또 거기에는 줄리가 본 적이 없는 소녀 둘이 있었다. 처음 이곳에 왔을 때의 자기처럼 그들 역시 순진한 여자애들일 거라고 줄리는 생각했다. 그들은 모두 낄낄거리며 남들의 비위를 맞추고 싶어 했다. 그들은 기다리고 있었다. 데비를?

줄리는 말없이 방을 지나 밖으로 나가 승강기를 기다렸다. 그녀는 한 달 전부터 준비하여 자기 침대 밑에 넣어두었던 쇼핑백을 다시 확인했다. 그 안에는 손전등과 비닐 조각에 싼 끈, 속옷 두 벌과 카디건, 두꺼운 타월이 들어 있었다. 타월 안에는 입고서 반듯하게 누우면 부드럽고 매끈한 느낌을 주는, 앞이 터진 데비의 낡은 블라우스와 생리대 몇 개가 있었다. 생리대는 데비의 것이었다. 그녀는 매달 엄청난 출혈을 했다. 승강기가 왔지만 줄리는 걱정이 되어 다시 아파트 안으로 돌아갔다. 준비가 덜 된 듯했고 뭔가 모자란다고 느꼈으나 그것이 무엇인지 알 도리가 없었다. 단지 자신에게 닥치고 있는 일을 통제할 수는 없다고 느낄 뿐이었다. 오늘까지는 자신이 감당할 수 있다고 생각했었고 자신감마저 있었는데 말이다. 그녀는 욕실 선반에서 손님용 수건들을 되는대로 쇼핑백 속에 밀어 넣었다. 데비의 물건을 훔치고 있는 거라고 중얼거렸지만 그녀는 데비가 개의치 않을 것임을 알고 있었다. 절대 개의치 않을 것이며 "갖고 싶으면 그냥 가져."라고만 말할 것이었다. 또 웃으면서 이렇게 말할지도 모른다. "갖고 싶은 건 가져, 값을 치르진 말고!" 그것이 자신의 좌우명이라고 그녀는 기회 있을 때마다 주장했다. 그러나 줄리는 더 잘 알고 있었다. 데비는 자기 좋을 대로 이런 말을 할 수 있겠지만 줄리 자신이 데비에게서 배운 것은 이런 것이다. 즉 모든 것은 대가를 치뤄야 한다는 것 말이다. 모든 것들의 대가. 사람들의, 당신이 그들을 위해 한 일의, 그들이 당신을 위해 한 일의 대가. 그녀가 처음 이 집에 들어왔을 때, 그녀 혼자 처음 런던에 도착한 날 자정 워털루 역 플랫폼에 바보처럼 서 있는 그녀를 보고 데비가 이곳으로 데려 왔을 때, 옆방에서 무엇을 기다리는지도 모르면서 기다리고 있는 저 여자애들처럼 그녀는 순진했었다……. 그녀는 순진하고 어리석었으며 이것은 그녀가 그 어느 것의 값도 몰랐다는 사실로 압축되었다. 그녀는 대가를 치러야 한다는 것이 어떤 것인지 몰랐었다. 이것이 데비에게서 배운 것이었다. 데비는 비록 절대 그녀가 값을 치르도록 내버려 두지 않았지만 말이다.

다섯 달 전 가랑비 내리는 무더운 8월의 저녁, 플랫폼에서 데비의 눈에 띈 그 순간부터 그녀는 자신이 얼마나 무지한가를 계속 배워왔다. 무엇보다도 데비만 그녀를 본 것이 아니었다. 데비가 먼저 접근하지 않았다면 기차역 사방에서 그녀를 노리던 다른 많은 사람들이 상어 떼처럼 그녀에게 달려들었을 것이다. 이들 중에는 나쁜 사람도 있었고 좋은 사람도 있었지만 정말 좋은 사람이라면 그녀를 곧바로 집으로 돌려보냈을 것이다.

그녀는 또다시 거실을 지나갔고 아무도 그녀를 쳐다보지 않았다. 레바논 남자는 미소를 지으며 나이 든 오빠 같은 태도로 새로 온 여자애들에게 말하고 있었다. 아, 그들은 조심하는 게 좋으련만.

또다시 그녀는 승강기를 기다렸다. 고통으로 몸이 뒤틀리는 듯했다. 더 심해졌는가? 그렇다, 더 심해졌다.

달리는 자동차들의 불빛으로 번쩍이는, 춥고 어두운 거리에서 그녀는 가까스로 버스에 올랐다. 세 정거장을 지나 원하는 곳에 도착했을 때 자신이 무척 일을 잘 해냈음을 알 수 있었다. 진눈깨비가 날리는 가로등 아래 내린 그녀는 자기의 푸른색 코트가 젖으면서 검게 변하는 것을 보았다. 이제 전혀 덥지 않았고 몸이 덜덜 떨렸지만 고통 때문에 이러는 것인지는 알 수 없었다. 그녀가 계획한 모든 일은 하나하나가 너무 쉬운 듯했었다. 그러나 두려움으로 인해 버스 정류장의 불빛 아래서 떠나지도 못하고, 몸을 비틀리게 하는 감각이 무엇을 뜻하는지도 모르는 채 서 있을 거라고는 예견하지 못했다. 더운가? 추운가? 구역질이 나는가? 배가 고픈가? 날씨가 이렇게 고약해서 아무도 지나다니지 않는 것은 다행이었다. 그녀는 진눈깨비 속을 용감하게 걸어 어둡고 좁은 골목으로 들어갔다가 악취와 무서움 때문에 버려진 건축 자재와 녹슨 철물들이 쌓여 있는 운동장으로 서둘러 나왔다. 한쪽 끝에 버려진 창고가 있었다. 그 창고가 그녀가 가고 있는 곳이다. 그녀가 바로 사흘 전에 왔던 곳이다. 여전히 거기 있는지 허물어지지 않았는지 그녀가 문을 열고 들어갈 수 있는 곳인지 확인하러. 그런데 지금 예견하지 못했던 것이 있다. 문 안에 큰 개 한 마리가, 크고 검고 위협적인 짐승이 으르렁거리고 있었다. 그녀는 그 개의 이빨과 눈의 광채를 볼 수 있었다. 그러나 창고 안으로 빨리 들어가야 했다. 뜨거운 물이 다시 다리를 타고 쏟아졌다. 머릿속이 빙빙 돌았다. 뜨거운 칼들이 등을 찔렀다. 그녀는 벽돌 조각을 찾아 개의 옆쪽 벽으로 던졌다. 개는 으르렁거리며 창고 안으로 사라졌다. 끔찍했다……. 줄리는 창고 안으로 들어간 뒤 돌쩌귀가 부서진 문을 가까스로 닫고는 손전등을 켰다. 개는 벽을 등진 채 서서 그녀를 보고 있었지만 이제 그녀를 해치지 않을 것임을 알 수 있었다. 개는 꼬리로 이리저리 흙을 쓸었다. 너무 말라서, 더럽고 시커먼 남루한 털 아래로 갈비뼈가 보였다. 개의 눈은 절박했고 환했다. 개는 그녀가 친절하게 대해 주기를 바라고 있었다. 그녀는 "괜찮아, 나 혼자야."라고 말하고 개에게서 떨어진 구석으로 가서 접혀 있는 담요를 폈다. 개가 누워 있던 담요였다. 그녀는 깨끗한 안쪽이 겉으로 오도록 담요를 뒤집었다. 이제 은신처에 도달하고 나니 무엇을 해야 할지 알 수가 없었다. 그녀는 흠뻑 젖은 속옷을 벗었다. 쇼핑백을 담요 옆에 놓았다. 누가 불빛을 볼까 봐 겁이 나 우선 그것이 놓인 위치를 확인한 뒤 손전등을 껐다. 개가 숨 쉬는 소리를, 꼬리를 탁탁 치는 소리를 들을 수 있었다. 그 개는 그녀에게서 멀지 않은 곳에 누워 있었다. 그녀는 젖은 개 냄새를 맡을 수 있다는 것에 감사했고 개가 거기 있는 것이 기뻤다. 이제 자신이 제때에 도착했다는 것을 확신했다. 몸 전체가 뜨거웠고 지독한 고통 때문에 비명을 지르고 싶었으나 그래서는 안 된다는 것을 알고 있었다. 그녀는 신음하며 자신이 내는 소리를 듣고 있었다. "데비, 데비, 데비……." 데비는 그 몇 달 동안 내내 말했었다. "아무 걱정 마, 때가 되면 내가 모든 게 잘 되도록 보살펴줄게." 그러나 데비는 일주일 안에 돌아올 거라고 해놓고는 새로 사귄 남자와 파리로 떠났고, 뉴욕에서 전화를 걸어 "내 사랑, 어떻게 지내? 주말에 돌아갈게."라고 말했다. 그것이 삼 주 전이었다. '내 사랑'이라는 말에 줄리는 이번 남자는 다른 사람들과 다르다는 것을 알 수 있었다. 그가 미국인이기 때문만이 아니었다. 데비는 그녀를 반드시 줄리라고 불렀지 다른 호칭으로 부른 적은 없었다. 어느 남자를 위해서건 자신의 행동을 변화시킨다는 것은 꿈도 꾸지 않았을 것이다. 그러나 이 '내 사랑'은 줄리를 위한 것이 아니라 전화를 듣고 있는 남자를 위한 것이었다. "난 그녀를 비난하지 않아." 줄리는 이제 중얼거리고 있었다. "그녀는 늘 말했지. 어중이 떠중이가 아닌 남자를 원한다고." 그녀를 비난하지 않는다고 생각하려 애쓰면서 줄리는 신음하고 있었다. "아, 데비, 데비, 왜 나를 떠났어?"

데비는 집과 음식을 주고 의사의 진찰을 받게 해주었을 뿐만 아니라 옷과 그녀의 몸을 잘 가려주어 아무도 눈치채지 못하게 해준 밝은 푸른색 코트에 이르기까지 모든 것을 다 제공했다. 그러고는 줄리 혼자 감당하라고 떠나버린 것이었다. 데비와 그녀는 사람들이 타인에 관해 얼마나 아는 것이 없는지에 대해 농담을 했었다. "당신, 음식 조심해야겠어." 레바논 남자는 말했다. "그녀(데비)가 당신을 너무 먹이는 거 같아."

줄리는 담요 위에 엎드려 있었다. 두 팔로 머리를 감싸고 주먹을 움켜쥔 채 울고 있었다. 고통은 끔찍했으나 견딜 만했다. 그녀는 철저하게 혼자라는 것을, 너무도 큰 외로움을 느꼈다. 엉덩이를 공중으로 쳐들고 있는 것은 잘못인지 모른다는 생각이 들었다. 그녀는 벽돌로 된 차가운 벽에 기대어 웅크리고 앉아 계속 땀을 흘리며 신음했다. 그녀는 개가 우는 소리를 들을 수 있었다. 그녀를 동정하기 때문이라고 생각했다. 물이—아니면 피인가?—쏟아져 나왔다. 손전등을 켜기가 두려웠다. 개가 자기의 얼굴과 목 냄새를 맡는 것이 느껴졌지만 다시 가버렸다. 아무것도 볼 수 없었다. 너무 캄캄했다. 그러다가 마치 내장이 쏟아져 나오는 듯한 격렬한 통증이 느껴졌다. 그녀는 생각했다. 왜 책에는 물이 이렇게 쏟아진다고는 쓰여 있지 않았나? 그러다가 깨달았다. 아니, 이건 아기구나. 그녀는 손을 밑으로 가져갔다. 그녀가 깔고 있는 담요 위에 젖어서 미끈거리는 덩어리가 있었다. 그녀는 손전등을 더듬어 켰다. 회색빛이 돌고 피투성이인 아기가 입을 벌렸다가 다물었다. 이제 그녀는 공포에 질렸다. 일이 닥치기 전에는 탯줄을 자르기 전에 기다리기로 작정했었다. 책에 서두를 필요는 없다고 쓰여 있었기 때문이었다. 그러나 아기가 죽게 될 경우를 대비해서 빨리 탯줄을 끊어야 했다. 그녀는 아기 몸에서 탯줄이 나오는 곳을 찾았다. 꼬인 밧줄 같은 두꺼운 살이 손 안에서 생명에 차 뜨겁게 맥박 치고 있었다. 그녀는 가위를 찾았다. 끈을 찾았다. 생명의 탯줄을 가위로 자르고 두려움에 떨었다. 사방이 피투성이였다. 개가 너무 가까이 와 앉아 있어서 그녀는 개를 만질 수 있었다. 개의 눈은 말하고 있었다. 제발, 제발……. 개는 너무 배가 고픈 나머지 피 때문에 침을 삼키며 입술을 핥고 있었다.
"잠시만 기다려." 그녀는 불쌍한 개에게 말했다. 이제 그녀는 냄비에 넣고 오래 끓였던 끈으로 태를 잡아맸다. 자신이 뭔가 잘못하고 있다고 생각했으나 그것이 무엇인지 기억할 수 없어 걱정이 되었다. 끈을 끓인 것도 그랬다. 이 더러운 창고에서 그게 무슨 소용인가. 거지들이 그 장소를 이용했을 테고 저 개가…… 다른 개들도 아마……. 그녀는 다른 여자들도 그 안에서 아기를 낳았다는 것을 알고 있었다. 대부분의 창고는 정원에 붙어 있고 화초를 심은 화분으로 가득 찬 데다 잠겨 있었다. 너무나 많은 곳을 찾아보았기 때문에 알게 된 것이었다. 어린 여자애들이 평화롭고 조용하게 아기를 낳을 수 있는 곳은 많지 않았다. 또는 길 잃은 개가 빗속에서 마른 장소를 찾는다는 것도……. 그녀는 낄낄거리며 우스꽝스러워지고 있었다. 자신이 자제력을 잃는 것을 느낄 수 있었다. 그러는 동안 아기는 피 웅덩이 속에 누워 입을 오물거리며 얼굴을 찡그리고 있었다. 무슨 조치든 취해야 했다. 아기는 울어야만 하지 않는가? 아기는 매우 미끈거렸다. 아기가 미끈거리고 젖어 있으며 기름투성이라는 사실은 책에는 전혀 나와 있지 않았다. 아기를 들어 안기가 무서웠다. 그녀는 쇼핑백에서 수건 뭉치를 끄집어내 편편하게 펴고 그 위에 데비의 부드러운 핑크색 새틴 블라우스를 잘 폈다. 그리고 두 손으로 아기의 허리를 들어올렸다. 아기의 움찔거림이 느껴졌다. 아마도 그녀의 손이 너무 차서 그랬을 것이다. 아기의 움찔거리는 힘, 따뜻함, 팔딱이는 생명력에 그녀는 놀라우면서도 기뻤다. 뜻밖에 그녀는 기쁨과 자부심으로 가득 찼다. 아기는 완벽하게 온전하다고 그녀는 손전등으로 아기의 손과 발을 비춰 보며 생각했다. 또 무엇을 찾아봐야 하는가? 아, 그래, 아기는 여자 아이였다. 아기는 비정상인가? 아기는 주름지고 갈라진 매우 크고 긴 성기를 가지고 있었다. 저런 것이 정상인가? 왜 책에는 그런 말이 없었는가?

그녀는 아기를 수건으로 단단하게 감쌌다. 수건 끝으로 아기의 두 발을 잘 감싸고 얼굴만 내놓았다. 그 다음 아기를 들어 안았다. 아기는 성이 나서 짧게 경련하며 울어댔다. 그러자 공포가 다시 찾아왔다. 그녀는 아기가 그렇게 크게 울 것이라고는 생각지 못했었다······. 누군가가 올 것이다······. 어떻게 해야 하나? ······그러나 창고를 떠날 수 없었다. 해산 뒤에 쏟아지는 것들, 후산물이라는 것 때문이었다. 이런 생각을 하고 있을 때 물컹한 것이 다시 다리 아래로 쏟아지더니 간처럼 보이는 덩어리가 튀어나왔다. 두껍고 붉은 줄의 끄트머리가 그 속에서 나왔다.

이제 그녀는 무엇을 해야 할지 알 수 있었다. 그녀는 웅크리고 있다가 일어나서 한 팔로 아기를 감싸 안고 한 손으로는 바닥을 밀치며 몸을 일으켰다. 피 웅덩이 옆에 벌벌 떨며 서서 아기를 높이 그러나 자기 몸 가까이 바짝 안고 두어 발자국 옮겼다. 개가 즉시 자기를 방해하지 말라는 절박한 표정으로 그녀를 쳐다보며 앞으로 기어나왔다. 개는 빠르게 후산물들을 삼켰다. 그리고 기대에 차서 피묻은 담요를 핥고는 길고 더러운 꼬리를 흔들며 잠시 주둥이를 들고 그녀를 보았다. 그 다음 제자리로 돌아가 벽에 등을 기대고 그녀를 응시하며 앉았다. 그러는 동안 아기는 짧고 성난 울음을 터뜨리더니 자기를 감싸고 있는 수건을 맹렬하게 걷어찼다. 줄리는 생각했다. 아기를 그냥 이곳에 두고 달아나? 안 돼, 저 개……. 그러나 그녀가 이런 생각을 하자 아기는 동작을 멈추고 그녀를 쳐다보며 가만히 누워 있다. 아, 그녀는 아기를 쳐다보지 않을 것이다. 아기를 사랑하지 않을 것이다.

그녀는 이곳을 떠나야 했다. 그녀는 피와 물과 오물 범벅이었다.

그녀는 조심스럽게 살폈다. 피가 다리를 타고 흘러내렸다. 그녀는 실제로 탐폰 한두 개면 충분할 거라고 생각했었다! 개를 조심하며 그녀는 담요의 깨끗한 부분에 아기를 뉘었다. 아기의 눈은 손전등 불빛 속에서 빛났다. 그녀는 깨끗한 속옷을 입고 생리대를 착용했다. 여분의 패드용으로 손님용 타월을 허리에 둘러매려 했으나 너무 뻣뻣했다. 이제 아기를 안았다. 인디언처럼 보이는 아기는 흐릿한 작은 눈으로 주위를 둘러보고 있었다. 그녀는 쇼핑백을 들고 손전등을 집었다. 그리고 개에게 "불쌍한 개, 미안하다."라고 말하고는 개를 위해 문이 열려 있도록 확인하며 밖으로 나갔다. 땅이 울퉁불퉁하고 벽돌과 나무토막들이 여기저기 널려 있었지만 손전등을 껐다. 그래도 앞을 볼 수 있었다. 길 건너 높은 창문에서 불빛이 흘러나왔다. 여전히 진눈깨비가 흩날리고 있었다. 그녀는 벌써 떨고 있었다. 아기는 고작 타월로 싸여 있었다……. 타월에 싸인 아기를 이제는 헐렁해진 코트 자락 아래 품은 그녀는 울퉁불퉁한 땅을 가로질러 재빨리 골목으로 들어섰다. 그리고 고약한 냄새가 나는 곳을 지나 전화 부스로 갔다. 창고 또는 안전한 장소를 찾아 다닐 때 그곳이 편리하게도 가까이 있다는 것을 확인해 두었었다. 전화 부스 주변에는 아무도 없었다. 그녀는 아기를 전화 부스 바닥에 내려놓고 모퉁이에 있는 술집의 휘황한 불빛을 향해 걸어갔다. 그녀는 뒤돌아보지 않았다. 술집은 만원이었고 덥고 소란스러웠다. 그녀는 지금 자신이 피 냄새를 너무도 강하게 풍겨 누군가가 눈치 챌까 봐 두려웠다. 그녀는 가까스로 화장실로 갔다. 거기서 이미 흠뻑 젖은 타월로 만든 패드와 속옷을 벗었다. 그러고는 손님용 타월로 몸을 닦아냈다. 뜨거운 물에 적신 수건을 짜서 계속해서 몸을 닦는데도 피가 금세 허벅지 안쪽의 흰 피부 위로 흐르기 시작하는 것을 보았다. 그러나 그곳에서 언제까지고 몸을 씻으며 머물러 있을 수는 없었다. 그녀는 그 타월을 뜨거운 물로 헹구어 끈적거리는 머리에 부볐다. 그리고 머리를 차분하게 빗었다. 아, 얌전하게 오래 붙어 있지는 않을 것이다. 원래 곱슬머리인 그녀의 머리는 곧 원래 모습으로 돌아갈 것이다. 데비는 그 모습이 어린 소녀처럼 예쁘다고 말했다. 그녀는 속옷에 새 패드를 대고 피투성이 패드는 휴지통에 넣은 뒤 화장실 밖으로 나가 술집 안으로 들어갔다. 이제 그곳에서는 주크박

스에서 흘러나온 음악이 쿵쿵거리며 울리고 있었고 그 울림은 그녀를 곧바로 관통하여 진동하며 그녀를 고통스럽게 했다. 그녀는 간절하게 음악으로부터 멀어지고 싶었지만 맥주와 레모네이드가 혼합된 샌디주 한 잔을 주문했고 축구에 관해 논쟁을 벌이고 있는 남자들의 어깨 너머로 손을 뻗어 그것을 받았다. 그녀는 눈에 띄지 않게 전화 부스가 보이는 작은 창 가까이에 가서 섰다. 담요 뭉치가 보였다. 작고 가련한 것, 접은 신문 같기도 하고 바닥에 떨어진 속옷 같기도 한 그것은 전화 부스 바닥에 놓여 있었다. 그녀는 그 창고를 발견한 다음 전화 부스를 찾았고 가까운 어디 창문이 있기를 바랐으며 마침 거기 창문이 있었다.

  겨우 오 분 정도 창가에 서 있었을까. 한 젊은이와 아가씨가 전화 부스로 들어가는 것이 보였다. 다시 진눈깨비가 녹아 흐르는 창을 통해 젊은이가 전화하는 동안 여자가 바닥에서 담요 뭉치를 들어 올리는 것이 보였다. 그녀는 떠나야 한다……. 여기 서 있어서는 안 된다……. 그러나 술집의 소음이 그녀 주위를 때리는 동안 그녀는 계속 창밖을 응시하며 서 있었다. 곧바로 구급차가 왔다. 두 명의 구급대원. 젊은 여자가 담요 뭉치를 안고 전화 부스에서 나왔고 젊은이가 그녀 뒤에 있었다. 구급대원이 담요 뭉치를 받았다. 처음에 받은 사람이 그 다음 사람에게, 그러더니 그것을 다시 젊은 여자에게 넘겼고 그녀는 구급차 안으로 들어갔다. 젊은이는 길에 서 있었다. 안에 있는 젊은 여자가 그에게 손을 흔들었다. 그러자 젊은이도 그들과 같이 가려고 차에 탔다. 그래, 아기는 안전했다. 일은 끝났다.

그녀는 해냈다. 진눈깨비 속으로 나가 구급차 불빛이 사라지는 것을 보자 상실감 때문에 가슴이 텅 빈 채 아파왔다. 그렇게 느끼지 않기로 결심했었지만 말이다. "데비." 그녀는 눈물을 흘리며 낮게 말했다. "어딨어, 데비?" 뉴욕도 아닐 테고, 미국도 아닐 테고, 캐나다…… 멕시코…… 코스타브라바…… 남미……. 데비의 아파트에 오가는 사람들은 언제나 어딘가로 떠나려 하거나 이제 막 돌아온 사람들이었다. 리오…… 샌프란시스코…… 어디든지. 그리고 데비가 그녀에게 말했었다. "언젠가는 네 차례가 올 거야." 그러나 지금은 데비의 차례였다. 왜 그녀가 돌아와야 하는가? 그녀는 '단 한 명의 고정 고객'을 원했다. 한번은 그녀가 실수로 '단 한 남자'라고 말했었고 줄리는 그 말을 들었지만 아무 말도 하지 않았다. 데비는 자신이 원하면 무서워지기도 하고 장난스러워지기도 했지만, 줄리를 속일 수는 없었다. 그녀는 데비를 진정으로 이해하는 유일한 사람이 자신이라는 것을 알고 있었다.

이제 줄리는 한껏 빠르게 지하철역으로 걸어가고 있었다. 다리가 떨렸으나 그 정도는 괜찮다고 느꼈다. 그녀가 원하는 것은 집에 가는 것뿐이었다. 집에 가는 것, 그녀의 아버지가 (그녀는 확신했다.) 그녀를 쉽게 내쫓아 버릴 집. 그 집에 관해 너무 많이 생각하는 것은 불가능했었다. 그러나 이제 서너 발자국이면 지하철역이고 전철만 타면 된다. 많이 걸려야 한 시간 반.

플랫폼은 만원이었다. 사람들은 일이 끝난 뒤 식사를 하거나 술을 마셨을 것이다. 줄리처럼! 그녀는 모든 사람의 얼굴을 쳐다보며 생각하고 있었다. 그들이 안다면 뭐라고 말할까? 워털루 역에서 그녀는 술꾼처럼 보이는 부랑자 노인 옆 자리에 앉았다. 그녀는 그에게 일 파운드를 주었다. 그러면서 그 개를 떠올리고 있었다. 오래지 않아 전철이 왔다. 열차에는 사람이 많지 않았다. 당연히 그녀는 피곤해야 하고 아프거나 또는 그 비슷해야 하지 않을까? 무엇보다도 그녀는 배가 고팠다. 스테이크와 달걀이 담긴 커다란 접시, 그것이 그녀가 원하는 것이었다. 그리고 그녀 맞은편에서 데비도 함께 먹고 있어야 했다.

통통하고 생기 있는 얼굴의 젊은 여자가 서늘한 하늘색 코트를 입고 퇴근하는 사람들 가운데 앉아 있었다. 그녀가 들고 있는 쇼핑백에는 검은 바탕에 붉은 글씨로 '수지의 스타일!'이라고 쓰여 있었다. 그녀의 두 눈은 반짝거렸다. 윤기 있고 아름다운 머리카락은 탐스럽게 굽슬거렸다. 그녀는 확신과 비밀로 설레이고 있었다.

역에서 줄리는 버스를 탈 것인지 걸어서 집에 갈 것인지 결정해야 했다. 버스는 아니었다. 그 안에는 거의 틀림없이 그녀가 아는 누군가가, 어쩌면 같은 학교 학생이 타고 있을 것이었다. 아직 사람들 눈에 띄고 싶지 않았다. 진눈깨비는 이제 싸늘하게 휘몰아치는 비가 되어 얼음처럼 차갑게 내렸지만 나쁠 것은 없었다. 이따금 따갑게 얼굴로 쏟아지는 비는 그녀를 생기 있게 해주었다. 하지만 그녀는 흠뻑 젖어 가련하게 집에 도착할 것이었다. 그것은 전혀 그녀가 계획했던 바가 아니었다.

동네 골목으로 접어들자 창마다 커튼 뒤로 불빛이 빛났

다. 아무도 나와 있지 않았다. 자기가 입고 있는 흠뻑 젖은, 게다가 축 늘어진 코트를 어떻게 할 것인가? 끔찍했다. 그녀의 어머니는 그렇게 헐렁한 코트를 보고 의아해할 것이다. 자기 집에서 세 집 떨어진 곳에서 그녀는 주위를 한번 휘둘러 보고 보는 사람이 없는지 확인한 뒤 빠른 동작으로 단번에 코트를 벗어 쓰레기통에 넣었다. 이 어둑한 곳에서도 창문으로 새어나오는 흐릿한 불빛으로도 안감에 묻은 핏자국을 볼 수 있었다. 그리고 그녀의 옷은? 노란 드레스는 후줄그레하고 더러웠으나 카디건이 아래까지 내려와 대부분 가려주었다. 그래, 여기가 위험한 부분이다. 행운만이 그녀를 보호해 줄 것이다. 그녀는 층계를 달려 올라가 미소 지으며 벨을 눌렀다. 쇼핑백으로 배를 가리려고 그것을 움켜쥐었다. 그녀의 배는 아기가 있던 곳이 여전히 쭈글거리고 불룩했다.

 무거운 발걸음. 그녀의 아버지. 그가 자물쇠를 더듬자 문이 천천히 열렸고 그녀는 계속 미소를 짓고 있었다. 그녀는 가슴이 뛰었다. 아버지가 불빛을 뒤로 하고 그녀 앞에 우뚝 섰다. 그녀의 가슴은 움츠러들고 약해졌다……. 그러나 그때 그가 몸을 돌려 그의 얼굴을 볼 수 있었다. 그녀는 생각했다. 저 사람일 리 없어, 저 사람이 내 아버지일 리가 없어. 그는 늙어서 쪼그라들어 별 볼일 없어졌는데 그런데…… 도대체 그녀는 무엇을 두려워하고 있었는가? 그녀는 그에 관해 데비가 뭐라고 말할지 알 수 있었다. 그는 아무것도 아니었다. 그는 날카롭게 짖는 소리로 외쳤다. "앤, 앤, 애가 여기 있어." 그는 아내가 이 일을 주도하여 맡아주기를 기다리고 있었다. 그는 울면서 비틀거리며 현관에서 내려갔다. 줄리의 어머니가 황급히 그녀에게 왔다. 그녀는 벌써 울고 있었다. 많은 것을 알아차리지 못할 것이라는 뜻이었다. 그녀는 두 팔로 줄리를 안고 흐느끼며 말했다. "아, 줄리, 줄리, 왜 너……? 들어와라, 이런 흠뻑 젖었구나." 그녀는 거실로 줄리를 끌어당겼다. 거기에는 한 노인이 눈물을 흘리며 고개를 숙인 채 의자에 앉아 있었다. 줄리의 눈에 이제 그는 노인처럼 보였다.

"애는 괜찮아요, 렌." 줄리의 어머니 앤이 말했다. 그녀는 딸에게서 떨어져서 무릎과 발을 가지런히 한 채 의자에 똑바로 앉았다. 그리고 눈 아래 뺨을 가볍게 두드리며 "거 봐요, 내가 그랬잖아요."라는 표정으로 렌을 응시했다.

"그 애한테 차를 갖다주오, 앤." 렌이 말했다. 그는 무겁고 심각하게 아내를 쳐다보았다. 줄리는 그들이 얼마나 끔찍한 걱정들을 해왔는지 알 수 있었다. 그는 줄리를 쳐다보지도 않고 말했다. "앉아라, 우리가 널 잡아먹지는 않을 테니."

줄리는 의자 끝에 엉거주춤하게 앉았다. 아팠기 때문이다. 마치 마취 상태에 있다가 위험이 없어지자 고통과 아픔이 느껴지는 것과 같았다. 그녀는 울고 있는 부모를 바라보았다. 그들의 불행한 얼굴은 상실감으로 차 있었다. 그녀는 그들이 앉아 있는 모습을, 멀찍이 떨어져 각각 따로 의자에 앉아 있는 것을 보았다. 그들은 서로 위로하지도 그녀를 껴안지도 않았다. 서로 안고 싶어 하지도 그녀를 안고 싶어 하지도 않았다.

"줄리." 어머니가 말했다. "줄리."
"엄마, 나, 샌드위치 먹을 수 있어요?"
"물론이지. 우리는 저녁 먹었다. 내가……."
 줄리는 미소를 지었다. 미소 짓지 않을 수 없었다. 쓰디쓴 미소였다. 그녀는 저녁 식사 접시들 위에 놓여 있던 음식들은 정확하게 계산된 것들임을 알고 있었다. 완두콩 하나, 감자 한 조각 남지 않았었다. 다음에 할 식사(내일 점심)거리는 이미 접시에 담겨 비닐로 덮인 채 요리 준비가 되어 냉장고에 들어 있을 것이었다. 어머니는 줄리에게 줄 것을 찾아 부엌으로 갔고 줄리는 아버지와 단둘이 있게 되었다. 좋지 않은 상황이었다.
 "우리가 너한테 곤란한 질문을 하리라고 생각해서는 안 된다." 아버지는 여전히 그녀를 바라보지 않은 채 말했고 줄리는 "그 애에게 곤란한 질문을 해서는 안 되요. 그 애가 우리에게 말할 때까지 기다려야 해요."라고 어머니가 말해 두었다는 것을 알 수 있었다.
 뭘 좀 물어보셔야지요. 줄리는 부모에게 언제나 느꼈던 그 원망에 찬 짜증을 어느새 다시 느끼면서 생각했다. 강렬하게 그리고 그 순간 위험하게.
 그러나 그들이 그녀가 돌아오기를 기다리고 있었다면? 그녀는 "내가 없다고 해도 그들은 상관하지 않을 거야! 심지어 없어진 것을 알아차리지도 못할 거야!"라고 스스로에게 말하면서 견디어왔지만 말이다. 이제 그들이 그녀로 인해 얼마나 슬퍼하고 있었는지를 알 수 있었다. 그녀는 어떻게 여길 빠져나가 저 위에 있는 욕실까지 갈 수 있을 것인가? 목욕만 할 수 있다면! 이때 어머니가 찻잔을 들고 돌아왔다. 잔은 뜨거웠지만 줄리는 금세 마셔버리고는 다시 잔을 건넸다. 그녀는 어머니가 자신을 이해했음을 느꼈다. 배가 고파 뭔가를 먹어야 했기 때문에 그녀는 몇 잔이고 계속해서 차를 마실 수 있었다. "엄마, 나 목욕해도 돼요? 오래 걸리지 않을 거예요. 넘어졌어요. 길이 온통 미끄러웠어요. 진눈깨비가 오고 있었어요."

그녀는 쇼핑백을 자기 앞에 움켜쥔 채 벌써 문가에 가 있었다.

"다치지는 않았니?" 아버지가 물었다.

"네, 그냥 미끄러졌어요. 흙투성이가 되었어요."

"어서 가서 목욕해라, 애야." 어머니가 말했다. "달걀 삶아서 샌드위치 만들려면 시간이 걸리니까."

줄리는 위층으로 달려 올라갔다. 빨리빨리. 목욕을 오래 해서는 안 된다. 오래 머물러서는 안 된다. 그녀의 침실은 온통 예쁜 분홍빛 그대로였고 커다란 곰이 베개 위에 앉아 있었다. 옷을 벗어버리자 고약한 쉰내가 올라왔다. 그녀는 옷들을 모두 쇼핑백에 밀어 넣고 선반에서 분홍 꽃무늬 가운을 움켜쥐었다. 데비가 보면 뭐라고 할까? 그녀는 궁금했다. 그리고 여기 그녀의 침대 위에 곰과 함께 엎드려 있는 데비를 상상하자 소리내어 웃고 싶어졌다. 그녀는 서랍 끝에 처박힌 어린애 옷 같은 파자마를 찾아냈다. 무엇으로 패드를 만들 것인가? 속옷에는 여기저기 피가 묻어 있다. 패드가 충분하지 않았다는 소리이다. 낡은 팬티들을 찾아내 목욕탕으로 들어갔다. 탕에 물이 빠르게 찼고 더운 김

26

이 올라왔다. 조심. 정신을 잃고 싶지 않았다. 머리가 어지러웠다. 안으로 들어가 머리를 물에 담갔다. 빨리빨리……. 그녀는 비누칠을 하여 출산과 더러운 창고의 흔적을 씻어내고 축축한 개 냄새를 없애고 피, 그 모든 피를 씻어냈다. 피는 여전히 소리 없이 몸에서 흘러나오고 있었다. 많이는 아니었지만 어머니가 일주일에 세 번 가는 부숭부숭한 분홍 타월로 몸을 닦을 때 조심해야 할 만큼은 나왔다. 그녀는 속옷을 입고 그 안에 낡은 팬티들로 만든 패드를 덧대었다. 파자마를 입고 분홍 가운을 입었다. 그리고 머리를 빗었다.

보라. 모두 없어졌다. 책에서 읽은 바에 의하면 젖가슴에서 젖이 흐르겠지만 그녀는 꽉 끼는 브래지어를 하고 그 안에 솜을 채울 것이다. 그녀는 감당해 낼 것이다. 여기, 그녀의 집에서는 옷을 벗은 상태에서 서로를 보지 않는다. 그녀가 목욕할 때 어머니가 들어오지 않은 지가 몇 년이 되었고, 침실 앞에선 언제나 노크를 했다. 데비의 집에서는 사람들이 벌거벗고 또는 옷을 반쯤만 걸치고 돌아다녔다. 데비는 공단 속옷 차림으로 커다란 가슴을 흔들며 문을 열기도 했다. 데비는 줄리가 목욕탕에 있을 때 자주 들어와서 변기에 앉아 수다를 떨기도 했다……. 줄리의 눈에 눈물이 고였다. 아, 안 돼, 절대로 울면 안 된다.

그녀는 피 묻은 패드와 더러운 옷이 든 가방을 침대 아래로, 그래, 맨 끝으로 밀어 넣었다. 이른 아침 7시 부모가 깨기 전에 그것들을 모두 없애버릴 것이다.

그녀는 아래층으로 내려갔다. 씻고 매무새를 만지고, 잠

잘 준비가 된 착한 소녀.

거실에는 부모가 따로 떨어져 있는 의자에 각각 앉아 있었다. 그들은 또 울고 있었다. 아버지는 조심스럽게 그녀의 모습을 한번 본 뒤 안도했다. 마치 그 전에는 그녀를 보기가 너무 고통스러웠던 것 같았다. "네가 집에 돌아오니 좋구나, 줄리." 그의 음성이 갈라졌다.

어머니가 말했다. "너를 위해 맛있는 샌드위치를 만들었다."

얇은 흰 빵 네 조각으로 샌드위치 두 개를 만들어서 대각선으로 잘라내어 달걀 노른자가 예쁘게 드러났고 파슬리 잎이 여기저기 놓여 있었다. 호랑이 같은 허기증이 줄리의 뱃속에서 솟구쳐 올랐고 그녀는 당황하며 측은해하는 어머니의 얼굴을 쳐다보면서 허겁지겁 먹었다. 아, 엄마는 내가 굶주렸다고 생각하는구나! 잘됐다. 그러면 냄새를 못 맡을 테니.

어머니는 음식을 더 만들려고 부엌으로 갔다. 달걀을 더 삶을까?

"뭐든지 좋아요, 엄마. 잼…… 토스트에 잼을 발라먹고 싶어요."

그녀는 쟁반을 든 어머니가 돌아오기 한참 전에 샌드위치를 먹어치우고 차를 다 마셨다. 쟁반에는 빵 반 덩어리와 버터, 딸기잼, 차가 놓여 있었다.

"네가 굶고 지냈다고 생각하기는 싫구나." 어머니가 말했다.

"안 굶었어요. 정말로." 줄리는 데비와 함께 먹었던 온

갓 성찬을 생각하며 말했다. 근처에서 밤낮없이 어느 때나 배달되던 피자와 켄터키 치킨, 데비가 배가 고플 때 자주 먹던 특별 스테이크. 작은 부엌에 있던 모로코 주발에는 과일들이 쌓여 있었다. "넌 비타민을 충분히 섭취해야 해." 데비는 끊임없이 포도, 사과, 배 등을 더 많이 가져왔다. 줄리가 생전 들어보지도 못한 과일들. 가령 석류라든가 데비가 어딘가 여행 갔다가 좋아하게 된 파파야 같은 것은 말할 것도 없었다.

"우리는 너한테 질문을 해대지는 않겠다." 어머니가 말했다.

"여자 친구와 같이 있었어요. 데비라는. 저한테 잘 해줬어요. 저는 잘 지냈어요." 줄리는 어머니를, 그리고 아버지를 쳐다보았다. 그리고 생각했다. 그러니, 더 이상 묻지 마세요.

"여자라고?" 아버지가 무겁게 물었다. 그는 아직도 줄리에게 눈길을 주지 못하고 있었다. 그녀를 쳐다보면 눈물이 다시 흐르기 때문이었다.

"네, 남자 친구하고 있었던 게 아니에요." 이 말을 하면서 줄리는 그 엉뚱한 생각에 웃음을 참을 수가 없었다.

그들은 둘 다 안심이 되었으나 믿지 못하여 웃고만 있었다……. 그들은 내가 남자와 달아났다고 생각하는구나! 그들은 무엇을 상상하고 있는가? 그녀는 빌리 제이슨과 학교 창고에서 벌인 사건을 생각했다. 그 일이 믿을 수 없게도 개와 함께 있던 창고 안의 장면으로 이어졌던 거다. 그녀는 자신의 출산은 처녀 출산이 될 거라고 데비와 농담을 했었다. "그는 거의 삽입을 하지도 않았어." 그녀가 말했었다. "난 정말로 무슨 일이 일어났다고는 생각지 못했어."
 아마도 빌리는 그 일을 전부 잊어버렸을 것이다. 그녀가 학교를 떠나 집에서 도망친 것을 창고에서의 그 장면과 연결시키지 않는 한? 그러나 그가 왜 그래야만 하는가? 그녀가 가출한 것은 그들이 뒹굴고 밀고 킬킬거리며 그녀가 안 돼, 안 돼라고 말하고 그가 아, 제발이라고 말한 지 넉 달 뒤였다.
 "너 다시 학교 갈 거니?" 어머니가 조심스럽게 물었다. "지난주에 직원이 와서 네가 아직도 학교에 갈 수 있다고 하더라. 두 학기 남았지. 넌 이번 일이 생기기 전에는 언제나 모범생이었잖니."
 "네, 다시 가겠어요." 줄리가 말했다. 일곱 달, 그녀는 감당할 수 있다. 지루해지겠지만 상관없다. 그리고 그 다음…… 지금이 그녀가 무슨 말을 더 하고 더 설명하고 어떤 거짓말을 해야 하는 순간이다. 둘 다 그녀를 응시하며 앉아 있기 때문이다. 그들의 얼굴은 그녀가 사라진 다섯 달이라는 긴 시간 동안 그들이 느꼈던 감정들로 가득 차 있었다. 그녀는 자신이 아무 말도 하지 않으면, 그것은 그들에 대한 예의가 아니라는 것을 알고 있었다. 그래, 말하리라. 그러나 지금은 아니다. 그녀는 돌연 극도로 기진맥진해졌다. 뜨거운 차와 음식을 잔뜩 먹고 나니 긴장이 풀어지며 스르르 맥이 풀리는 것이 느껴졌다……. 그녀는 하품을 하기 시작했고 멈출 수가 없었다. 그러나 그들은 가서 자라고 말하지 않았다. 그들은 그녀가 더 이상 아무 설명도 해주지 않으리라는 것을 믿을 수 없었기 때문이다.
 그러나 그녀가 할 수 있는 말은 아무것도 없었다. 그녀는 아버지, 의자에 무겁게 앉아 있는 소심하고 머리가 희끗한 나이 든 남자를 쳐다보았다. 그리고 어머니를 쳐다보았다. 앞자락에는 가지런히 작은 진주 단추들이 달리고 작고 예쁜 칼라도 달린 하늘색 드레스 차림으로 거기 앉아 있는 어머니는 거의 소녀처럼 보였다. 회색 머리는 생기 있게 굽슬거렸으며 상처 입은 순진한 푸른 눈은 사태를 이해할 능력이 없었다. 줄리는 생각했다. 엄마에게 안길 수만 있다면. 엄마가 나를 안아주고 그래서 내가 잠들 수만 있다면. 그녀가 아기였을 때는 틀림없이 가능한 일이었겠지만 기억할 수 없었다. 이 집 식구들은, 서로 손을 잡지도 안아주지도 않았다.
 그녀는 기진맥진함에서 오는 투시력과 지난 몇 달 동안의 깨달음으로 인해서 자기 부모들이 서로를 묵살하고 있다는 것을 알 수 있었다. 데비는 그 두 사람의 궁합에 뭔가 문제가 있다고 말할 것이다. 그들은 서로 의견이 다른 것이 아니었다. 음성을 높이는 일도 없었고 논쟁을 하지도 않았다. 찻잔과 식사와 커피잔과 비스킷으로 매일매일이 채워졌으며 그 일들은 언제나 취침 시간을 향해 정확하게 똑같은 시간에 행해졌다. 그들은 거의 외출하지 않았고 만나는 사람도 거의 없었다. 오직 둘이서만 있었다. 마치 자신들을 소멸시킨 것 같았다.
 그녀가 태어났을 때 그들은 벌써 늙어 있었다. 그것이 문제였을까?

데비와 줄리 31

데비의 집에서는 사람들이 고함을 지르고 키스하고 껴안고 논쟁하고 싸우고 위협하고 울고 비명을 질렀다.

그곳에는 방이 두 개 있었다. 데비는 그녀에게 작은 방을 주었다. 데비가 새 남자와 그 방에 들어오면 그녀는 당연히 밖으로 나갔지만 데비의 진짜 남자 친구 드렉이 거기 있을 때는 괜찮았다. 드렉은 농담을 많이 했고 줄리에게 이것저것 명령도 했다. 차 한 잔 만들어주겠느냐, 술 한 잔 가져오겠느냐, 베이컨과 달걀을 요리해 주겠느냐, 그동안 뭘 했냐, 왜 머리 모양을 바꾸지 않느냐, 왜 새 옷을 안 입냐? 그는 줄리를 좋아했으나 그녀는 그를 별로 좋아하지 않았다. 그가 데비의 좋은 짝이 못 된다는 것을 알고 있었기 때문이다.

데비는 곧 그를 떼어낼 것이었다. 그 아파트의 임자였으며 그녀가 번 돈의 일부를 가로챘던 남자를 떼어낸 것처럼. 데비는 그 남자의 약점을 알아내 목을 죄었고 그 아파트를 자기 손에 넣었으며 자기 자신을 위해 일했다. 줄리는 그 남자를 딱 한번 보고는 섬뜩한 느낌이 들었었다. '내 첫사랑'이라고 데비는 농담을 했고 줄리가 찡그리자 크게 웃었다. 드렉은 그녀를 섬뜩하게 하지 못했다. 그는 아무것도 아니었다. 그저 평범하고 지루했다. 그러나 데비가 뉴욕에 함께 간 남자는 텔레비전 프로듀서였다. 그는 영국에서는 들어본 적이 없는 연재물을 만들고 있었다. 이곳에서 팔 수 있을 만큼 좋은 것은 아니라고 그는 말했다. 데비에게는 이 남자가 더 어울릴 것 같았지만 더 좋은 남자가 나타나면 데비는 이 남자도 버릴 거라고 줄리는 생각했다.

　이 모든 생각과 판단은 자기 집에서 말하고 생각하던 일들과 전혀 달랐으나 줄리의 마음속에서 아주 자연스럽게 일어나고 있었다. 그 생각들이 그녀 자신을 위한 것은 아니었지만 말이다. 데비는 그녀의 험난한 삶 때문에 그렇게 될 수밖에 없었다. 결코 말한 적은 없지만 데비는 나쁜 경험을 했던 거다. 그러나 그녀가 줄리에게 그렇게 잘해 준 이유는 그 때문이기도 했다. 데비 역시 줄리처럼 늦은 밤 기차역에 서 있었는지 모른다. 임신한 채 일자리를 어떻게 구할 것인지, 아기를 낳을 것인지 기를 것인지, 그녀와 아기를 사랑해 줄 남자를 찾을 것인지 따위의 되지도 않은 생각으로 머릿속이 꽉 찬 채. 또는 임신한 채 혼자 버림받았는지도 모른다. 다섯 달 동안 데비가 사랑하고 보호한 것은 줄리 자신이 아니라 임신한 채 혼자였던 줄리일 것이다.

　그렇다. 데비는 그녀를 좋아했다.

　때로 밤이면 그녀는 데비의 커다란 침대에서 잠을 잤는데 그것은 데비가 혼자라는 것을 못 견뎌 했기 때문이다. 그녀는 무섭다고 말했다. 그녀는 줄리가 어둠을 두려워하지 않는다는 것을 믿을 수가 없었다. 데비는 술을 마시지 않았을 때도 언제나 금세 잠들었다. 그러면 줄리는 조심스럽게 팔꿈치를 댄 채 일어나 잠자고 있는 데비를 굽어 살펴보며 이해하려 했다……. 데비는 크고 잘생긴 여자였다. 피부는 새하얗고 검고 빛나는 머릿결은 굽슬거리지 않았다. 입술은 그 안에 있는 무자비하게 치고 때리는 혀에 아주 잘 어울리는 얇은 선홍색 활 모양이었다. 잠들었을 때의 얼굴은 부드럽게 닫혀 있었고 줄리 생각에 아주 측은해 보이는 입술은 그저 평범했으며 눈 밑은 지쳐 있었다. 낯선 사람들이 그 집에 들어와 줄리의 문제를 알아차렸을 때도 데비는 "그냥 놔둬, 당신, 내 말 들려? 그냥 둬, 안 그러면, 내가……."라고 말했었다. 잠든 그 얼굴에는 그녀가 그렇게 말한 이유 같은 것은 나타나지 않았다. 그렇게 말할 때 그녀의 선홍색 입술과 검은 두 눈은 고약하고 무서웠다.

 그러나 데비는 자다 깨면 줄리 쪽으로 돌아누워 그녀를 안아주었다. 그럴 때면 줄리는 사랑과 다정함에 자신이 얼마나 무지한가를 느끼곤 했다. 이 크고 뜨겁고 부드러운 데비의 몸이 전해 준 깨달음, 데비가 다시 잠이 들어도 줄리는 여전히 그 깨달음에 놀라 잠들지 않은 채 누워 있었다. 그녀는 사실 절대 '아무 짓'도 하지 않았다. 줄리는 심지어 '무슨 일'이 일어나기를 기다리기도 했다. 전혀 아무 일도 일어나지 않았다. 단 한번 데비는 줄리의 불룩한 배를 만지다가 재빨리 손을 거두었다. 줄리는 데비와 꼭 껴안고 누워 있었으며 그들은 서로를 핥아주고 잠이 든 두 마리 고양이 같았다. 줄리는 자기가 집에서는 얼마나 무서운 결핍 상태에 있었는지, 또 자신의 부모들은 얼마나 공허하고 슬픈 삶을 사는지 알게 되었다. 지금 그녀가 엄마에게 이렇게 말한다고 생각해 보자. "엄마, 오늘 엄마 침대에서 자게 해주세요. 무서워요. 엄마, 보고 싶었어요……." 그녀는 단지 어머니의 당황하고 멈칫거리는 얼굴을 볼 수 있을 것이다. "하지만 줄리, 넌 이제 다 컸잖니."

앤과 렌은 탁자를 사이에 둔 채 나란히 놓인 두 개의 침대에서 잤다.

줄리의 눈에는 자기도 모르게 눈물이 고였다. 그러다가 눈물이 고인 것을 알고는 얼른 어머니를, 그리고 아버지를 쳐다보았다. 흐느끼며 그들에게 안겨 위로받을 수만 있다면 그녀는 무엇이든 그들에게 줄 수 있을 것이다. 그들이 이 사실을 알아서는 안 될 것이었다. 그러나 그들은 그녀를 보고 있지 않았으며 텔레비전만 보고 있었다. 그들은 그녀가 모르는 사이에 텔레비전을 켜놓았었다. 이제 세 사람은 모두 화면을 응시하며 앉아 있다.

화면에서는 여자 아나운서가 왕족이나 동물들 그리고 어린이들에게 보내는 특별한 미소를 지으며 말했다. "오늘 밤 8시, 이스링톤의 전화 부스에서 갓 태어난 여자 아기가 발견되었습니다. 아기는 따뜻하게 싸여 있었고 건강합니다. 아기의 몸무게는 7파운드 3온스입니다. 간호사들이 아기 이름을 로지라고 지었습니다." 간호사가 그 작은 얼굴을 내려다보며 미소 짓는 것을 보자 격렬한 질투의 물결이 줄리를 꿰뚫고 지나갔다. 손전등 불빛으로 잠깐 본 뒤 창고 밖 진눈깨비 속에서 다시 보았던 그 얼굴. "산모는 응급 치료가 필요할지 모르니 속히 병원으로 오시기 바랍니다."

늦은 뉴스였다.

그들은 확실히 알아차릴 것인가? 그러나 그들이 눈치 챌 만한 이유가 어디 있는가? 옆에 개 한 마리밖에 없는 더러운 창고 안에서 아이를 낳고도, 목욕 분 냄새를 풍기며 작고 예쁜 가운을 입고 여기 앉아 있다는 사실은 스스로도 믿기 어려운 것이다. 그 일이 있은 지 겨우 네 시간이 지난 것이다!

"엄마, 우리는 왜 개를 안 키워요?" 줄리는 어떤 대답이 나올지 알면서도 물었다.

"얼마나 귀찮은 것들인데, 줄리. 누가 그걸 산보를 시키냐?"

"제가 할게요, 엄마."

"하지만 넌 7월에야 학교를 마치잖니. 그리고 난 개가 거치적거리는 거 싫다. 렌도 싫어할 거야."

아버지는 아무 말도 하지 않았다. 그는 몸을 앞으로 구부려 텔레비전을 껐다. 화면이 텅 비었다.

"난 제시가 무슨 생각을 하는지 종종 궁금해져." 그가 말했다. "텔레비전에서 이런 것을 보면 말이야."

"관둬요, 렌." 앤이 경고하듯 말했다.

줄리는 이 말을 잘 알아듣지 못했지만 곧 알게 되었다. 그녀의 귀가 깨어나면서 아주 특별한 일이 일어나려 한다는 것을 알 수 있었다.

"우리가 그래서 그렇게나 네 걱정을 했던 거다." 아버지가 슬픔에 차서 무겁게 책망하듯 말했다. "자칫하면 그런 일이 일어나니까. 너는 안 그럴 거라고 우리가 어찌 알 수 있었겠니?"

"렌, 절대 말하지 않기로 했잖아요."

"제시 이모에게 무슨 일이 생겼나요?" 줄리는 대화에 끼어들려고 애쓰며 물었다. 침묵. "아, 이모에게 무슨 일이 있어요, 아빠? 그렇게 말을 멈추시면 어떡해요?"

"렌." 앤이 사납게 말했다.

"제시 이모가 임신을 했었다." 아버지는 아내의 얼굴과 그녀의 절망을 무시하면서 말하기로 결심했다. 그의 얼굴은 말하고 있었다. 저 애 때문에 우리가 그동안 그렇게 고통을 겪었는데, 왜 저 애는 몰라야 돼? "제시도 너보다 그리 나이가 많지 않았다." 그는 비난에 가득 차 줄리를 똑바로 쳐다보고 있었다. 그의 눈에서 눈물이 흘러 얼굴을 타고 내려와서는 넥타이 위로 떨어졌다. "그런 일은 쉽게 일어날 수 있어. 안 그러냐?"

"아빠 말은…… 그린데 애기는 어떻게 됐어요? 태어났나요?"

"그게 네 사촌 프리다야." 렌은 여전히 비통하고 고집스럽고 원망하는 눈으로 딸을 보며 말했다.

"그러니까 프리다가…… 그러니까. 제시 이모의 엄마 아빠는 상관 안 했어요?"

"상관했지. 물론." 앤이 말했다. "나는 모두 다 기억하고 있어. 그들은 아기가 입양되기를 원했지. 그러나 제시가 아기를 붙들고 놓지 않았지. 그래서 그들도 어쩌지 못했다. 나는 아직도 그들이 옳았고 제시가 틀렸다고 생각해. 그 애는 겨우 열일곱이었어. 그 애는 아버지가 누구인지 절대 말하지 않으려 했지. 그 애는 아기를 데리고 집에 처박혀 있었어. 밖에 나와서 즐기면서 이것저것 배워야 할 때 말이야. 그 애는 저 자신도 아이면서 결혼을 한 거야."

이때쯤 줄리는 다소간 제정신이 들었다. 자신이 마치 롤러 코스터를 타고 있던 것 같았지만 말이다. 무엇보다도 그녀는 이렇게 생각했다. 난 지금 저들에게서 이야기를 다 끝내야 해. 난 그들을 알아. 그들은 한번 입을 다물면 다시는 그 이야기를 안 할 거니까.
"밥 이모부는 상관 안 했어요?" 그녀가 물었다.
"안 했지. 결혼을 했으니까. 그녀와 결혼했잖아. 안 그래? 그녀가 러브 차일드, 즉 사생아를 갖게 됐으니 받아들여야 했지." 아버지는 분노와 비난에 차서 말했다.
"러브 차일드라고." 줄리는 참지 못하고 경멸하듯 말했으나 부모는 눈치 채지 못했다.
"내가 알기로는 그렇게 생긴 아이를 그렇게들 부르지." 아버지는 무겁게 냉소적으로 말했다. "그런 일이 일어날 수 있는 거다, 줄리. 넌 언제나 아주 착한 아이였고 그래서 더 끔찍했던 거다." 그리고 지금 믿을 수 없게도 그녀의 아버지, 너무 무서워서 그녀를 집에서 도망치게 했던 아버지가 두 손으로 얼굴을 감싼 채 흐느끼고 있었다.
어머니도 울고 있었다. 두 눈에서는 빛이 나고 두 뺨은 상기되어 있었다.
자칫하면 줄리 또한 통곡을 하게 될 것이다.
"자야겠어요." 그녀는 일어나며 말했다. "엄마, 죄송해요. 아빠, 죄송해요. 죄송해요……."
"괜찮다, 줄리." 어머니가 말했다.
줄리는 그 방을 나와 층계를 올라가서 자기 방으로 들어갔다. 너무 아파서 이제 조심스럽게 걸었다. 그녀는 제시

카 이모와 사촌 프리다 때문에 멍해지고 혼란스러워졌다. 아, 줄리 자신도 할 수 있었는데……. 그녀도 지금 이곳에 아기 로지와 함께 앉아 있을 수 있었는데. 그들은 그녀를 내쫓지 않았을 텐데.

그녀는 무엇을 생각해야 할지 무엇을 느껴야 할지 몰랐다. 그녀는 느꼈다……. 그녀는 원했다……. "데비." 그녀는 외쳤다. 작은 침대로 파고들어 두 팔로 아기곰을 안으며 소리 없이 외쳤다. "데비, 난 어쩌면 좋아?"

그녀는 생각했다. 7월에 학교를 마치면 나는 돌아갈 거야. 도망갈 거야. 런던으로 가서 일자리를 구할 거야. 그러면 내 아기를 찾을 수 있어. 이런 말을 하는 것은 가출했던 그 어리석은 여자아이가 아니라고, 만사에는 치러야 할 대가가 있다는 것을 알고 있는, 데비가 교육시킨 여자라고 잠시 스스로를 설득했다. 그런 다음 자신에게 말했다. 그만해, 그만해, 잘 알면서 그래.

그녀는 제시 이모 집을 생각했다. 그녀는 언제나 그 집을 좋아했었다. 데비가 있는 곳과 제시 이모네가 상당히 비슷한 점이 많다는 사실을 이제 깨달았다. 시끄럽고 소란스럽고 흥미진진한 곳. 그녀의 부모는 그곳에 가는 것을 별로 좋아하지 않았다. 그러나, 이곳에, 이곳에 아기가 온다. 길고 주름진 보지를 가진 로지가 이곳에 온다면……. 줄리는 냉소적인 목쉰 웃음을 웃고 있었다. 불행한 웃음이었다. 그녀의 딸 로지가 이곳에 올 수 없었던 것은 줄리 자신이 이를 견딜 수 없었기 때문이라는 것을 이해했기 때문이었다.

난 로지를 런던에 있는 데비의 집으로 데리고 갈 거야. 줄리는 끝으로 쓸데없는 생각을 했다.

그러나 데비가 받아들인 건 임신한 줄리였다. 그것이 치러진 대가였다.

줄리가 아기 로지를 이곳에 데리고 왔다면 그녀는 이곳에 머물러야 할 것이었다. 그녀가 결혼할 때까지. 제시 이모처럼. 줄리는 봅 이모부를 생각했다. 자기가 그를 언제나 별 볼일 없는 제시 이모의 그림자로 여겼다는 것을 이제 깨달았다. 왜 제시 이모가 그와 결혼했을까 궁금해했었다. 이제 그녀는 알았다.

난 여기서 나가야 해. 그녀는 생각했다. 그래야만 해. 7월에 떠나겠어. 난 낙제하지 않을 거야. 문제없어. 열심히 공부해서 다섯 과목에서 합격 점수를 딸 거야. 그리고 런던으로 갈 거야. 난 이제 세상을 알아. 이봐, 난 데비의 집에서 살았고 그랬어도 그들 때문에 상처 입지 않았어. 난 영리했어. 아무도 내가 임신한 줄 몰랐어. 데비만 알았어. 난 나를 도와준 것이라고는 개 한 마리밖에 없는 그 창고에서 혼자 로지를 낳았어. 그리고 난 로지를 안전한 곳에 데려다 놓았고 이제 그 애는 괜찮을 거야. 그리고 난 집에 왔어. 난 이 모든 것을 너무도 잘 처리했기 때문에 아무도 절대 짐작조차 못할 거야. 나는 괜찮아.

줄리는 두 팔로 팬더 곰을 안고 생각했다. 난 내가 원하는 것은 무엇이든 할 수 있어. 나는 그것을 증명한 거야.

그리고 그녀는 잠 속으로 빠져들었다.

참새들

　비가 멈춘 뒤 이십 분이 지나자 첫 손님들이 카페의 정원 안으로 들어왔다. 나이 든 여자 둘과 웃는 듯한 개 한 마리. 그들은 그곳을 매우 잘 아는 듯했다. 그들은 곧장 뒤쪽에 있는 탁자로 갔고 개는 명령을 듣지 않고도 거기 작은 풀밭에 자리를 잡았다. 그 여자들은 비 때문에 탁자 위에 엎어놓았던 의자들을 바로 놓았다. 한 여자는 의자 뒤에 우산을 걸고 앉더니 커다란 손가방에서 음식 봉지들을 꺼냈다. 다른 여자는 카페 안으로 들어가더니 작은 커피포트 하나와 컵 두 개를 들고 나왔다. 커피포트 하나면 두 사람에게 충분하다고 서로 확인해 가며 미안해할 것 없다는 듯한 태연한 태도로 생각에 잠긴 채 샌드위치를 먹었다.
　런던 북부 도처에서 사람들이 말하고 있었다. "비가 그쳤다. 히스 벌판으로 올라가자." 그들은 어느새 켄우드 호

41

수를 내려다볼 수 있는 길을 따라 어슬렁거리기도 하고 해가 나오면 벤치에도 앉았다가 카페 안으로 통하는 층계를 내려가기도 했다. 그러나 해는 어디 있나? 해는 두꺼운 검은 구름 뒤에서 꾸물거리다가 잠깐씩 구름 밖으로 나올 때마다 나무와 풀을 밝고 환한 노란색으로 물들이더니 다시 사라졌다.

십대 몇 명이 거품이 부글거리는 음료수와 커피와 케이크를 잔뜩 담은 쟁반을 받쳐들고 건물에서 나왔다. 그들은 탁자 두 개를 붙여놓은 뒤 멋대로들 앉았다. 우아하고 극적인 옷차림과 숱이 많은 머리를 알록달록하게 물들인 모습들이 축제 기분을 불러일으켰다. 불만에 찬 게으름, 그들의 그런 태도를 예의 그 소박한 두 사람이 바라보면서 눈썹을 찌푸리며 중얼거렸다. "어떤 이들은 자기들이 얼마나 운이 좋은지를 모르지?"

발레 댄서처럼 생긴 키가 크고 창백하며 머리는 담황색인 청년이 부엌에 나타났다. 하품을 연방 해대는 그는 아직 잠이 덜 깬 상태였다. 그러나 흰 줄이 쳐진 푸른 앞치마를 입자마자 즐겁게 일할 준비가 된 웨이터로 변신했다. 그는 빗물이 고여 있는 탁자 주위의 의자들을 바로 세울지, 탁자를 닦아야 할지를 생각하며 자신의 작업 구역을 훑어보았다. 그러나 한쪽 눈으로 비가 올 듯한 하늘을 힐끗 보더니 그만둔다.

두 여자는 참새들에게 샌드위치 부스러기를 던지고 있었다. 참새들이 그들의 발 주변으로, 의자 뒤로 몰려 있었고 그들이 앉아 있는 탁자 위에까지 올라가 있었다. 정원의 구석에는 눈에 잘 띄지는 않지만 게시판이 있었고 거기에는 '공중 위생 경고문: 위생상 새들에게 먹이를 주지 마시오.'라고 쓰여 있었다. 웨이터는 으쓱하더니 사라졌다.

세 사람이 카페 안에서 나왔는데 쟁반을 잔뜩 포개 들고 있는 바람에 사람이 보이지 않을 지경이었다. 쟁반들을 내려놓자 일본인 셋이 나타났다. 근사한 검은색 비단 점프수트를 입은 젊은 부부와 그들의 어머니였다. 어머니 역시 이 장소에는 어울리지 않는 고급 검은색 맞춤 옷에 보석으로 치장을 하고 있었다. 그들은 자기들이 앉고 싶은 정원 중앙으로 탁자를 끌어왔다. 자신들이 들고 온 것들, 웨이터가 가져온 쟁반 위에 있는 것들을 놓기 위해서였다. 그 자리마저 충분하지 않아 또 다른 탁자를 옆으로 끌어오고 그 위에도 주문한 음식들을 늘어놓았다. 그들은 정식으로 영국식 아침을 먹을 참이었다. 쐐기 모양의 크림 케이크와 과자, 버터와 잼, 여러 종류의 케이크, 샐러드와 닭, 그리고 커피, 콜라, 야채 주스 등.

웨이터는 지중해 부근 어딘가에서 온 듯 피부색이 검고 상냥하며 잘생긴 청년이었다. 그는 믿을 수 없다는 듯 감탄하며 식탁을 훑어보았다. "일본 사람들? 굉장한 식욕이군!" 그는 머뭇거리며 소리 없는 감탄사를 연발하고는 눈썹을 추켜올리며 사라졌다. 두 연금 생활자가 베풀어준 것을 다 먹어치운 참새들이 새로운 먹이를 찾아 떼를 지어 몰려들었다. 일본인 어머니는 한쪽 손을 흔들면서 짙게 화장한 얼굴을 고약한 성미와 탐욕으로 흉하게 찡그리며 화가 나서 소리쳤다. 또 한 손으로는 참새들이 파리 떼인 것처럼 서툴게 탁탁 내려쳤다.

　십대들은 너무 가까운 자리에서는 이 모든 것에 신경 쓰지 않을 수 없다는 것을 분명히 알아차리고는 점잖게 일어나 서너 개 떨어져 있는 탁자로 자리를 옮겼다. 그들은 자기들이 먹던 음식을 전부 옮기려 하지 않았기 때문에 과자 부스러기와 땅콩들이 그들이 떠나온 탁자 위에 널려 있었다. 참새들은 나무에서 지붕에서 사방에서 날아와 이 성찬에 몰려들었다. 일본인 어머니는 이것을 보고 큰 소리로 떠들어댔지만 자녀들은 못 들은 척하고 몇 주일 동안 굶은 듯이 먹고 있었다.

　나이 든 그 두 여자는 이 장면을 응시했다. 그들은 눈을 뗄 수 없는 것 같았다. 십대들에 대해서는 으레 그러려니 했지만 이런 일은 달랐다! 그들의 표정에 나타나 있었다. 그들 중 한 사람이 떨리는 손을 내려 큰 개의 머리를 다독거렸다.

　"그래, 착하지." 그 여자는 불행한 소리로 말했다. 참새 한 마리가 일본인 어머니에게 너무 가까이 다가가자 그녀는 소리를 질렀다. 그러자 또 다른 웨이터가 부엌문을 열고 나타나더니 장군처럼 그 장면을 점검했다. 땅딸막하고 자신에 찬 젊은이, 그의 머리는 위쪽으로 똑바로 빗겨져 있었고 모든 것이 단정하고 깨끗했다. 그는 분명 길어야 오 년 이내에 자신의 회사 또는 적어도 매장을 운영하도록 점지되어 있었다. 그는 힘차게 이리저리 걸어 다니며 마치 운동을 하듯 두 팔을 기운차게 휘저으면서 참새 떼를 쫓았다. 그는 고개를 끄덕이며 일본인들에게 미소를 지은 뒤

부엌으로 돌아갔다. 참새들이 되돌아왔다.

선탠 로션을 바른 건강미 넘치는 중년 부부 한 쌍이 커피 한 잔씩을 들고 도착했다. 그들은 축복받은 태양 속에서 하루의 휴식을 마친 뒤 방금 돌아온 것이 분명했고 그래서 지금 하늘의 절반을 가린 검은 구름 뒤에 숨은 태양을 향해 미소를 지을 만한 여유가 있었다. 그들은 탁자 위에 고인 물의 양쪽 가장자리에 커피잔을 놓고 마치 자신들은 히스 벌판으로 힘차게 걸어갈 것이라고 누구에게든 말하는 듯한 자세로 의자 끄트머리에 걸터앉았다.

그 순간 막 도착한 중년 부부는 이들 부부와는 너무 달랐다. 그들은 잘 손질된 구두를 어떻게 옮겨놓을지 살피면서 조심스럽게 층계를 올라와 앞으로 걸었다. 차와 과자 한 개, 버터가 담긴 쟁반을 각자 들고 있었다. 그들은 뒤쪽에 있는 작은 풀밭 근처의 탁자를 골랐다.

그들 뒤에는 높은 벽돌담이 있었고 그곳에는 비원처럼 신비한 늘 닫혀 있는 문이 있었다. 여자는 앉아서 차를 저으며 개를 향해, 오른쪽의 빽빽하게 우거져 푸른 그늘을 만든 덤불 둔덕과 나무들을 향해, 왼쪽 울타리 너머 보이는 나무 꼭대기를 향해 미소 짓고는 끝으로 바로 앞에 있는 길고 아름다운 건물을 호의적으로 바라보았다. 켄우드 하우스에 딸린 그 건물은 한때는 마치 차고이자 하인들의 거주지였는데 지금은 아침 식사와 차와 점심을 먹으려는 사람들이 속속 들어가고 있었다. 위쪽 창들은 열려 있어서 안에서 일어나는 매우 흥미로운 일들을 암시해 주었고, 길고 낮은 지붕 위에는 여러 종류의 새들, 주로 참새들과 비

참새들 45

둘기들이 이에 못지 않게 흥미 있는 일들을 만들고 있었다. 그 여자는 그들 바로 뒤쪽 나무에 몰려 있는 참새들에게 특별한 관심을 가진 채, 그것들에게 어떤 일이 생길 것인지 지켜보는 중이었다. 그 여자의 남편은 안절부절못하는 성급한 태도로 과자를 먹어치우려고 벌써 몸을 앞으로 기울이고 있었다. 항상 자기 앞에 벌어진 일은 무슨 일이든 금세 해치워버리고는 자신이 왜 그렇게 서둘렀는지 의아해하는 사람의 태도였다.

참새 한 마리가 나무에서 날아와 그 여자 옆에 놓인, 앞으로 기울어진 의자의 등 위에 앉았다. 여자는 조심스럽게 부스러기들을 그쪽으로 밀었다.

"힐다, 당신 뭐 하는 거요!" 그녀의 남편은 낮고 급하고 까다로운 목소리로 말했다. "그렇게 하면 안 되는 거 아니오?" 그리고 그는 공중 위생 경고문이 확실히 거기 있는지 확인하려고 목을 빼고 둘러보았다.

"아, 그렇군요. 그러나 우스운 소리죠." 여자는 참새를 보고 미소 지으며 차분하게 말했다. 그는 과자 조각을 반쯤 입으로 가져가며 아무것도 통제할 수 없다고 느끼는 사람의 절망스런 표정으로 여자를 노려보았다. 그러다가 참새가 겁도 없이 그의 손과 과자를 향해 펄럭거리자 과자를 빨리 입에 넣어 삼키고는 말했다. "저것들은 입 안에 있는 것도 훔치려 할 거야."

힐다는 기울어진 의자를 부드럽게 바로 세우고 그 옆에 있는 의자도 세웠다. 참새들이 즉시 내려와 그 의자들 등 위에 앉았다. 여자는 과자 부스러기를 바로 자기 옆에 놓고 참새를 기다리며 앉아 있다. 경험이 많은 참새 한 마리, 여러 차례 여름을 보낸 홀쭉하고 노련한, 진한 갈색과 검정색으로 얼룩진 회색 새 한 마리가 빠르게 날아와 그것을 낚아챈 뒤 마차 차고 지붕으로 날아가 버렸다. 다른 새 두 마리가 그 뒤를 쫓아갔다.

그 여자와 제일 가까운 의자 등 위에 참새 세 마리가 나란히 앉아 응시하고 있었다.

"보세요, 알프레드." 여자가 말했다. "새끼 참새들이네요. 봐요. 부리가 찢어진 흔적이 아직 남아 있어요."

그것들은 부리 귀퉁이가 노란색이었다. 세 마리 모두 깨끗하고 생기가 넘쳤다. 새 생명. 그들의 회색빛 도는 갈색 깃털은 반짝거렸다. 남자는 그 순간과 어울리지 않게 잔뜩 겁이 난 표정으로 그들을 노려보고 있었다.

멀리서 보면 이 남자는 나이보다 젊어 보였다. 깔끔하고 단정하며 쾌활한 중년이었다. 그러나 가까이서 보면 그의 카디건 위에는 방금 흘린 과자 부스러기가 붙어 있고 넥타이에는 흘린 지 얼마 안 된 차 얼룩이 있었다. 그는 지치고 창백한 표정을 짓고 있었다. 그 옆에 똑바로 앉아 있는 그의 아내는 키가 크고 몸집이 넉넉한 여자였다. 어느 모로 보나 스스로를 잘 통제하고 있음을 알 수 있었다. 잘 다듬어진 두 손은 능력 있게 보였고 굽슬거리는 머리와 옷차림은 단정했다. 실제로는 아닐 수도 있지만 그 여자는 남자보다 훨씬 젊어 보였다.

여자는 과자 부스러기를 조금씩 세 마리 새들 주위에 놓았다. 그러자 제일 용감한 새가 머뭇거리다가 재빨리 안으로 들어와 부스러기 한 개를 물고 날아갔다. 두 번째 새도 두려움을 무릅쓰고 의자 등에서 날아올랐다. 그런데 목표물인 과자 부스러기를 향해 절반쯤 오다가 겁에 질려서는 날개를 퍼덕이며 공중에서 몸을 돌리더니 다시 의자 등으로 갔다.

"자, 용기를 내." 여자는 그 새에게 야단을 쳤다. 망설이던 새는 다시 날아올라 공중에서 날개를 펴고 움직이더니 몇 초 동안 날다가 후퇴했다. 드디어 이 참새는 어렵사리 두려움을 극복하고는 중간에서 돌아가고 싶은 것을 참고 과자 부스러기에 와 앉음으로써 그의 미래가 밝을 것임을 보여주었다. 새는 과자 부스러기 서너 개를 재빠르게 집어 부리를 가득 채운 뒤 그걸 먹으려고 어디론가 날아갔다.

혼자 남은 참새는 거기 그냥 앉아 있었다. 갓 태어난 새였다. 이 작은 새는 곳곳에 솜털의 흔적이 남아 있었다. 노란 부리의 한쪽 끝이 환했다. 요람 속에 누워 있는 아기처럼 침착하게 눈을 동그랗게 뜬 그 새는 둥지 속에 함께 있었던 자기 친구들을 무심한 표정으로 바라보며 앉아 있었다.

"이리 와, 너도 해봐." 여자가 말했다. 그러나 작은 새는 전혀 상관하지 않은 채 앞을 보며 계속 앉아 있었다.

새 한 마리가 다시 탁자 위 과자 부스러기로 날아오더니 최대로 빠른 속도로 쪼아먹었다. 깃털에 더 이상 윤기가 흐르지 않는 나이 든 새였다. 그러자 이제 그 작은 참새가 탁자 위로 훌쩍 올라와 옹크리다가 깃털을 펄럭였다. 그것은 부드러운 공이 되면서 주둥이를 열었다.
 "저건 왜 저래?" 남자가 잔뜩 겁이 난 듯 다그쳤다. "아픈가 보군."
 "아뇨, 아뇨." 그의 아내가 달랬다. "잘 봐요."
 나이 든 새는 작은 새의 입속에 부스러기들을 넣어주면서 몸을 움츠린 채 깃털을 펄럭거리는 작은 새의 요구에 즉시 응했다. 계속해서 아기 새는 마치 여전히 둥지 속에 있는 것처럼 보채고 어미 새는 부스러기들을 밀어 넣었다. 그런데 그때 강도 같은 참새가 휙 밀어닥쳤다. 어미 참새가 그것을 쪼았고 그러자 두 참새는 싸우면서 함께 지붕으로 날아갔다. 버려진 작은 참새는 더 이상 옹크리지도 깃털을 펄럭기리지도 않았다. 그것은 부리를 닫고 의자 등받이로 돌아가더니 다시 편안한 아기 참새의 모습으로 앉아 있다.
 "저 새는 다 컸어." 남자는 심술에 차서 말했다. "다 자랐어. 그런데 부모가 먹여줄 것을 기대하다니."
 "아마 어제까지 둥지 속에 있던 아기 새일 거야." 여자가 말했다. "오늘 처음으로 무서운 세상에 나왔을 거야."
 "그럼 왜 혼자 먹이를 못 찾는 거야? 어미가 밀어냈다면 스스로 먹이를 찾아야지."
 여자는 고개를 돌려 경계하는 시선으로 그를 바라본 뒤 남자의 반응이 두려운듯, 그의 이런 분석적인 말에서 관심을 돌려버린다. 그리고 과자 조각을 손에 든 채 이번에는 일본인 세 사람의 빈 접시와 쟁반을 공략하고 있는 참새 떼를 바라보며 앉아 있다. 일본인 어머니는 큰 소리로 새들에 대한 불평을 늘어놓고 있었다. 자식들이 그녀를 진정시키며 숱 많은 담황색 머리칼의 행동이 느린 웨이터에게 손짓을 했고 그는 느릿느릿 마당을 가로질러 와서는 쟁반들을 포개 들고 새들의 만찬을 빼앗아 버렸다. 새들은 공중으로 날아오르고 아기 참새도 함께 날아가 버렸다.

 작은 정원이 있는 그 카페는 사람들로 붐비기 시작하고 있었다. 태양은 다시 구름 가장자리로 나왔고 하늘의 절반은 눈부신 푸른빛이었다. 그 경쾌한 부부는 성큼성큼 걸어 멀어져 갔다. 젊은 일본 남자는 건물 안으로 다시 들어갔다. 설마 또 먹으려고 하는 건 아니겠지? 나이 든 두 여자는 웨이터가 자기들의 커피포트와 빈 쟁반 두 개를 치웠는데도 그냥 거기 앉아 있었다.

 개는 풀 위에 턱을 고인 채 바로 앞에서 폴짝거리는 참새 한 마리를 응시했다.

 아기 참새는 저 혼자 돌아와 의자 등에 앉았다.

 "봐요, 돌아왔어요." 여자가 애정 어린 목소리로 말했다. "그 아기 참새예요."

 "당신이 어떻게 알아? 같은 새인지?"

 "그걸 모르겠어요?"

 "나한테는 모두 같아 보여."

 여자는 아무 말도 않은 채 과자 부스러기들을 점점 더 참새 가까이 조심스럽게 밀기 시작했다. 그 새가 유혹을 느끼도록 그러나 놀라지 않도록.

 "저건 아마 아비가 와서 먹여주기를 기다리나 봐." 볼멘소리가 나왔다. 여자의 긴장되고도 조심스러운 자세로 미루어보아 그건 여자가 예상하고 있었던 소리였다.
 "어쩌면 어미까지." 여자는 건조하면서도 냉소적으로 말했으나, 곧 이런 어조로 말한 것을 후회했다. 그가 큰 소리로 말했기 때문이었다. "거기 앉아서, 그저 우리가……그저 기다리면서……."
 여자가 조심스럽게 말했다. "봐요. 난 오늘 아침에 말했어요. 당신이 원하지 않으면 그렇게 할 필요가 없어요."
 "그렇게 되면 당신은 내가 그 일을 잊어버리도록 절대로 그냥 놔두지 않을 거야. 안 그렇소?"
 여자는 아무 말도 않고 새에게 과자 부스러기를 더 가까이 놓아주려고 몸을 부드럽게 앞으로 기울였다.
 "내가 그 일을 하지 않으면, 짐작건대, 그 애는 집으로 돌아오겠지. 우리가 자기를 먹여주고 시중들어 주기를 바라면서……."
 여자는 대답하기 전에 열까지 세고 있었다. "바로 그 이유 때문에 그 애는 우리를 떠나 자기만의 장소를 갖고 싶어 하는 거지요."
 "우리 돈으로."
 "돈은 은행에 그냥 둘 거잖아요."
 "그러나 무슨 일이 생겨 우리한테 그 돈이 필요하다고 생각해 봐. 집수리도 해야 하고…… 차도 낡아가고……."
 여자는 본의 아니게 한숨을 쉬었다. "내가 그랬잖아요. 그 일에 관해 당신이 그렇게 느낀다면, 하지 말아요. 그러나 겨우 일만 파운드예요. 독립하는 데 투자하는 돈으로는 많은 게 아니지요. 아주 좋은 거래예요. 당신도 그렇게 말

참새들 51

했어요. 그 애는 무엇인가를 소유하게 될 거예요. 비록 그 장소의 일부라 할지라도.”

“우리에게 선택의 여지가 있다고는 생각하지 않소. 그 애를 집에 두고 그 애와 친구들과 그 밖의 온갖 사람들을 먹여 살리거나 아니면 돈을 들여 그 애를 내보내거나.”

“그 애는 스물한 살이에요.” 어머니는 갑자기 지치고 화가 나서 경직되고 낮은 소리로 말했다. “그 애를 위해 우리가 뭔가를 해야 할 때예요.”

그는 그 말을 듣고는 입을 다물려 하다가 한마디했다. “법적으로 성인의 나이지, 그렇지 않소? 그 애는 성인이오. 어린애가 아니오.”

여자는 대답하지 않았다.

일본 젊은이가 쟁반을 또 하나 들고 나왔다. 크림과 잼, 커피, 케이크가 또 있었다. 그가 이것들을 그의 아내(여자친구? 동생?)와 그의(그녀의?) 어머니 앞에 놓자마자 세 사람은 몸을 구부리고 시합하듯 먹기 시작했다.

“부족한 게 없군.” 그가 투덜거렸다.

그 깐깐한 늙은 목소리. 그것은 노망의 경계선이었다. 여자는 머지 않아 그의 간호사가 될 것이었다. 여자는 새에게 계속 미소를 보내며 그런 생각을 하고 있는지도 몰랐다.

“자. 이리 와.” 여자가 속삭였다. “어렵지 않단다.”

그러자…… 그 아기 새는 동그란 눈으로 그녀를 응시하면서 탁자 위로 폴작 뛰어내려 서투르게 과자 한 조각을 집어 삼켰다.

"저 새가 혼자서 저렇게 한 것은 처음일 거야." 여자는 속삭였다. 그녀의 눈에 눈물이 가득 고였다. "저 작은 것이······."

그 작은 참새는 실험하듯 모이를 쪼았다. 그러더니 요령을 알게 되었고 여자가 부스러기들을 그쪽으로 밀자 곧 나이 든 참새들만큼 탐욕스러워졌다. 탁자 위를 깨끗하게 치우고 나서 새는 날아가 버렸다. 어른이 되어.

"멋지다." 여자가 말했다. "근사해. 오늘 아침까지도 둥지 속에 있었을 텐데. 그런데 이제는······." 여자는 눈물을 글썽이며 웃었다.

그는 여자를 쳐다보고 있었다. 그들이 거기 앉은 이후 처음으로 그는 이기적인 자신의 감옥 밖으로 나와 진정으로 그 여자를 바라보고 있었다.

그러나 그는 현재의 여자를 보고 있는 것이 아니라 과거 어느 때의 여자의 모습을 보고 있었다. 회상······.

"작고 예쁜 새야." 그가 말했다. 반쯤 노망이 들어 칭얼거리는 소리가 아니라 과거에서 온 목소리를 듣자 여자는 고개를 돌리고 그를 향해 환하게 미소 지었다.

"아, 정말로 멋져요." 여자는 기쁨에 떨며 말했다. "난 이곳을 사랑해. 나는······ 사랑해······." 그러자 정말로 태양이 나타나더니 그 푸른 정원을 여름으로 채웠다. 사람들은 얼굴을 반짝이며 미소 지었다.

장애아의 어머니

　사회 복지사 스티븐 밴틀리는 고층 건물 두 동을 연결하는 통로에 우뚝 서서 사방을 둘러보았다. 사방이 시멘트 천지였다. 얼룩진 회색 건물들이 공중으로 솟아 있었고 그 아래도 회색 공간이었으며, 사람이라고는 물웅덩이와 음료수 깡통들과 젖은 종잇조각들 사이를 움직이는 한 남자가 보일 뿐이었다. 지팡이와 쇼핑백을 든 노인이었다. 스티븐 앞에는 알록달록한 커튼들이 줄줄이 늘어져 있었다. 그것들은 보도로부터 낮은 구름이 있는 곳까지 솟아 있는 육중한 건물을 수평으로 분리시켰으며 그 뒤에 있는 사람들을 외부로부터 가려주었다. 그들은 아마도 그를 주시하고 있을 것이었다. 그러나 그는 자기의 자격증 서류철을 팔 아래 끼고 있었다. 이 통로의 끝은 4층으로 이어져 있었다. 승강기는 고약한 냄새를 풍겼다. 누군가 그 안에서 토했기 때문일 것이다. 그는 지린내 나는 회색 층계를 걸어올라

8층 15호로 갔다. 그가 벨을 누르자마자 갈색 피부의 소년이 미소를 지으며 문을 열었다. 열두 살 난 하산이 틀림없었다. 흰 치아, 빛나는 푸른 저지, 양복 셔츠의 흰 깃, 모두 눈부셨다. 그의 뒤쪽으로는 가구가 들어 찬 작은 방이 보였으며 거실치고는 너무 잘 정돈되어 있었다. 모든 것이 아주 잘 손질되어 있고 반짝거렸다. 그의 방문에 맞춰 완벽하게 준비되어 있었다. 붉은 플러시 천으로 된 소파 앞에는 장방형의 낮은 테이블이 있었고 그 위에는 컵들과 받침 접시들, 설탕이 가득 담긴 단지가 놓여 있었다. 반짝이는 스푼이 그 안에 똑바로 꽂혀 있었다. 하산은 환하게 미소 지으며 소파에 앉았다. 소파 옆으로 의자가 세 개 있었고 깨끗한 쿠션이 놓여 있었다. 그중 하나에 칸 부인이 앉아 있었다. 통통하고 예쁜 그녀는 스티븐이 '파자마'라고 생각하는 겉옷, 꽃무늬 분홍 실크로 된 바지와 튜닉을 입고 있었다. 제일 좋은 옷들인 듯했다. 다른 의자에 앉아 있는 열 살짜리 소녀는 푸른 튜닉과 바지를 입고 귀걸이, 팔지, 반지 등을 끼고 있었다. 어머니는 얇은 분홍 스카프를, 아이는 푸른 것을 쓰고 있었다. 파키스탄에서는 남자를 보면 정숙하게 얼굴을 가릴 수 있도록 쓰는 것이었지만 여기서는 축제의 분위기를 더해 주었다. 스티븐은 칸 부인의 명령하는 듯한 손짓에 따라 빈 의자에 앉았다. 스티븐은 그녀의 손짓을 특히 눈여겨 보았다. 그러나 그녀는 미소를 짓고 있었다. 하산도 계속 미소 지었다. 어린 소녀는 방문객을 못 알아보는 듯했지만 역시 미소 지었다. 그녀는 새끼 고양이처럼 예뻤다.

"칸 씨는 어디 있습니까?" 스티븐이 칸 부인에게 물었고 부인은 명령하듯 아들에게 고개를 끄덕였다. 하산은 즉시 말했다. "아버지는 오실 수 없어요. 직장에 가셨어요."

"그러나 여기 있겠다고 했었는데. 어제 그와 통화했거든."

어머니는 다시 눈으로 하산에게 명령했고 그러자 그가 흰 이를 다 드러내고 미소 지으며 말했다. "아니에요, 여기 안 계세요."

서류 앞에는 셔린 칸의 이름이 쓰여 있었다. 아홉 달 전에 쓰인 최종 기록은 이렇다. "아버지가 약속을 지키지 않았음. 아버지의 참석이 필수적임."

칸 부인이 아들에게 낮은 소리로 무어라 말했다. 아들은 미소를 거두고 찻주전자와 찬장에서 꺼낸 비스킷이 담긴 쟁반을 들고 왔다. 그들은 창문에서 보고 있다가 그가 팔 아래 서류를 끼고 거기 내려서는 것을 보고 차를 준비한 것이 분명했다. 하산은 다시 앉으며 얼굴에 미소를 띠었다. 칸 부인은 향이 강한 차를 따랐다. 소년은 스티븐에게 잔과 비스킷 접시를 건넸다. 칸 부인은 딸 앞에 잔을 놓고 다른 접시에 비스킷을 다섯 개 세어 잔 옆에 놓았다. 그 어린 소녀는 매혹적인 자기만의 환상을 향해 미소 짓는 듯했다. 칸 부인은 딱하다는 듯 혀를 차며 소녀에게 우르두어(파키스탄 공용어)로 무슨 말을 했다. 그러나 셔린은 개의치 않았다. 자기 내면의 즐거움으로 충만해 있을 뿐이었다. 어머니가 야단을 치자 그녀는 이 사실을 오빠에게도 알리고자 손을 내밀어 짓궂게 웃으며 그를 찔렀다. 하산은 그녀를 향해 진심으로 부드럽고 따뜻하며 매혹적인 미소를 짓지 않을 수 없었다. 그는 이내 그 미소를 거두고 다시 예의를 갖춘 거짓 미소를 띠었다.

"다섯." 칸 부인이 영어로 말했다. "그 애는 셀 수 있어요. 다섯까지 세어봐, 셔린." 서투른 영어였다. 그녀는 우르두 어로 다시 명령했다.

어린 소녀는 밝게 미소 지으며 비스킷을 부수어 먹기 시작했다.

"당신 남편이 동의하면 셔린은 전에 우리가 의논했던 그 학교에 갈 수 있어요. 내 동료 윌리엄 스미스가 당신과 의논했지요, 작년에 왔을 때. 좋은 학교지요. 학비가 좀 들겠지만 많은 건 아니에요. 정부 지원을 받는 학교인데 올해는 유감스럽게도 수업료를 조금 내야 합니다."

칸 부인은 날카롭게 무슨 말을 했고 소년이 통역했다. 그는 영어가 유창했다. "돈 때문이 아니에요. 우리 아버지는 돈이 있어요."

"그렇다면 미안합니다. 나는 이해할 수 없군요. 그 학교는 셔린을 위해 좋을 텐데요."

그렇지, 제한된 범위 안에서. 서류철에는 의료 보고서가 있는데 그중 한 부분에 이렇게 쓰여 있다. "논의되고 있는 아이는 제한된 범위 안에서 특수교육의 혜택을 받을 수 있을지 모른다."

칸 부인은 화가 나서 큰 소리로 무슨 말을 했다. 그녀의 상냥한 얼굴은 분노로 일그러졌다. 물건이 너무 많고 너무 깨끗한 이 작은 방은 근심과 분노로 가득 찼다. 그러자 어

장애아의 어머니 **57**

린 소녀의 얼굴이 슬프게 변하면서 입술이 떨렸다. 하산은 곧 소녀에게 손을 내밀며 어르는 소리를 냈다. 칸 부인도 동시에 아이에게 미소 지으려 했다. 그리고 침입자와 같은 방문객에게는 딱딱하고 냉정한 얼굴을 보였다.

하산이 말했다. "어머니는 저 애가 큰 학교, 비버트리 학교에 가야 한다고 말씀하세요."

"하산, 네가 거기 다니니?"

"네, 그렇습니다."

"내 이름은 스티븐, 스티븐 벤틀리야."

"네."

"너희 아버지가 오셔야만 해." 스티븐은 고집스럽게 들리지 않도록 애쓰면서 말했다. 무슨 일이 진행되고 있기는 한데 무엇인지 알 수가 없었다. 학교에 잘 다니고 있는 이 집안의 두 딸이 아니었다면 스티븐은 이렇게 생각했을 것이다. 아마 칸 씨가 구식이어서 셔린이 교육받는 것을 원하지 않는다고. (두 딸은 하산보다 둘 다 나이가 많지만 딸들은 중요하지 않았다. 아버지를 대변하여 여기 있어야 하는 것은 맏아들이었다.) 셔린을 '교육'시키는 데 문제가 있는 것은 아니었다. 그러니 무엇이 문제인가? 그가 어제 전화로 오늘 여기 있겠다고 응할 때 확실히 건성으로 들리기는 했었다.

칸 부인은 바로 이 순간을 위해 안락 의자 옆에 놓아두었던 아이의 그림책을 꺼내 셔린 앞에 들었다. 그것은 선명하게 색칠된, 세 살짜리용 책인 듯했다. 셔린은 그것을 보고 멍하니 미소 지었다. 칸 부인은 얼굴을 찡그리며 셔린에게 격려하듯 고개를 끄덕이고는 큰 책장을 넘겼다. 그러면서 그녀 자신이 웃고 만다. 소년도 참으로 환하게 미소 짓고 있었다. 셔린은 행복했고 그래서 웃고 있었다.
 "자." 스티븐은 웃으며 그러나 절박하게 말했다. "셔린이 읽는 법을 잘 배울 것이라거나 뭐 그런 것을 말하려는 게 아닙니다. 그러나……."
 이 말에 칸 부인은 소리 나게 책을 덮더니 그를 똑바로 쳐다보았다. 미소는 사라졌다. 자부심이 강하고 냉정하고 고집 센 여자. 눈에서 불이 나면서 그녀는 우르두 어로 그를 질책했다.
 하산은 그 긴 비난의 말을 이렇게 통역했다. "어머니는 셔린이 우리와 함께 큰 학교에 가야 한다고 말씀하십니다."
 "그러나 칸 부인, 저 애는 큰 학교에 갈 수 없어요. 어떻게 갑니까?" 칸 부인이 이 말을 이해하는 것 같지 않자 그는 하산에게 다시 물었다. "어떻게 저 애가 큰 학교에 갈 수 있니? 그럴 수 없다."
 하산의 미소는 기운이 없었고 눈에는 눈물이 고여 있었다. 스티븐은 확실히 말할 수 있었다. 그러나 그는 얼굴을 돌렸다.
 칸 부인은 또다시 분노에 찬 말들을 쏟아냈지만 하산은 통역하지 않았다. 그는 말없이 앉아, 손가락으로 접시 주위의 비스킷 부스러기를 밀면서 키득거리며 좋아하는 어린 소녀를 심각하게 바라보았다. 칸 부인은 오만한 분노에 가득 차서 셔린을 의자에서 일으켜 아이 손을 자기 뒤로 끌어당기며 맹렬하게 밖으로 나갔다. 스티븐은 그녀가 옆방

장애아의 어머니 **59**

에서 고함치고 한숨 짓고 왔다 갔다 하면서 아이를 야단치다가 부드럽게 어르는 소리를 들을 수 있었다. 그러더니 그녀는 큰 소리로 울었다.

하산이 말했다. "죄송합니다. 그러나 저는 학교로 가야 합니다. 여기 온다고 말씀드렸더니 선생님께서 허락하셨어요. 그러나 전 빨리 돌아가야 해요."

"아버지가 너에게 여기 와 있으라고 하셨니?"

하산은 머뭇거렸다. "아닙니다. 어머니가 여기 와 있으라고 하셨습니다."

처음으로 하산이 정말로 그를 쳐다보고 있었다. 그는 무슨 일이 일어나고 있는지를 말할 수도 설명할 수도 있는 듯했다……. 그의 눈은 애원으로 가득 찼다. 이해를 받기 위해서? 거기에는 상처받은 자존심이 서려 있었다.

"하산, 와서 통역해 주어서 고맙다." 사회 복지사가 말했다. "너희 아버지에게 말할 수 있었으면 좋겠는데……."

"실례합니다. 실례합니다." 이렇게 말하고 하산은 밖으로 달려나갔다. 스티븐이 큰 소리로 말했다. "안녕히 계십시오, 칸 부인." 대답이 없었다. 그는 소년을 따라 나왔다. 음울하고 얼룩지고 냄새나는 복도를 따라 걸었다. 회색 시멘트 계단을 내려가 통로로 들어섰다. 바람이 상쾌하고 강하게 불고 있었다. 그는 아래를 내려다보았다. 4층 아래로 웅덩이를 건너뛰고 휴지 조각들을 발로 차면서 시멘트 바닥을 가로질러 급박하게 달려가고 있는 작은 형체, 하산이 보였다. 그는 도로에 이르더니 사라졌다. 그는 참기 힘든 상황으로부터 도망치고 있었다. 그의 온몸이 그것을 외치고 있었다. 도대체 그것은 모두 무엇에 관한 건가?

 그러다가 스티븐은 이해했다. 갑자기. 바로 그렇게. 그러나 그는 믿을 수가 없었다. 그러나, 그렇다, 그는 믿어야만 했다. 아니 그것은 가능하지 않다…….

 불가능하지 않다. 그것은 사실이었다.

 칸 부인은 의료 보고서에 쓰여 있는 대로 셔린이 '정상적이지 않다'는 것을 알지 못했다. 그녀는 그 사실을 인정하지 않을 것이었다. 그녀에겐 학교 생활을 잘하는 정상적인 아들 둘과 정상적인 딸 둘이 있지만, 그리고 정상적이고 총명한 아이들이 어떤지 알지만, 그녀는 비교하지 않을 것이었다. 그녀에게 셔린은 정상이었다. 이건 불가능한 일이라고 말해도 소용없다. 스티븐은 중얼거리고 있었다. "아니, 단지 있을 수 없는 일이 아니라 미친 짓이야." 하여간 그는 이런 '불가능한 일들'을 일하면서 매일 발견했다. 풍요하고 다양한 광기가 인류를 충동질했고 그가 하는 일의 대부분이 이 광기를 다루는 것이라고 말할 수 있었다.

 스티븐은 난간을 붙들고 서류철을 꽉 쥔 채 서 있었다. 바람이 소리를 내며 높은 통로 주위를 휘몰아치고 있었기 때문이다. 그는 눈을 감고 있었다. 그 당당하고 냉정하게 거부하는 표정. 칸 부인의 얼굴을 마음의 눈으로 점검하고 있었다. 그 여자의 남편이 그녀에게 소리 지를 때면 그녀는 그런 얼굴을 하고 있을 것이었다. "어리석은 여자 같으니라고. 그 애는 다른 애들하고 큰 학교에 갈 수 없어. 당신 왜 그렇게 고집이 세? 당신한테 내가 그걸 다시 설명해야만 하겠소?" 그 여자는 그런 표정과 침묵으로 남편에게

장애아의 어머니 61

백번이고 맞서온 게 틀림없었다! 그래서 그는 이번 약속에도 또는 다른 약속에도 나타나지 않았던 거다. 소용없다는 것을 알고 있기 때문이다. 그는 어떤 사회 복지사에게 "내 아내는 좋은 여자지요. 그러나 좀 이상한 데가 있어요!"라고 말하고 싶지 않았던 거다. 하산도 "보세요, 우리 어머니가 좀 이상하거든요."라고 말하려 하지 않았다.

스티븐은 여전히 눈을 감은 채 자신이 그 방에서 보았던 장면을 계속 되새겼다. 장애를 가진 아이를 대할 때 칸 부인의 얼굴에 나타났던 부드러움, 소년의 얼굴에 어린 미소, 여동생을 향한 진실하고 따뜻하고 애정 어린 미소. 그 작은 소녀는 그들의 부드러움 속에 폭 싸여 있었다. 가족들이 그 애를 극진히 위하고 사랑하는데 그 여자애는 가족에게 얻는 것보다 더 좋은 무엇을 특수학교에서 배울 것인가?

스티븐은 감정이 복받쳐 오르는 것을 깨달았다. 그 감정들은 그를 바람과 함께 보도 밖으로 끌어올릴 듯 풍선처럼 하늘 속으로 밀어올릴 듯 위협했다. 그는 소리내어 웃으며 손뼉을 치고 환희에 차서 노래하고 싶었다. 그 여인, 그 어머니는 어린 딸이 모자라는 아이라는 것을 인정하지 않을 것이었다. 그 여자는 하여간 그 사실에 동의하지 않을 것이었다! 아, 그것은 놀라운 일, 기적이었다! 칸 부인, 멋집니다. 스티븐 벤틀리는 눈을 뜨고 4층 위의 커튼으로 가려진 창문을 바라보며 말했다. 그곳에서 칸 부인은 셔린을 바보라고 분류하는 그 참견쟁이들에 대항하여 자신이 또다시 승리를 획득했음을 자랑스럽게 여기며 그를 주시하고 있다는 것을 그는 물론 알고 있었다.

"정말로 멋지다." 사회 복지사는 바람 속을 향해 외쳤다. 그리고 거기서 서류를 무릎에 대고 썼다. "약속대로 아버지가 참석하지 않았음. 그의 참석이 필수적임." 날짜. 자기 이름.

공원의 즐거움

 늙수그레한 남자가 새장 철조망에 얼굴을 대고 서 있었다. 그의 모든 것은 늙은 통나무에 난 이끼처럼 누르스름하고 메말랐지만 그의 온몸은, 심지어 등조차도 분노의 기운으로 꽉 차 있다. 철조망 안에는 홍학과 두루미들이 살고 있지만 그는 닭과 병아리, 수탉을 보고 있었다. 폭발하는 황혼처럼 알록달록하고 검은, 황금빛 선홍색 수탉은 날개를 펼치고 반짝이는 통나무 위에 앉아 기세 좋게 울었다. "닥치지 못해." 철망 너머로 남자가 위협했다. 수탉은 '커카두둘두' 또는 '커카리코'라고 응수했고 남자는 말했다. "넌 뭣 때문에 그리 기분이 좋냐?" 수탉은 '크랙카크랙쿠우'라고 하며 공중으로 솟구치다가 다시 앉으며 대꾸했다. '커카루이!' 남자가 말했다. "조용히 해." 사람들이 재미있다는 표정으로 손짓하며 그를 보고 있었다. 이를 알아챈 그가 몸을 돌려 어깨를 펴고 노려보았다. 그런 다음 하나 둘 하나 둘 나무 사이로 걸어갔다. 수탉은 선홍색 볏을 흔들고 폼을 잡으며 통나무에서 내려갔다.

멀지 않은 곳에 사슴과 염소들이 자라는 방목지가 있다. 여러 세대에 걸쳐 아이들은 철망 앞에 서서 부모에게 동물에 대한 태도를 배웠다. 악마 같은 염소, 마녀들의 친구인 염소, 죄의 무게로 멀리 쫓겨난 염소와 같은 오래된 기억을 떠올리며 엄마가 '고약하고 나쁜 염소들'이라고 말하면, 어린 소년은 '고약한 염소들' 하고 말한다. 또는 "애야, 저 사랑스러운 작은 새끼 염소를 보아라."라고 하기도 한다. 그러나 누구든지 사슴들은 사랑한다.

사슴과 염소는 공존한다. 염소가 우세하다. 당근, 사과, 빵 등 맛있는 것들을 주면 덩치 큰 수사슴마저도 제 몸집의 삼분의 일밖에 안 되는 염소들에게 양보하며 옆으로 밀려난다. 염소들이 포식을 하고 나면 수사슴들이 울타리를 지배한다. 그 다음 암컷들이 크기와 무게, 성격 순서대로 오는 듯하다. 사슴 뒤에는 작년에 태어난 새끼 사슴들이 서 있고 아직도 아기 이마를 그대로 지닌 올해 태어난 새끼들이 저희보다 나이 든 사슴들이 먹이를 얻으려고 앞으로 몰려가는 것을 뒤쪽에서 바라보며 서 있다. 아, 아기 사슴 좀 봐! 그러나 아기 사슴들이 제일 좋아하는 것은 알 수 없는 충동에 공중으로 뛰어올랐다가 미친 듯이 들판을 달리는 것이다.

사슴 집단의 행동 법칙을 우리는 그저 추측만 할 수 있을 뿐이다. 때로 두 마리 수사슴이 신하들 가운데 누워 있다. 그들의 태도는 당당하다. 왕과 신하들이 수사슴을 사냥하던 시절, 또는 그 이전, 주술사들이 사슴이던 시절, 수천 년 전 제의에서 주술사들이 사슴이 되고, 뿔이 이마 위에 달려 있던 그 시절부터 지녀온 분위기가 그들을 감싸고 있다. 뿔이 돋아난 이마가 왜 야비하다고 여겨지게 된 것일까.

때로 수사슴 두 마리는, 암사슴들과 아기 사슴들이 같이 누워 있거나 먹이를 먹는 동안 경멸하듯 또는 무심한 듯 저희들끼리 쉬기도 하고 나란히 거닐기도 한다. 때로 아기 사슴들이 새로 태어나면 어미들과 새끼들은 커다란 참나무 아래 자리를 만든다. 새끼를 낳기에는 너무 어린 암놈들과 작년에 태어난 새끼들은 그곳 가까이 그러나 따로 떨어져 있다. 작년에 일곱 마리가 태어났고 재작년에도 일곱 마리가 태어났다. 이렇게 숫자가 증가하면 그들을 수용할 수 없다. 그래서 우리는 당근을 들고 있거나 풀을 뜯고 있는 울타리 밖의 어린 소년 소녀들 틈에 서서 알게 되기도 한다. 운명의 트럭이 밤에 그들을 덮치고 대여섯 마리 또는 더 많은 무리들을 싣고 가버렸다는 것을. 그들은 어디로 갔는가? 고통스러운 생각은 더 이상 하지 않는 게 좋다. 특별한 친구들이 사라졌다. 흰 암사슴도 사라졌다. 그 흰 사슴이 올해 낳은 새끼는 어미로부터 인간에 대한 신뢰를 배웠었다. 새끼는 여전히 여기 있다. 뿔이 막 보이기 시작하는 아기 수사슴은? 작년에 태어난 새끼들 중에서 다섯 마리는? 그러나 정반대의 일도 일어난다. 재작년 가을, 하룻밤 사이에 일곱 마리 새끼 대신 거기 돌연 열두 마리가 있었다. 이 은혜로운 장소는 운명의 여신이 만족스러운 사육장으로 간주한 것이 분명했다. 어딘가 다른 방목지나 숲 또는 동물원에서는 새끼 잃은 암사슴들이 새끼들을 찾고 있을 것이다. 새끼들은 이곳에서 뛰놀고 있는데.

 언제나 수사슴은 둘이다. 왜 둘인가? 사슴 사육에 관한 교재에 한 무리 안에 두 마리 수놈을 기르라고 쓰여 있는 게 분명하다. 그들은 발정기에는 친구가 아니다. 둘째 수놈은 슬프고 비참하게 고개를 떨군 채 홀로 서서 우리가 주는 먹이를 거부한다. 사람들은 말한다. "아, 불쌍한 루돌프, 너 아프니?" 아니, 그는 아프지 않다. 대장 수놈은 약간 높은 곳에 서서 커다란 뿔을 이리저리 돌리고 휘두르며 풀을 휘젓고, 으르렁거리는 소리를 내며 지독한 사향 냄새를 풍긴다. 둘째 수놈이 암놈에게 접근할 때마다 대장이 밀어낸다. 둘째는 이 길고 긴 시월의 매순간마다 자신이 열등하다는 것을 배운다. 때로 동물들도 인간들처럼 우울을 발산한다.

 이제는 닳고 쪼개진 저 뿔들이 곧 떨어질 것이다. 두 마리 수사슴은 암놈들 사이에서 뿔 없이 서 있을 것이며 그들의 목과 어깨 근육으로 암놈과 구별될 것이다. 그런데…… 그런데…… 아, 기적이다. 새 뿔이 솟아난다. 맥박이 뛰고 비로드같이 윤기 나는 봉오리들. 그리고 머지않아 곧 빗장처럼 손잡이처럼 된다. 만지면 이끼처럼 부드러운 가지가 된다. 그 부드러운 머리에서 솟구쳐 나와 곧바로 거기에 그것, 새 뿔이 생기는 거다.

 놀랄 만한 사건들이 일어나고 이를 취향에 따라 인간과 유사하게 또는 그렇지 않게 해석할 수도 있다. 재작년 여름 7월. 우리는 암놈이 새끼를 낳고 있을 때 우연히 울타리에 도착했다. 피투성이 뭉텅이가 예쁘고 젊은 암사슴의 꽁무니에서 떨어졌고 어미가 몸을 돌려 그 냄새를 맡으려는 바로 그 순간 그 어미에게서 작년에 태어난, 이제는 반쯤 자란 사슴이 달려왔다. 그것은 질투로 제정신이 아니었다. 일어나려 안간힘을 쓰는 아기 사슴을 쳐서 쓰러뜨리고 넓은 방목지를 돌며 어미를 추격하기 시작했다. 그 불쌍한 짐승은 출산으로 기진맥진하고 후산물이 불거져 나온 채 온 들판을 비틀거리며, 절망의 비명을 지르기도 하면서 시달리며 쫓기고 있었다. 이번 출산으로 인해 자기 자리를 잃은 어린 사슴은 어미를 쉴 수 있게 놔두려 하지 않았고 새로 태어난 사슴 근처에도 못 가게 했다. 후산물이 굴러 떨어졌다. 즉시 까마귀들이 번개같이 몰려와 해치워 버렸다. 한편 참나무 아래 누워 이 모든 것에 상관도 않는 듯하던 두 마리 수사슴이 일어났다. 먼저 대장 수사슴 그 다음 둘째 수사슴이 대여섯 마리의 암놈을 거느리고 풀밭에 버려진 채 누워 있는 아기 사슴에게 천천히 걸어갔다. 두 마리 커다란 수놈이 아기를 내려다보며 섰다. 그들은 고개를 돌려 아직도 질투심에 찬 수사슴에게 시달리고 있는 어미를 바라보았다. 그러다가 대장 수놈이 커다란 머리를 굽혀 새끼가 일어나도록 밀었다. 그것은 비틀거렸다. 그리고 쓰러졌다. 대장 수놈은 다시 코를 아기 사슴 밑에 넣고 들어 올렸다. 그것은 일어섰다. 이번에는 좀 더 오래. 그런 뒤 쓰러졌다. 그러나 수놈들과 암놈들은 만족했다. 그들은 울타리로 천천히 걸어가서 서더니 인간 친구들에게 이것저

것 조금씩 받아 먹었다. 반 시간 후 우리가 떠날 때 어미는 여전히 목쉰 소리로 저항하며 넘어지기도 하면서 작년에 낳은 새끼를 피하려고 애쓰고 있었다.

다음 날 어미는 갓 태어난 새끼에게 젖을 먹이고 있었고 제 자리였던 그곳에서 밀려난 한 살짜리 수사슴은 그 옆에 있었다. 어미는 갓난 새끼와(암놈인지 수놈인지 모르겠으나) 한 살짜리 사이에서 고심하며 쉬지 않고 움직이고 있었다.

염소들에게도 그들 나름의 드라마가 있다. 올해 그들 중 건강한 암염소 두 마리가 오두막이 딸려 있는 작은 보조 방목지에서 숫염소와 짝 지어졌다. 놀랄 만한 일이었다. 왜냐하면 암염소들은 갖가지 빵과 야채를 먹어 너무 뚱뚱해져 있어서 늘 새끼를 밴 것처럼 보였는데 두 마리만 짝을 얻게 되었으니 말이다. 그들이 큰 들판의 무리에 다시 합류하자 그들은 공기 베개처럼 빠르게 부풀었다. 보라! 그들이 아기를 낳을 때까지. 그들 중 한 마리는 희고 검은 작은 새끼를 낳았는데 그것은 첫 숨을 내쉬는 순간부터 건방지고 뻔뻔했다. 그것은 커다란 참나무 밖으로 드러난 뿌리 위에 뛰어올라 자기가 가축의 왕이라고 뽐내며 서 있었다. 그런 뒤 뛰어 내려와 자기보다 몇 배나 큰 커다란 염소에게 이마를 수그려 들이밀었다. 큰 염소는 도전을 받아들이고 조심스럽게 자기 머리를 수그려 아기가 밀치도록 허락했다. 놀란 어미는 그 시합을 주시하다가 더는 참지 못하고 큰 염소와 건방지고 의기양양한 새끼 염소 사이로 끼어들었다. 새끼 염소는 걱정스러워 하는 어미가 옆에서 지키는 동안 계속 이 큰 염소와 다른 염소에게로 뽐내며

공원의 즐거움 **69**

다가가 굽슬거리는 이마를 수그러뜨리며 뿔을 받고 밀어내며 장난했다.
 그리고 또 다른 암염소는? 무슨 일이 일어난 게 틀림없었다. 오랫동안 젖이 백파이프같이 부푼 상태에서 울타리에 갇힌 채 다른 어미와 새끼를 내다보고 있었다. 마침내 젖이 작아졌다. 사람들이 우유를 짠 것인가? 자연은 그 모든 일을 해야만 했던가? 곧 그것은 새끼 없이 다른 무리 속으로 돌아왔다.
 까마귀들은 그동안 계속 주위에 있었다. 커다란 나무들 속에 여기저기 앉아 있기도 하고 땅 위에서 똥 속에 들어 있을지 모를 것들을 찾으며 또는 미처 발견 못한 빵조각들을 찾으며 이리저리 팔짝팔짝 걸어 다녔다. 까마귀들은 어미 사슴들이 지키지만 않으면 새끼 사슴들의 머리에서 눈이라도 빼먹을 것이었다. 그러나 어미 염소와 암사슴들이 자기 새끼에게 까마귀들이 너무 가까이 가지나 않는지 날카롭게 감시하고 있으면, 풀 속에 몸을 길게 뻗고 쉬고 있는 사슴의 몸 위에서 길고 무더운 여러 달 동안 염소와 사슴을 괴롭히는 파리와 다른 곤충들을 까마귀들이 쪼아 먹는 것을 볼 수 있을 것이다. 더구나 우리는 곤충이 극성을 부리는 두 번의 좋은 여름을 보냈었다. 이래서 아프리카에 가면 동물의 가죽에서 벌레를 쪼아내는 새들을 볼 수 있다.
 일주일을 전후하여 동물 우리 둘레에 있는 나무들의 잎사귀가 떨어질 것이고 까마귀와 다른 새들이 눈에 띄게 될 것이다. 많이. 너무 많이. 왜냐하면 온화한 겨울 때문에 새의 수가 폭발적으로 늘어났기 때문이다. 나는 지난 주

빵조각을 던져주며 백여 마리의 까마귀를 세었다. 그들은 하늘 도처에서 계속 날아들고 있다. 다른 까마귀들을 불러 모으는 임무를 띤, 또는 스스로 임무를 맡은 까마귀가 있는 듯하다. '빨리, 여기 먹이가 있어.'처럼 들리는 독특한 외침 소리가 있기 때문이다. 재미있는 것은 지난해 혹독한 겨울, 새들이 그처럼 어려운 시기를 보냈을 때 나는 꽝꽝 얼어붙은 내 정원에 까마귀들을 위해 고깃부스러기를 뿌렸는데 그것들은 빵을 더 좋아했다. 먼저 오 분 안에 빵을 대여섯 개 처리하고 그 다음 고기를 먹어치웠다. 옥스포드 사전에 의하면, 맹금류에는 독수리, 매, 말똥가리, 올빼미 등이 포함된다. 생각해 보자. 흰 빵 조각을 주었을 때 대체 누가 그걸 먹겠느냐고.

울타리 안에는 야생 동물이 있다. 울타리 밖 자유로운 쪽으로는 인간과 개들이 있다. 사슴들은 개가 울타리에 와서 코를 비비는 것을 좋아하지 않는다. 그들은 개가 없는 곳에서 개들을 본다. 나에게는 갈색 울 코트가 있는데 이것을 팔 아래 둘둘 말아 끼고 있으면 사슴과 까마귀들이 가까이 오지 않는다. 그들은 갈색 털이 많이 난 짐승을 분명하게 보고 있는 거다. 내가 그 코트를 입어 인간의 형체가 드러나면 괜찮다.

개들은 철조망 때문에 괴로움을 겪는다. 그들은 여기저기 코를 비비며 자신들과 그 짐승들의 관계—그 짐승들의 냄새는 태곳적의 기억들을 불러일으킨다—가 정말로 어떤 것이었는지 기억하려고 애쓴다. "이리 와라." 주인들이 소리친다. "이리 와, 본조! 밀리! 트리시!" 주말마다 공원은 개들로 가득 찬다. 히스 벌판 옆에 있는 이 공원은 가장 쾌적한 축에 속하는데 이곳에는 집 안에 심지어는 아파트에 갇혀 슬픈 한 주일을 보냈을 개들이 몰려든다. 그들은 해방, 그러나 조건부로 해방된다. 그토록 짧은 시간 동안 그것도 묵인하에 밧줄에서 풀려난다. 어미 젖을 떼인 뒤, 또 형제자매들과 놀지 못하게 된 뒤 다른 개들을 거의 본 적이 없는 개들은 사방에서 큰 개와 작은 개, 자기와 같은 개들을 본다. "이봐, 잠깐만." 그들의 본능이 그들에게 속삭인다. "개가 반드시 인간을 따라다닐 필요는 없어." 개들은 꼬리를 흔들며 서로에게 접근한다. 그들은 꽁무니 냄새를 맡고 또 냄새를 맡으라고 가만히 서 있고 원을 그리며 빙빙 돌기도 한다. 반면 다른 개들은 정신을 혼돈시키는 냄새, 그들의 두뇌 속에서 자신들이 배운 모든 것과 정반대의 지시를 촉발시키는 냄새를 코로 찾는다. 개 한 마리가 나무토막을 물고 초대하듯 짖으며 다른 개에게 접근한다. 와서 놀자, 나를 쫓아와라. 즉시 제각기 크기가 다른 개 열두어 마리가 이리저리 달리며 서로를 쫓는다. 그들이 짖는 소리는 환호성처럼 들린다. 이 개들은 집에 매인, 인간에게 매인 개들의 자손의 자손인지도 모르지만 이미 한 집단이다. 대장 개를 볼 수 있고 집단의 질서가 형성되는 것도 볼 수 있다……. 그들이 서로 어떻게 먹이를 빼앗고 쫓고 싸우는지 볼 수 있다. 그리고 겨울 밤 배가 고파 울부짖는 늑대가 당신 조상들의 목털을 쭈뼛 서게 했을 때처럼, 개들의 것만큼 오래된 본능을 당신 속에서도 느낀다. 그러나 여기 주인들이 온다. 여기 인간들이 있다.

그들은 질서를 세우려고 달려온다. "빨리 이리 와, 본조! 그러프! 피피! 룰루! ……나쁜 녀석! 빨리 와!" 집단은 무너지고 개들은 차분하게 주인에게 돌아간다. "착하지, 착하지!" 그들은 인간의 뒤를 따라가고 자신들을 토닥거리고 쓰다듬으며 먹이 접시를 놓아주는 사람의 손 냄새를 맡는다. 그러나 그들은 가면서도 고개를 돌려 다른 개, 접근이 금지된 개들을 되돌아본다. 생각에 잠긴, 게다가 당혹스럽기까지 한 표정으로.

나와 친구들이 자주 즐거운 시간을 보내는 언덕 위의 카페에는 곰처럼 큰 검은 개 한 마리가 오곤 한다. 그 개가 가까이 오면 고개를 돌리는 사람도 있다. 그런 짐승을 전에 본 적이 없는 사람들은 전율을 느낄 법도 하다. 그 괴물 같은 개는 주인 가족들이 커피와 케이크를 가지러 간 동안 얌전하게 의자 옆에 앉아 있다. 분홍색 플라스틱 넥타이 같은 혀를 굴리는 그 개는 기다리면서 웃고 있는 듯 보인다. 여기 그들, 그의 가족들이 온다! 그들은 아이스크림을 가져왔다. 그는 곰처럼 생긴 턱을 벌린다……. 아이스크림은 콘에서 커다란 분홍색 혀로 미끄러져 들어간다. 그는 절묘하게 삼키고 나서 콘도 먹는다. 그리고 검은 털 투성이 꼬리를 이리저리 치더니 눕는다. 지난 여름 굉장히 더울 때 엄청나게 큰 검은 개 두 마리가 다리 근처 연못 안으로 걸어 들어갔다. 그들은 안락의자에 앉은 곰처럼 미소 지으며 잔 물결을 찰싹거린다. 젊은 여주인이 "이리 와, 브루노. 거기서 나와, 백스터!"라고 불러도 시원한 진흙 속에 퍼질러 앉아 들은 척도 않는다. 턱 아래 물속에서 발을 첨벙거리는 그들은 잘못을 아는 듯하지만 그렇다고 해서 그 기분 좋은 상태를 벗어나 대낮의 열기 속으로 나오지는 않았다. "이리 나와라, 브루노, 백스터!" 그들은 계속 앉아 있었다. 아, 정말 유쾌한 녀석들, 고약한 개들.

자궁 병동

커다란 방 안에 여덟 개의 병상이 있다. 한쪽에 네 개씩, 서로 너무 가깝게 놓여 있다. 이곳은 런던 북부에 있는 허름한 빅토리아식 병원이다. 그 방은 병실용으로 지어진 것은 아닐 것이다. 그러나 창문에는 분홍색 꽃무늬 커튼이 달려 있고 사적인 공간이 필요할 때는 침대들을 분리시킬 수 있는 깔끔한 곳이었다. 방문 시간에 맞추어 병실이 정돈되었으므로 장식용의 기다란 분홍 천은 뒤로 묶여 있다. 많은 사람들이 의자에 또는 침대에 여기저기 앉아 있었다. 오후 2시가 지나자 어머니, 누이, 오빠, 그리고 사촌, 친구, 아이들이 오가고 있었다. 남편들은 없었다. 그들은 나중에 올 것이었다. 그런데 남편이 한 사람 있었다. 마흔다섯 살쯤 되는 예쁜 여자가 누워 있는 침대 머리맡 가까이에 앉아 있었다. 그가 양 손으로 그녀의 손을 한쪽씩 잡고 있는 동안 여자는 그의 얼굴을 응시했다. 그는 손이 컸다. 좋은 옷을 입고 있었고 체격도 좋았다. 그는 광고에 나오는 것 같은 눈부신 흰 셔츠와 회색 트위드 재킷을 입고 있었다. 그러나 그가 넥타이를 풀어 의자 등받이에 걸어놓자 분위기가 한결 편안해졌다. 아내를 위한 그의 깊은 배려와 그를 바라보는 여자의 애원하는 시선 때문에 그들은 마치 커튼이 쳐진 그들만의 집에 있는 듯 보였다. 물론 두 사람 모두 오가는 방문객들을 의식하지 못했다.

그녀는 정오에 입원했고 그는 그때부터 줄곧, 정해진 방문 시간 이전부터 그녀와 함께 있었다.

이곳은 산부인과 질병을 다루는 병동 또는 여자들이 농담하는 대로 자궁 병동이었다. 다른 일곱 명의 여자들은 수술을 했거나 할 예정이었으며 또는 다른 치료를 받을 것이었다. 아무도 증세가 심각하지 않았고 그래서 다른 어느 병동에서보다 더 많은 농담이 오갔지만 계속 저조한 분위기가 깔려 있었다. 항상 드나드는 간호사들은 울고 있는 여자나 너무 오랫동안 말이 없는 여자들을 감시했다.

6시에 저녁 식사가 들어왔고 방문객들은 대부분 집으로 돌아갔다. 식욕이 있는 사람은 아무도 없었지만 남편은 안 먹겠다는 아내를 달랬다. 여자는 조금 울었지만 그가 아버지처럼 달래자 울음을 그쳤다. 그러고는 그가 커스터드 사발을 손에 들고 숟가락으로 떠 먹이는 동안 얌전히 앉아 있었다. 그는 이따금 숟가락질을 멈추고 커다랗고 새하얀 구식 손수건으로 그녀의 눈을 닦아주었다. 그녀가 눈물을 오랫동안 참지 못했기 때문이다. 여자는 조금씩 훌쩍이고 가슴을 헐떡이면서 눈물 젖은 크고 푸른 눈으로 줄곧 그를 응시하며 어린애처럼 울었다. 푸른 눈의 그녀는 행복해하려고 애썼다. 우는 것은 그녀에게 어울리지 않기 때문이다.

다른 여자들이 이 장면을 주시하고 있었다. 그들은 이따금 의미심장하게 시선을 마주쳤다. 그러다가 퇴근한 남편들이 들어왔고 한 시간가량 그 방에서 부부들은 아이들과 집안일에 대해 일상적이고 구체적인 대화를 나눴다. 네 명의 남편이 왔다. 늙은 여자 하나가 잡지책을 넘기면서 책장 너머로 다른 사람들을 쳐다보며 혼자 앉아 있었다. 또 한 사람, 미스 쿡은 결혼을 해본 적이 없었다. 그 여자 역시 뜨개질을 하며 주위에서 일어나고 있는 일들을 주시했다. 옆에 남자가 없는 또 한 여자는 책을 읽으며 이어폰을 귀에 꽂고 있었다. 그 여자는 '꼴불견[1]이었다.'(정말 그 여자가 그런지 아닌지는 몰랐지만 상류층 여자이므로 그럴 것이라고들 생각했다.)

남자들이 가야 할 시간이 되었다. 키스에, 손짓에, 내일 또 오겠다는 인사까지 하고는 떠났다. 그날 들어온 그 여자는 남편에게 매달려 울었다. "안 돼, 가지 마. 톰, 제발 가지 마요." 그는 그녀를 안고 등과 어깨, 지금은 헝클어졌지만 보기 좋게 굽슬거리는 부드러운 회색 머리를 토닥거렸다. 그는 연거푸 말했다. "난 가야 하오. 제발 울지 마, 마일드리드. 이제 기운 좀 내." 그러나 그녀는 계속 매달렸다. 그녀는 고개를 들어 비극적인 표정을 짓고는 다시

---

[1] '꼴불견'을 영어로 'horsey'라고 하는데 'horsey'에는 '말(horse) 같은, 말을 좋아하는'의 뜻도 있다.

남편의 어깨에 기대 더욱 심하게 울었다.
 "마일드리드, 제발 그만해요. 의사가 말했잖소, 심각하지 않다고. 그가 그러지 않았소. 우린 최악의 경우를 생각해야 한다고 말했지만 그는 최악의 경우란 없다고 했어요. 당신은 일주일 안에 퇴원할 거라고 했소……." 그는 단호하면서도 부드러운 목소리로 계속 이렇게 말하고 여자를 토닥거리며 달랬다. 여자는 더욱 격렬하게 흐느끼며 매달렸다. 그러고는 고개를 흔들며 자신이 우는 이유는 의학적인 치료 때문이 아니라고 했다. 그도 알고 있으면서 일부러 그 이유를 모르는 척한다고 했다.
 여자의 울음소리가 하도 시끄러워 간호사가 들어왔지만 어쩔 줄 모른 채 빤히 쳐다보며 서 있을 뿐이었다. 남편 톰은 심각한 얼굴로 간호사를 쳐다보았다. 속수무책의 표정과는 거리가 멀었다. 그는 오히려 이렇게 말하고 있었다. 더 이상 내가 할 수 있는 일은 없소. 이젠 당신 몫이오.
 "마일드리드, 난 이제 가오." 그는 몸을 빼내고 여자의 팔을 끌어내렸으나 여자는 금방 다시 그의 목을 감았다. 마침내 그녀에게서 벗어나자 그는 여자를 다시 베개에 눕히고 일어나 부드럽게 말했다. 미안하다는 어조가 아니었다. 이 사람은 원래 쉽게 사과하는 대신 알아야 할 바를 설명하는 사람이었기 때문이다. "저, 아내와 나는 떨어져 있어본 적이 없어요. 결혼 이후 이십오 년 동안 단 하룻밤도 없어요." 이 말을 들으며 그의 아내는 예쁜 분홍색 웃옷 위로 온통 눈물을 줄줄 흘리며 격렬하게 고개를 끄덕였다. 그런 뒤 그가 거기 똑바로 선 채 그녀에게 다시 몸을 굽히지 않으리라는 것을 알고는 그에게서 시선을 돌려 벽을 노려보았다.
 "여보, 이제 가오." 톰이 말했다. 그러고는 소리 없이 간호사에게 인계받으라고 명령하는 표정을 지으며 밖으로 나갔다.
 "자, 그랜트 부인." 간호사가 직업적인 훈련에서 나오는 유쾌한 목소리로 말했다. 스무 살 정도의 지쳐 보이는 여자였다. 그 여자가 제일 싫어하는 것은 불평하면서 계속 칭얼거리는 늙은 여자(그녀에게는 그렇게 보였다.)였다. "당신은 딴 사람들을 모두 방해하고 있어요. 다른 사람 생각도 하셔야죠." 그녀는 기대를 안고 말해 보았다.
 호소해 봤자 소용없었다. 다른 여자들이 냉소적인 얼굴로 그럴 줄 알았다고 말하는 듯했다. 마일드리드 그랜트는 이제 소리를 좀 죽여 울고 있었다. "따끈한 차 한 잔 하시겠어요?" 대답이 없었다. 단지 훌쩍이며 작게 흐느끼는 소리뿐. 간호사는 모두 자기보다 훨씬 나이가 많은 여자들을 죽 둘러보고는 나가버렸다.
 9시. 곧 잠이 들어야 할 시간이었다. 수면을 유도하는 우유 같은 음료를 실은 작은 수레가 들어왔다. 어떤 여자들은 머리를 빗어 롤러에 말기도 하고 크림을 건성으로 목과 얼굴에 바르기도 했다. 시간의 흐름이 감지되는 정적감이 돌았다. 낮 당번은 집으로 가고 밤 당번이 오고 있었다.
 늙은 여자, 간호사가 할머니라고 부르는 정말로 늙은 여자가 밝게 말했다. "내 남편은 이십 년 전에 죽었어. 나는 혼자서 이십 년을 산 거야. 우리는 행복했지. 그랬어. 그러나 그가 죽은 후 나는 줄곧 혼자였지."
 울음소리가 멈췄다. 두어 명의 여자들이 말하는 이에게 축하의 미소를 보냈지만 혼자 남겨진 그 여자는 그 순간 다시 울음을 터뜨렸다.
 늙은 여자는 어깨를 으쓱하며 한숨을 쉰다. "어떤 이들은 자신들의 행운을 몰라." 그녀가 말했다.
 "그래요, 몰라요." 그 맞은편에 있는 여자, 미스 쿡이 말했다. "난 남편을 가져본 적이 없어. 좋은 남자를 하나 낚았다고 생각할 때마다 그는 도망가 버렸어요!" 그녀는 이 대담한 농담을 하고는 늘 그래왔던 대로 큰 소리로 웃었다. 그러고는 자신이 원하는 효과가 있었는지 알고 싶어 빠르게 사람들을 훑어보았다. 그들은 웃고 있었다. 미스 쿡은 코미디언이었다. 몇십 년 전 그 여자는 바로 이 농담으로 코미디언의 길로 들어섰을 것이다. 그녀는 몸집이 크고 얼굴이 붉은, 일흔 살가량의 만만찮은 여성이었다.
 곧 그들은 모두 깨끗이 씻고 머리를 빗고 단정하게 잠자리에 들었다. 밤 당번 간호사, 생기 있는 또 다른 젊은 여성이 그들을 둘러보러 왔다. 그녀는 앞 당번이었던 간호사로부터 그 골치 아픈 환자에 대해 들어서인지 흐느끼고 있는 마일드리드 그랜트를 불안한 눈길로 오랫동안 살핀 뒤 말했다. "안녕히 주무세요, 모두." 그녀는 경고 또는 충고를 할 듯하더니 그냥 불을 끄고 나갔다.
 방 안은 어둡지 않았다. 병원의 주차장을 밝히는 크고 노란 등이 이곳으로 비쳐들었다. 벽에는 밝은 색과 어두운 색이 섞여 있는 무늬가 있었고 커튼의 분홍빛은 차분했으나 화려한 느낌을 주었다.
 일곱 여자가 긴장한 채 침대에 누워 마일드리드 그랜트에게 귀를 기울이고 있었다.
 그 여자의 침대는 문 가까이에 있었다. 그 여자 옆 두 침대에는 에너지가 넘치는 중년의 마나님들이 누워 있었다. 이들은 아이들과 며느리, 사위, 남편, 온갖 친척들을 지휘했으며 그들은 언제나 꽃과 과일을 들고 왔다. 이 모든 것이 다른 사람들에게는 가족 파티가 계속되는 것처럼 보였다. 조안 리 부인과 로즈마리 스탬포드 부인은 하루에도 대여섯 번씩 전화기를 달라고 하여 치과 의사나 의사들과 약속을 잡았고 가족들에게 이런저런 일을 상기시켰다. 또는 집에 있는 행복하고 운 좋은 사람들이 잊어버리기 쉬운 식품들을 주문하려고 식료품 가게나 야채 가게에 전화를 했다. 그들은 자궁에 문제가 생겨 병원에 있었지만 정신은 딴 데 가 있었다. 지금 그들은 어쩔 수 없이 여기 있어야 하고 귀를 기울여야 한다. 네 번째 침대에는 코미디언 미스 쿡이 누워 있다. 그녀 맞은편에는 아주 늙은 여자, 예의 그 과부가 있었다. 그 여자 옆에는 '꼴불견인 여자', 그 여자 계층 특유의 높고 분명한 명령조의 목소리를 가진 잘 생긴 젊은 여자가 있었다. 그녀는 붙임성이 있는 것도 아니고 새침하지도 않게 책과 워크맨으로 고집스럽게 자기만의 영역을 지키고 있다. 그녀에 대한 시대착오적 혐오감 때문에 다른 사람들은 그녀가 방에 없을 때 의견을 모았다. 그녀가 국가의료보험으로 중절 수술을 한 것은 이기적인 짓이라고. 그 여자는 개인 병원에 갔어야 했다. 입고 있는 옷과 전반적인 스타일로 보아 그 여자는 분명 그럴 수 있는 형편이었다. 그 여자 옆에는 갓 결혼한 여자가 유산을 하고 물에 빠진 듯 기운 없이 침대에 누워 있었다. 창백하고 슬프게, 그러나 용감하게. 그 여자 옆 그리고 마일드리드 그랜트 맞은편에는 댄서가 있었다. 그녀는 더 이상 젊지 않았고 이제 다른 사람들에게 춤추는 법을 가르쳐야만 했다. 그녀는 넘어져서 장기 손상으로 고통을 받고 있었다. 그 여자는 우울했지만 의연한 얼굴을 하고 있다. "웃어요. 그러면 세상이 당신과 함께 웃지요!" 그녀는 자주 활기 있게 외쳤다. 그것이 그녀의 좌우명이기도 했다. "삶은 위대한 거예요. 당신이 약해지지만 않으면!"

여자들은 침대에서 뒤척이고 있었다. 주차장에서 들어오는 빛 때문에 그들의 눈에서 빛이 났다. 한 시간이 지났다. 우는 소리를 듣고 밤 당번 간호사가 밖에서 들어왔다. 그녀는 침대 옆에 서서 말했다. "그랜트 부인, 뭐 하시는 거예요? 다른 환자들은 잠을 좀 자야 해요. 당신도. 당신은 아침에 진찰을 받아야 합니다. 두려워할 것 없어요. 휴식을 좀 취하세요."

흐느낌이 계속되었다.

"난 모르겠어요." 간호사가 말했다. "몇 분 안에 저이가 울음을 그치지 않으면 종을 치세요." 그리고 그녀는 나가 버렸다.

마일드리드 그랜트는 이제 좀 나직이 울고 있었다. 그것은 음울하면서도 기계적인 흐느낌이었고 이제 그들의 신경을 몹시 건드렸다. 그들 각자의 내부에 자신의 권리와 요구 사항을 가진 달랠 수 없는 어린 아이가 들어 있었으며 그들은 그 아이를, 그리고 그 아이를 누르기 위해 자신들이 얼마나 큰 대가를 치렀는지를 떠올리지 않을 수 없었다. 유산을 한 창백한 여자가 소리 없이 울고 있었다. 그들은 그녀의 뺨에 눈물이 번쩍이는 것을 보았다. 용감한 댄서는 엄지 손가락을 입에 문 채 태아였을 때의 모습으로 몸을 웅크리고 누워 있었다. 그 '꼴불견인 여자'는—사실 그 여자는 말을 싫어했다—다시 워크맨의 이어폰을 꼈다. 그러나 그녀도 응시하고 있었다. 어떤 소리들을 동원해서라도 차단하고자 했던 울음소리를 자신도 어쩔 수 없이 듣고 있는 것이다. 여자들은 모두 서로를 의식하며 주시하고 있었고 자기들 중에서 누군가가 정말로 무너질까 봐, 비명이라도 지르기 시작할까 봐 두려워하고 있었다.

　로즈마리 스탬포드 부인, 강건하며 결코 무엇에도 굴하지 않을 것만 같은 그녀가 마침내 더 이상 참을 수 없다는 듯 성난 소리로 말했다. "저 여자를 다른 병동으로 옮겨야 해. 공평하지 않아. 내가 그 사람들에게 말해야겠어."

　그러나 그 여자가 움직이기 전에 미스 쿡이 자기 침대에서 나오고 있었다. 그녀는 몸집이 크고 볼품없을 뿐만 아니라 류머티즘이 심해서 나오는 데 시간이 걸렸다. 그녀는 천천히 안감을 댄 꽃무늬 실내복을 입으면서 자기 방은 추운데, 필요한 만큼 따뜻하게 할 형편이 못 되서 안감을 댄 것이라 말하고는 몸을 구부려 슬리퍼를 신었다. 간호사에게 말하기 위해 밖으로 나가려는 것인가? 화장실에? 어쨌든 그녀를 주시함으로써 그들의 마음은 마일드리드 그랜트에게서 멀어졌다.

그 여자는 마일드리드 그랜트에게 갔다. 그리고 그녀의 남편이 줄곧 앉아 있었던 의자에 앉더니 자신의 굳센 손을 마일드리드의 어깨 위에 놓았다.

"이봐요." 그녀는 말했다. 아니, 명령했다. "난 당신이 내 말을 듣기 바라요. 듣고 있어요? 우리는 모두 여기서 한 배를 타고 있어요. 각자 작은 걱정들을 안고 말이죠. 모두 그래요. 나는 자궁 절제 수술을 해야 했어요." 히스테리아엑토미라고 그녀는 우스꽝스럽게 발음을 했다.[2] 과부를 제외한 여기 있는 다른 사람들과는 달리 그녀는 옛날식의 진짜 노동자층에 속하는 여자였지만 그 단어를 어떻게 발음해야 할지 아주 잘 알고 있었기 때문이다. "내 생각에 그건 공평하지 못해요. 내 자궁이 도대체 날 위해 무슨 일을 한 적이 있나요?" 여기서 그녀는 얼굴을 쳐들었고 다른 사람들은 그 여자가 왼쪽 눈으로 윙크하는 것을 볼 수 있었다. 언제나 남들을 웃기는 재능이 있지, 그게 나야, 그 윙크의 의미였다. 이제 그녀는 흐느낌에 파묻히지 않도록 크게 말했다. "이봐요, 당신이 일생 동안 매일 밤 누군가에게 잘 자라는 인사를 할 수 있었다면, 그건 대부분의 사람들보다 더 많은 것을 누린 거예요. 당신, 그런 식으로 볼 수 없어요?"

---

[2] 원래 '자궁 절제 수술'은 영어로 '히스터렉토미 hysterectomy'라고 발음해야 옳은데 '히스테리아엑토미 hysteriaectomy'라고 우스꽝스럽게 발음한 것이다. '히스테리 hysteria'는 그리스어로 '자궁'이라는 말에서 왔다.

마일드리드는 계속 울었다.

그들은 모두 창문으로 들어오는 빛 속에서 미스 쿡의 얼굴을 볼 수 있었다. 긴장되고 지쳐 보였지만 즐거운 광대와 같은 얼굴이었다.

그 여자는 울고 있는 여자의 어깨를 팔로 감싸안고 부드럽게 흔들었다. "자, 이봐요." 그녀가 말했다. "그렇게 울지 마, 정말로 그러면 안 돼……."

그러나 마일드리드는 몸을 돌려 자기 팔로 미스 쿡의 목을 왈칵 안았다. "아." 그녀는 울었다. "미안해요. 그러나 어쩔 수 없어요. 난 한번도 혼자 자야만 했던 적이 없어요. 언제나 톰이 있었어요……."

미스 쿡은 두 팔로 마일드리드를 안고 그 딱한, 혼자 남은 어린애를 흔들며 달랬다. 그 여자의 얼굴은 말 그대로 연구 대상이었다. 그녀는 자기 자신과 투쟁하고 있는 듯했다. 그녀가 드디어 입을 열었을 때 목소리는 거칠고 성까지 나 있었다. "당신은 얼마나 운이 좋은 여자요, 안 그래요? 언제나 톰이 있었으니. 확신하건대 우리 모두는 우리도 그런 말을 할 수 있기를 바라요." 그녀는 화를 누르고 다시 부드럽고 단조로운 어조로 말하기 시작했다. "가엾은 어린애. 어쩌나. 아, 가엾은……."

미스 쿡에게는 아이가 없고 그녀가 결혼한 적이 없이 혼자 살았다는 것을, 그녀에게는 고양이 외에는 만지고 토닥거리고 안아줄 사람이 아무도 없다는 것을 다른 여자들은 기억하고 있었다. 그리고 지금 그 여자는 두 팔로 마일드리드 그랜트를 안고 있다. 그녀는 아마도 몇 년 만에 처음으로 다른 사람을, 남자이든 여자이든 간에, 두 팔로 안고 있는 것이다.
 그것은 어떤 느낌이었을까? 이렇게 다른 세계가 있다는 것을 상기하게 된 것은. 서로 껴안고 붙들고 키스하고 밤이면 가까이 눕고 꿈에서 깨면 어둠 속에서 자신을 안고 있는 팔을 더듬거나 손을 뻗을 수 있으서 "안아줘, 내가 꿈을 꾸었나 봐."라고 말하는 세상.
 그러나 그녀의 목소리는 친절하고 무심하게, 그리고 단호하게 계속되었다. "가여운, 가여운 어린애. 어쩌나. 그래도 괜찮아. 당신의 톰을 곧 다시 만나게 될 거야, 그렇지 않아……?"
 이렇게 거의 십오 분이 지났다. 흐느끼는 소리가 그쳤다. 미스 쿡은 기진맥진한 여자를 내려놓고 아기에게 하듯 그녀의 팔다리와 머리를 편안한 자세로 부드럽게 눕혔다.
 선 채로 잠자고 있는 여자를 내려다보는 미스 쿡의 얼굴은 어쩌면 전보다 더한 연구 대상이었다. 그 여자는 자기 침대로 가서 꽃무늬 가운과 슬리퍼를 벗고 조심스럽게 누웠다.
 여자들은 말없이 생각을 나누었다.
 누군가가 무슨 말을 해야만 했다. 그 여자, 미스 쿡이 말할 수밖에 없었다. "아." 그녀가 말했다. "살면서 배우는 거지."
 곧 그들은 모두 자신만의 세계에 잠긴 채 깊이 잠들었다.

원칙

 나는 햄스테드 가에서 차를 몰고 있었다. 그 길은 다들 알다시피 차가 다니도록 계획된 것이 아니었고 얼마 전까지도 말과 사람이 걸어 다니던 곳이다. 내 앞에 차들이 엉켜 있었다. 늘상 있는 일. 나는 멈췄다. 그래야만 했다. 내 앞에는 골프, 그 앞에는 푸른색 에스코트가 붉은색 밴과 마주본 채 차단되어 있었다. 붉은 밴이 조금만 후진하면 에스코트가 지나갈 수 있었다. 그러나 붉은 밴은 꿈쩍도 않는다. 반대로 에스코트가 밴을 통과시키면, 그러면, 그래, 여자 운전자의 차는 주차된 차를 지나 후진하여 들어가기에는 너무 좁은 빈 터에 삐딱하게 들어설 것이다. 어쨌건 그 차는 귀퉁이가 나오게 된다. 에스코트가 그렇게 하면, 그렇다, 붉은 밴이 지나갈 수 있는 여지는 있을 거다. 그러나 겨우 지나갈 자리. 바람직한 것은 붉은 밴이 후진하는 것이었다.

이는 원칙의 문제임이 명백했다. 우리가 당면하고 있는 것은 원칙이었다. 붉은 밴은 양보하지 않으려는 여성 운전자와 마주하고 있었다. 에스코트는 비합리적인 남자의 억지에 직면하고 있었다. 여성 운전자가 후진했다가 에스코트조차 들어갈 수 없는 좁은 자리로 급히 되돌아가는 우스꽝스러운 짓을 해야 한다는 것은 있을 수 없는 일이다. 밴이 후진하는 것은 눈 깜짝할 사이면 되는 일인데 말이다.

붉은 밴의 뒤쪽으로는 차들이 언덕까지 줄지어 있었다.

차들이 경적을 울려댔다. 내 앞에 있는 골프도 그들과 보조를 맞추려고 경적을 울렸다. 그 다음 골프에 타고 있던 남자가 밖으로 나와 에스코트의 창 옆으로 걸어가 여자에게 몇 마디 하고는 붉은 밴의 창으로 갔다.

그는 몸을 돌려 천천히 돌아왔다. 그는 재미있다고 생각하기로 했다. 완전히 체념한 채 흥미 있다는 듯 초연한 얼굴이었다. 그는 양쪽 허벅지까지 두 손을 내리고 손바닥을 안으로 한 채 흔들고 있었다. 마치 이렇게 말하듯이. "우리는 지금 큰 혼란에 직면했소! 그러나 침착함을 잃지 맙시다." 그는 어깨를 으쓱하고 차 안으로 들어갔다. 그러더니 고개를 밖으로 내밀고 나에게 후진하라고 손짓했다. 바로 내 뒤쪽 왼편에 언덕으로 이어지는 길이 있었지만 도요타를 탄 여자가 길을 막고 있었다. 그 여자는 그 뒤에 있는 트럭과 문제가 있었다. 트럭 안의 남자는 모든 것이 앞에 있는 여자 운전자의 잘못이라고 소리치고 있으나 도요타 안에 있는 여자는 그 말을 들으려 하지 않았다. 그 여자는 말없이 긴장되고 성난 미소를 희미하게 지은 채 앉아 있었다. 트럭 안의 남자가 뛰어내려 도요타를 향해 주먹을 휘두르더니 덩달아 나에게도 휘두르고는 성큼성큼 걸어 우리 둘을 지나 골프를 지나 두 차가 마주 서 있는 곳에 도착했다. 그는 트럭 운전석에 앉아서 보고 있었기 때문에 붉은 밴을 탄 남자가 에스코트보다 더 잘못이 크다는 것을 알 수 없었다. 그는 건성으로 에스코트 안에 있는 여자에게 소리를 좀 질렀다. 여자는 이제 담배를 피우고 있었다. 하도 맹렬히 피워서 운전석에 불이 난 것 같았다. 그는 붉은 밴의 운전자에게는 아예 말을 걸려 하지도 않았다. 짐작하건대 그래봤자 소용없다는 것을 아는 듯했다. 그는 골프 안의 남자를 쳐다보지 않고 돌아와 나를, 그리고 도요타를 타고 있는 여자를 지나쳤다. 그는 골프를 타고 있는 남자가 자기 편이 아니며, 오히려 자기를 틀렸다고 생각할 것임을 이제 알고 있었다. 그는 운전석으로 다시 올라가 도요타를 왼쪽으로 나가도록 하자면 자기가 어떻게 후진해야 할지 살폈다. 그러나 그의 뒤에는 이제 차들이 대여섯 대나 있었다. 그는 그들에게 후진하라 외쳤고 우리가 볼 수는 없었지만 그들도 화가 난 것이 분명했다. 그들 또한 소리를 지르고 있었다. 드디어 그가 약간 후진할 수 있었다. 그러자 도요타 안의 여자가 왼쪽 길로 나가기 위해 앞뒤로 일을 복잡하게 만들었다. 그런 뒤 그 여자는 가버렸고 나는 후진을 원했지만 트럭이 벌써 앞으로 나와 있었다. 그러자 내 앞에 있는 골프가 미친 듯이 빵빵 울려대기 시작했다. 그는 왼쪽으로 나가라고 트럭 운전자에게 소리쳤다. 그러나 트럭은 움직이려 들지 않았다. 서로 옳다고 다투는 두 사람 중 한 사람이 포기해야 하는 상황에서 그 또는 그녀가 포기할 때까지 기다릴 작정이었다. 이제 이 남자는 나와 골프가 나가도록 다시 후진을 시도했으나 그 와중에 다른 차들이 경적을 울리며 그의 뒤로 바짝 밀어붙였다. 내가 후진해서 옆길로 빠질 수 있도록 그가 천천히 뒤로 밀고 나가는 데는 시간이 걸렸다. 골프를 타고 있는 남자는 때맞춰 후진했다. 트럭은 천천히 앞으로 오고 그는 천천히 뒤로 가고 있다는 뜻이었다. 내가 떠날 때 두 사람은 서로 소리 지르고 있었다.

  나는 길을 따라 차를 몰았다. 그렇지만 원한다면 내가 방금 빠져 나온 길에 합류하기 위해 차를 돌릴 수도 있다는 생각이 들었다. 내가 그러기로 결정한 이유는 무엇인가? 나에게도 고집이 생겼던 거다. 게다가 나는 내가 왜 내가 가던 방향에서 벗어나 반 마일이나 운전해야 하는지 알 수 없었던 거다. 간단히 말하자면, 아니, 이유가 없었다. 나는 에스코트 앞에 붉은 밴이 고집스럽게 서 있는 곳을 약 20야드 지난 곳에서 그 길에 합류했다. 이제 나는 붉은 밴 운전자의 얼굴, 아니 옆 모습을 볼 수 있었다. 그는 나이가 들었고 비만이었으며 뺨은 근대 삶은 물에 씻은 것처럼 보였다. 중풍 후보자. 에스코트 창으로 연기가 심하게 나왔다. 나는 그 여자의 얼굴만 볼 수 있을 뿐이었다. 상식과 자신의 권리를 위해 죽음도 불사할 여자의 강한 이목구비.

  붉은 밴 뒤에는 막힌 차들의 긴 행렬이 언덕 위로 후진을 하여 방금 내가 나온 길과 평행을 이루는 길로 들어서려고 흩어지고 있었다. 이것은 이 모든 차들이 후진하며 교묘히 움직이는 동안 나와 골프를 포함한 내 뒤에 있는 차들이 기다려야 한다는 것을 뜻했다. 그동안 차들은 계속 늘어섰고 경적을 울려댔으며 사람들은 붉은 밴과 에스코트 와의 심각한 상황을 이해할 수 없어 서로 고함을 쳤다. 골프 안의 남자, 세상에 지친 관용의 몸짓으로 손을 흔들었던 골프 안의 남자는 이제 내가 무엇 때문에 거기 있는지 알 수 없었다. 그는 몸을 굽힌 채 나에게 소리를 질렀고 나는 몸을 내밀고 앞에 열다섯 대가량의 차들이 빠져 나가고 있다고 소리쳤다. 그는 마침내 폭발했다. 그는 소리소리 질렀다. "세상에, 맙소사!" 그러고는 뒤에 있는 차들에게 자기가 후진하겠다는 손짓을 했다. 겨우 자리가 생겼고 그는 다시 전진하여 골목으로 들어갔다. 한 남자가 집 앞에 서서 자기 집 앞이 공중 도로가 아니라고 소리쳤다.

 붉은 밴 뒤쪽으로 교묘히 빠져나가는 차들 속에서 한 여자가 나오더니 그 차들을 모두 세우고 붉은 밴과 에스코트까지 걸어가서 상황을 훑어본 뒤 암갈색 얼굴의 운전자와 담배 연기에 싸인 여자에게 말했다. "당신 둘은 이 상황에서 느끼는 바가 있을 텐데요."

 그리고 자기 차로 돌아갔다.

 드디어 나는 빨리 달려 다른 차가 내 앞에 들어오기 전에 언덕을 올라가는 자리를 얻을 수 있었다. 언덕 꼭대기에서 나는 속도를 늦추고 둘러보았다. 붉은 밴이 있고 에스코트가 있고 어떤 차도 한치도 양보하지 않았다.

사회 복지부

 아스팔트 길가의 젊은 여자는 찻길을 보지 않고 길 안쪽을 향해 서 있다. 여자는 어찌할 줄 모르며 그러나 고집스런 표정으로 서성이고 있다. 여자는 몇 번이고 방금 지하철역에서 길 위로 올라가는 누군가에게 가까이 가다가는 멈추고 뒤로 물러섰다. 드디어 그녀는 멋진 옷을 입은 여자가 밧줄에 묶인 애완견을 데리고 앞으로 가는 것을 막았다. 그녀가 다급하게 "돈 좀 주세요. 돈이 있어야 해요. 사회 복지부는 파업 중이고 난 아이들을 먹여 살려야 해요."라고 말하자 개는 그녀의 다리 언저리로 와서 냄새를 맡았다. 그녀는 분노로 말을 더듬었다. 여자는 그녀를 살피더니 고개를 끄덕이며 핸드백에서 5파운드짜리를 꺼내다가 다시 넣고 10파운드 지폐를 건네주었고 젊은 여자는 손 안에 그 돈을 들고 서서 못 믿겠다는 듯 쳐다봤다. 그녀는 겨우 "고마워요."라고 내뱉고는 금방 돌아서서 무조건 단호하게 한 손을 들어 차들을 정지시키며 길을 건넜다. 그녀는 지하철역 반대편에 있는 슈퍼마켓으로 가다가 입구에 멈춰서서 돈을 준 여자를 힐끗 돌아보았다. 그 여자는 거기 서서 그녀를 주시하고 있었고 작은 개는 줄 끝에서 깽깽거리며 튀어오르고 있었다. "쌍년, 내가 거짓말하는지 아닌지 보고 있구나." 젊은 여자가 내뱉었다. 실제로 그녀는 아주 앳된 모습이었다. "저 여자를 죽여버릴 거야. 그 인간들을 죽여버릴 거야······." 그러면서 그녀는 안으로 들어가 바구니를 들고 빵과 마가린, 땅콩 버터와 깡통 수프들을 집어넣기 시작했다.

　길 끝에서 낡은 푸른색 닷슨 안에 한 남자가 앉아 이 장면을 지켜보고 있었다. 그는 차 밖으로 나와 그녀를 도우려고 바로 그녀 뒤에서 차들을 향해 손을 든 채 길을 건넜다. 그는 그녀를 따라 슈퍼마켓으로 들어갔다. 그녀가 슈퍼 안을 거쳐가는 동안 두어 발자국 뒤에 있었다. 계산대에서 그녀가 10파운드짜리를 꺼내면서 그 돈으로 충분할지 걱정하며 바싹 얼굴을 긴장시킬 때 그는 자기 돈 10파운드를 꺼내 계산대 아가씨의 손 안에 밀어 넣었다. 그녀가 그의 행동을 알아차렸을 때는 너무 늦었다. "좋소." 그가 말했다. "우리 밖에서 싸웁시다." 그녀는 화가 나서 그를 쳐다보고는 벌써 다음 고객 때문에 바쁜 계산대 여자를 보았다. 그런 뒤 그를 따라 길로 나왔다. 그녀는 그가 어떤지 알기 위해서가 아니라 그와 어떻게 싸울 것인지 알기 위해 그를 쳐다보았다. 마흔쯤 되는 그에게 특별한 점이라고는 하나도 없었고 그녀만큼이나 되는 대로 옷을 입고 있었다.

그러나 상관없는 듯한 그의 태도는 자신감에서 오는 것이었다. 그녀의 옷차림은 평범했다. 말하자면 진바지와 스웨터를 입고 있었다. 그러나 그녀는 음울해 보였는데 지저분하다기보다는 지쳐 있었다. 그 여자의 손에는 니코틴이 배어 있었다.

"이봐요." 그가 이 모든 것을 눈여겨보며 말했다. "당신이 무슨 말을 하고 싶은지 난 알아요. 일단 우리, 커피 한 잔 하는 게 어떻겠소?"

그녀는 그냥 거기 서 있었다. 그녀는 의심으로 굳어 있었다. 그녀는 덫에 걸린 것 같았다. 조금 떨어진 곳에 카페가 있었고 두어 개의 탁자와 의자들이 바깥에 놓여 있었다.

"이리 와요." 그는 탁자 쪽으로 머리를 획 돌리며 말했다. 그가 탁자에 앉고 여자도 힘없이 둔하게 그러나 다시 튀어 일어날 듯한 태도로 앉았다. 여자는 곧 쇼핑백을 들여다보며 방금 산 담배를 찾기 시작했다. 그녀는 담배에 불을 붙인 뒤 눈을 감고 앉아 마치 연기 속에 빠지려고 애쓰는 것처럼 허파 속으로 깊게 연기를 빨아들였다. 그가 말했다. "주문하려는데, 커피?" 그녀는 전혀 움직이지 않았다. "그럼 내가 커피를 가져오겠소. 당신이 배고픈 거 알아요. 뭘 먹고 싶소?" 묵묵부답. 그녀는 어린애 같은 지저분한 손으로 담배를 입술에 갖다 댄 채 계속 연기를 들이마시고 있었다.

그는 카페 안으로 들어갔다. 여자가 가버릴까 겁이 나 재빨리 돌아보았다. 커피 두 잔을 들고 왔을 때 여자는 움직이지 않은 채로 있었다. 그는 커피잔을 탁자 위에 놓으며 앉았고 여자는 곧 한 잔을 앞으로 끌어당겨 설탕을 들이붓고 꿀꺽꿀꺽 마셨다. 여자가 다 마시기 전에 그는 다시 안으로 들어가 또 한 잔을 가져와 그 앞에 놓았다.

"이런다고 당신이 뭘 얻어낼 거라 생각지 마요. 그런 일은 없을 테니까." 여자는 화가 나서 말했다.

"알고 있소." 그가 침착하게 말했다. 그는 여자가 불쌍했고 그의 얼굴과 눈이 이를 나타내고 있었다. 그러나 여자는 한번도 그를 제대로 쳐다보지 않았다.

그들 앞에 커다란 샌드위치 접시가 놓였다.

"자, 드시오." 그가 말했다.

여자는 맥없이 샌드위치를 집어 들고는 드디어 그를 쳐다보았다. 빠르게, 최악의 사태를 한꺼번에 알려는 눈. 그녀의 얼굴은 비꼬는 듯한 분노로 심하게 굳은 듯했다.

"그럼 이게 다 뭣 때문이죠?" 여자가 싸늘하게 물었다.

"나도 사회 복지부 사무실에서 일했었소." 그는 마치 설명하듯 대답했다. 그녀의 얼굴은 더 무섭게 더 화가 난 듯이 변했다. 그것이 가능하다면 말이다. 여자의 두 눈은 가늘어지며 증오의 빛을 내뿜었다. "그렇소, 알아요." 그가 말했다. "당신이 뭘 말하고 싶은지 난 알고 있소."

"아니, 당신은 몰라요. 당신은 나에 대해 아무것도 몰라요."

"내 추측은 대개 옳을 거요." 그는 짐짓 유머를 섞어 말했으나 그녀는 이를 받아들이려 하지 않았다.

"당신은 나에 대해 눈곱만큼도 아는 바가 없어요. 알려고 하지도 않고."

"당신에게 아이들 먹여 살릴 돈이 없다는 것을 난 알고 있소."

"나한테 애들이 있는지 어떻게 알아요?"

그는 좀 참지 못하겠다는 듯 미소 지었다. "내가 셜록 홈즈가 되어야만 그런 걸 알 수 있는 건 아니오. 아이들 때문이 아니라면 당신이 구걸하지 않으리라는 걸 난 확신하오."

이 말에 여자는 얼어붙었다. 그녀는 구걸하는 자신이 관찰당하고 있었다는 사실을 몰랐던 것 같다. 여자는 상관하지 않기로 했다. 여자는 한 손에 담배를 들고 샌드위치를 한 입 가득 베어 물었다. "요컨대 당신은 파업에 대해 후회가 막심한 것 같군요." 여자는 입 안이 비자 비웃었다.

"당신에게 말했잖소. 나도 거기서 일했소. 지금은 그렇지 않소. 나는 일 년 전에 떠났소. 견딜 수 없었기 때문이오."

확실한 것은 그가 여자에게 계속해서 말을 해야 한다는 사실이었다. 그러나 여자는 관심 없다며 고개를 흔들었다.

"난 그들을 죽이고 싶어요." 여자는 진심으로 그렇게 생각하며 말했다. "할 수만 있다면 난 그럴 거예요. 그들은 뭘 생각해요? 생각 같은 건 하지도 않아요. 나는 삼 주 동안 한 푼도 받을 수 없었죠. 그건 무엇보다 그들의 실수이지 내 실수가 아녜요. 그리고 이번엔 파업이지요. 그들은 나에게 한 달치 수당을 줘야 해요. 난 집세도 내지 못했어요. 난 어떤 사람에게서 돈을 빌렸죠. 그 사람도 돈이 없는데 말예요. 그런데 그들은 급료를 올리라고 파업을 계속 해요……. 그들은 우리 따윈 상관도 안 해요. 그들은 우리에게 무슨 일이 생기는지 생각도 안 해요. 난 그들을 죽일 수도 있어요."

그의 눈은 동정으로 빛났다. 그는 불편하게 말했다. "그들의 입장에서 생각해 봐요……."

"무슨 입장?" 여자가 말을 잘랐다. "난 내 입장에만 관심 있어요. 아래층에 내 친구가 있는데 지난번 그들이 파업하기로 결정했을 때 자살했어요. 아이가 둘 있었어요. 그 애들은 지금 보호 시설에 있어요. 난 두어 달 전에 일자리를 얻었어요. 일자리라고 할 것도 없었지만 그래도 일자리였지요. 그러나 사회 복지부를 매일 쫓아다니며 그들에게서 내 돈을 받아내려다가 일자리를 잃었어요. 난 이제 그것조차 없어요. 난 다른 일자리를 찾지는 않을 거예요. 무슨 소용이 있어요? 만일 내가 일자리를 얻으면, 그 빌어먹을 사회 복지부는 다시 파업하기로 결정하겠죠." 여자는 이 모든 것을 싸늘하고 단조롭게 말했고 여자의 눈은, 젊은 여자의 그 무력한 눈은 아무것도 보고 있지 않았다. 여자는 적들을 죽이는 자신의 모습을 보고 있는지도 몰랐다.

그는 용기를 잃은 듯한 소리로 말했다. "사회 복지부에 있는 사람들이 모두 파업에 동조하는 것은 아니오. 난 확신하오."

"난 상관 안 해요. 그래, 나는 구걸까지 하게 됐어요. 지난번 그들이 파업했을 때도 그랬어요. 난 가게에서 물건을 훔치기도 했어요. 안 그랬으면 애들이 굶었을 거예요."

"당신 아이들이 몇이오?"

"그게 당신에게 무슨 상관이에요? 난 당신에게 아무것도 말 안 할 거예요."

그는 몸을 앞으로 굽히고 담배 연기 속에 앉아 있는 여자를 쳐다보며 말했다. 여자가 그의 말에 귀를 기울이도록 일부러 천천히 말했다. "내가 그곳에서 일하기 시작했을 무렵에는 모든 것이 달랐소. 십오 년 전…… 나는 그때 정말 그곳을 좋아했소. 나는 좋아…….'' '사람들을 돕는 것을' 이라는 말을 그는 생략했다. 그러나 그녀는 그 소리를 듣고 뒤틀린 미소를 보냈다. "그러나 모든 것이 엉망이 됐소. 그 시절에는 분위기도 좋았소. 지금 같지 않았어요. 갑자기 직원이 모자라게 되었어요. 그러자 단절이……. 별안간 그들은 칸막이를 하고 유리 판넬을 만들고 창에는 빗장을 쳤소. 우리는, 말하자면 고객들로부터 차단된 거요. 새장 속에 있는 것 같았소. 때로 내가 그런 보호를 기뻐하지 않았던 건 아니오." 그는 웃었다. 그것은 마지못해 인정하는 소리처럼 들렸다. 그는 팔을 들어 내밀고 재킷 소매를 걷어올려 손목 위의 붉은 살갖을 내보였다. "이거 보이오? 어떤 여자가 물어뜯은 곳이오. 그 여자는 사나워져서……."

"그게 나였는지도 모르지요." 여자가 그를 보지도 않은 채 말했다. 자신은 이 모든 말을 듣고 싶지 않다는 태도였다. 그는 그녀에게 말을 하고야 말겠다는 태도였다. 그는 반드시 말하고 싶었다.

"당신이 아니었소. 난 그 여자를 절대 잊지 못할 거요."

"하지만 나일 수도 있었어요."

"그렇다면 당신은 잘못 알고 있었던 거요. 그때는 우리 잘못이 아니었소. 그 여자는 자기가 엉망진창으로 만들어 놓고 우리를 비난했소."

"당신이 그렇다고 하면 그런 거죠. 당신이 무슨 말을 하면 그게 사실이겠죠. 부정하지 않아요. 사나워진다, 당신은 그렇게 말하겠죠?" 그녀는 담뱃불을 비벼 끄며 또 한 개비를 피울 것인지 생각했다. 그녀는 손목 시계를 보았다. 그래, 시간이 좀 더 있었다.

그가 말했다. "10파운드어치 식량으로는 오래 버티지 못할 거요."

"그 부자 여편네가 준 10파운드도 있어요."

그는 지갑을 꺼내더니 10파운드짜리와 5파운드짜리를 꺼내 그녀에게 건넸다. "다시 슈퍼에 가시오. 더 준비해 두시오."

입이 일그러지며 그녀는 손 안에 든 돈을 쳐다봤다. 여자는 일어서더니 옆 의자에 놓인 쇼핑백에 생각이 미치자 그걸 들고 슈퍼 안으로 들어가려 했다.

"내가 그걸 훔칠 거라고 생각하오?" 그는 기분 상한 듯 말했으나 여자는 어깨만 으쓱한 채 슈퍼마켓 안으로 들어갔다. 여자가 없는 사이 그의 얼굴에 분노가 떠올랐지만 여자의 분노와는 달랐다. 그는 자신이 기억하는 것을, 자신이 생각하는 것을 믿을 수 없는 듯했다. 그는 절망했다.

여자가 무거운 짐을 들고 오자 그는 미소 지었다. 탁자로 돌아오는 그녀는 걸을 수 없을 지경이었다. 그가 말했다. "앉아요. 샌드위치 마저 먹어요."

 여자는 먹어두는 것이 좋다는 생각을 했다. 여자는 앉았다. 그리고 맛도 모른 채 천천히 기계적으로 샌드위치를 먹어치웠다.

 그는 여자를 응시하다가 말했다. "나는 미니 버스를 운전한 지 일 년 됐소. 전만큼 벌지는 못하지만 살 만하오."

 묵묵부답. 여자는 담배 한 개비에 또 불을 붙였다.

 "내게는 아내와 아이 둘이 있소." 그가 말했다.

 "그들에겐 다행이군요."

 "당신이 그 물건들을 내 차에 실으면 당신 집까지 가주겠소."

 "내가 바보인 줄 알아요? 25파운드와 커피와 샌드위치로 내가 사는 곳을 알아내겠다고요."

 이제 그는 말없이 앉아 있다.

 그가 대답하지 않았으므로 여자는 눈을 들어 그의 얼굴을 보고 말했다. "아뇨. 난 아무도 믿지 않아요. 다시는 믿지 않을 거예요."

 "나를 믿느니 저 물건들을 다 들고 집까지 비틀거리며 갈 작정이오?"

 "그래요." 여자는 일어서서 쇼핑백들을 끌어올렸다. 하나는 20파운드 무게의 감자였다.

 그도 일어났다. "그것들을 내 차에 실으면 당신이 살고 있는 곳 근처 어디에 데려다 주겠소. 내릴 곳에서 말하시오. 그러면 거리가 좀 단축될 거요."

 "당신이 왜 이러는지 난 모르겠어요. 난 신경 안 써요.

전혀 신경 안 써요."

"좋소." 그는 지친 듯했으나 참을성 있게 말했다. "신경 써달라고 당신에게 요구하진 않을 거요. 제안을 하는 거요. 하여간, 제발 그리 어리석게 굴지 마시오. 당신 사는 곳을 알아내고 싶으면 그 구역 안에 있는 학교 근처만 어슬렁거리면 되는 거요. 아마도 포테스큐 지역이겠지요, 아니오?" 그는 계속 말하다가 그녀의 얼굴을 보고는 멈추었다.

"좋아요." 그녀는 그를 보지도 않고 말했다.

그는 봉지 몇 개를 받아들고 손을 들어 차들의 속도를 늦추며 앞장서 길을 건넜다. 그녀는 따라갔다. 그리고 뒷좌석에 탔다. 그는 봉지들을 그녀 옆에 들여놓고 앞좌석에 앉더니 말했다. "어디로?"

"이 길을 그냥 내려가요."

일 마일쯤 지나 켄티스 타운 근처에서 그녀가 말했다. "됐어요."

그가 차를 세우자 그녀가 내렸다. 그는 그녀를 보는 것이 아니라 자기 앞을 응시하고 있었다.

그녀가 말했다. 죽기보다 더 하기 어려운 말인 듯했다. "고마워요."

"천만에." 그가 말했다.

그는 봉지 무게 때문에 어깨가 늘어진 채 천천히 길을 따라 걸어가는 그녀를 응시하며 계속 거기 앉아 있었다. 그녀는 어느 길 안으로 꺾어 들어갔다. 그녀가 거기 살지 않는다는 것을 그는 알고 있었다. 그는 그녀가 돌아서서 손

사회 복지부 101

을 흔드는지 미소 짓는지 아니면 그저 쳐다보기라도 할 것인지 알고 싶어 기다리고 있었지만 그녀는 그렇게 하지 않았다.

응급실

 그들은 모두 단단하고 미끄러우며 서로 포개지는 종류의 금속 의자에 앉아 한쪽을 바라보고 있다. 그들은 접수처에 앉아 있는 여자에게 관심을 쏟고 있다. 그러나 그 여자는 그들의 이름과 주소, 증세를 종이에 말끔하게 다 적어놓았으므로 이제 그들에게 별 관심이 없는 듯했다. 물기 어린 보랏빛 눈에 몸집이 큰 젊은 여자였다. 그녀의 눈은 그저 웃거나 울기 위해 생긴 것처럼 보였으나 지금은 엄격한 공정함으로 가득 차 있다. 여자의 이름표에는 간호사 둘란이라고 적혀 있다.
 단조로운 베이지색의 벽으로 된 넓은 방이었다. 벽에는 '위급 상황이 아니면 담당 의사에게 가시오.'라는 게시문 외에는 아무것도 없다. 여기 있는 스무 명 남짓의 사람들은 자신의 주치의가 이 병원 응급실만큼 유능하다고 믿지 않는 것이 분명했다. 그들 중 한 사람만이 응급 상태에 있는 듯하다. 머리를 오렌지색으로 물들인 마흔 살쯤 되는 여자는 엉망진창이 된 채 왼손을 붕대로 둘둘 말아 오른쪽 어깨 위에 받쳐놓았다. 손목이 부러진 것임을 다들 알 수 있었다. 그녀와 함께 있는 여자가 몸을 돌려 사람들에게 명령하듯 고개를 끄덕이며 크게 말했다. "손목, 손목이 부러졌어." 사람들은 여자에게 우선권을 인정하지 않을 수 없었고, 여자는 이에 만족하여 자기 환자를 '출입 금지'라고 쓰여 있는 문에서 제일 가까운 첫째 줄 끝에 세웠다. 사람들은 항의하지 않았다. 손목이 부러진 여자는 고통으로 탈진하여 그 자리에서 졸고 있었는데 희고 푸르스름한 얼굴과 오렌지색 머리칼 때문에 광대처럼 보였다. 그러나 간호사 둘란은 그 여자가 다른 이들보다 특별하다고 생각하지 않는 듯했다. 그 다음 호명된 것은 손목의 주인이 아니었기 때문이다. "하크니스." 간호사 둘란이 말했고 건강하게 보이는 젊은이가 '출입 금지' 안으로 걸어 들어갔다. 그러자 그 가엾은 광대의 보호자가 일어나 불평했다. "급해요, 손목이 부러졌다고요."

"곧 될 거예요." 간호사 둘란이 말한 뒤 쌓여 있는 서류철을 차분하게 들여다보았다.

"그들은 신경 안 써요. 전혀 신경 안 써요." 휠체어를 탄 늙은 여자가 말했다. 그 여자의 목소리는 크게 꾸짖는 듯했다. 여자는 뚱뚱했고 변비 걸린 개구리처럼 보였다. 건강한 혈색을 한 그 여자의 얼굴은 삶의 조롱에 대한 체념에 익숙해져 있었다. "난 족히 여섯 시간 전에 넘어져 어깨가 부러졌어요. 난 알아요!" 그녀와 함께 앉아 있는 늙수그레한 여자는 누구의 동정도 구하려 들지 않고 사람들의 시선을 피했다. 그들의 시선은 '내가 아니고 당신이길 다행이지!'라고 벌써 분명하게 말하고 있었다. 그 여자는 조용히 말했다. "괜찮아요. 이모, 그만하세요."
 "그만하라는군." 늙은 여자가 말했다. 여든 살 난 그 여자는 청춘인 듯 혈기왕성했다. "어떤 사람들에게는 괜찮겠지."
 열두 살쯤 되는 소년이 '출입 금지' 뒤에 있는 가려진 장소에서 목발을 짚고 발을 붕대로 묶은 채 나타났다. 그는 간호사의 안내를 받아 이곳 대기실을 거쳐 바깥 포장도로로 나갔다. 간호사는 누군가가 그를 데리러 올 것을 알고 그를 거기 두고 돌아왔다.
 "간호사." 그 늙은 여자가 말했다. "난 어깨가 부러져서 여기서 몇 시간씩 앉아 있소……." 그녀의 친척이 "그렇게 오래는 아니에요, 이모. 겨우 반 시간이에요."라고 중얼거리자 그 여자는 '이렇게 오랫동안'이라고 덧붙였다.
 그 간호사는 접수처에 앉아서 보랏빛 눈으로 신호를 보내는 둘란을 쳐다보았다. 지시를 받은 간호사 베이츠는 휠체어 옆에 멈추더니 적당히 동정하는 태도를 보였다. "어디 볼까요." 그 여자가 말했다. 나이 든 조카는 어깨에서 환한 분홍색 카디건의 한쪽을 젖혔고 그러자 거기, 더러운 어깨 끈 밑에 탄탄한 맨살이 차분히 드러났다. "나를 발가벗기려고 하는군, 그렇게 하려는 거지! 모두들 쳐다보라고! 그런 거지!" 간호사는 어깨 위로 몸을 굽혀 부드럽게 살펴보았다. 그동안 사람들은 모두 다른 쪽을 쳐다보았는데 그 끔찍한 늙은이에게 자기가 관심을 끌고 있다는 만족감을 주지 않기 위해서였다.

"으으으." 늙은 여자가 울부짖었다.

"괜찮을 거예요." 간호사가 몸을 똑바로 펴며 활기 있게 말했다.

"부러졌지, 그렇지?" 이모가 다그쳤다.

"조금 멍들었어요. 내 생각에는 그뿐이에요. 엑스레이를 찍어보면 알겠지요." 그녀는 눈썹을 치켜 간호사 둘란에게 미소를 지으며 '출입 금지' 쪽을 향해 경쾌하게 걸어갔고 간호사 둘란은 눈웃음을 지었다.

"그들은 신경 안 써." 큰 소리가 들렸다. "아무도 신경 안 써. 밤이 절반이 지나도록 바닥에 누워 있고 곁에 당신을 일으켜줄 사람이라고는 아무도 없으면, 어떻겠소?"

이 늙은 고집쟁이에게 자신의 삶을 바치고 있을지도 모르는——그녀를 생각하면 모두 그렇지 않기를 바라지만——마르고 지친 나이 든 조카는 자신을 변호하려 들지도 않고 자세히 보면 담자색이 도는 어깨 위로 분홍색 카디건을 다시 잘 덮었다.

"매일매일, 나 혼자 앉아 있고, 차라리 죽는 게 낫지."

"이모, 차 한 잔 하실래요?"

"그러지, 네가 일어나서 갖다준다면. 마실 만한 가치도 없지만."

조카가 이모에게서 몸을 돌리는 순간, 그녀의 얼굴 위로 기진맥진한 기색이 떠올랐지만 그녀는 미소를 짓고 "실례합니다, 실례합니다." 하며 줄지어 기다리는 사람들 사이로 지나갔다.

"환쇼." 간호사 둘란이 말했다. 안에서 환자는 들여보내라는 지시를 했고 간호사는 이에 대답을 한 것이 분명했다. 아무도 밖으로 나온 사람이 없었기 때문이다.

예순다섯 살가량 되는 남자가 한쪽 발에 붉은색 가죽 슬리퍼를 신고 지팡이로 몸을 일으켜 천천히, 미끄러지지 않게 조심하면서 안쪽 문으로 걸어갔다.

"바닥이 미끄럽지 않을 거라고 생각할 테지." 휠체어 쪽에서 말했다.

"바닥은 미끄럽지 않아요." 둘란이 엄격하게 말했다.

"다치는 것보다야 안전한 게 낫지." 환쇼 씨는 자신은 그 늙은 여자와 상관하지 않을 작정이라는 뜻을 지닌 윙크를 사방으로 보내며 '출입 금지'로 들어갔다.

"그리고 내 동생은 어쩌고요?" 손목이 부러진 사람을 감싸안으며 이제 그 여자가 말했다. 그녀의 목소리는 떨렸고 분노 때문에 울음을 터뜨릴 듯했다.

그리고 실제로 그 불쌍한 광대는 반쯤 의식을 잃은 듯했다. 오렌지색 머리가 꺾어졌다가 경련을 일으키듯 위로 치켜 올라갔다가 앞으로 떨어졌고 그녀는 신음 소리를 냈다. 그녀는 자신의 신음 소리를 듣고 당황하여 깨어났다. 그리고 앞에 앉은 이들에게 고통스러운 미소를 재빨리 보내고는 머리를 한껏 뒤로 돌렸다. "난 넘어졌어요." 여자는 이 사실을 털어놓고 선처를 호소하며 중얼거렸다. "있잖아요, 난 넘어졌어요."

"당신 혼자만 넘어진 게 아니오." 휠체어를 탄 사람이 말했다.
 "큰 사고가 있었어요." 간호사 둘란이 말했다. "사람들은 저 안에서 세 시간 동안 토역꾼들처럼 일하고 있어요."
 "아, 그래요?" "아, 그렇군요!" "아, 그런 경우라면……." 오랫동안 고통을 겪고 있는 사람들이 말했다.
 "그런 사고를 본 적이 없어요." 간호사 둘란이 그들에게 이 사실을 알리며 말했다.
 그 여자와 다른 사람들이 그 늙은 여자를 불안하게 힐끗 보는 것이 눈에 띄었다. 그 여자는 이번에는 아무 말도 하지 않기로 작정했다. 이제 그녀의 조카가 차를 따른 플라스틱 컵을 들고 왔다.
 "그래, 내가 너한테 뭐라고 하던?" 이모는 컵을 받자마자 소리 나게 차를 마시며 따졌다. "플라스틱 쓰레기, 게다가 식었어. 너는……."
 '출입 금지' 구역 안에서 나는 덜컹거리는 소리. 문이 열리자 말쑥한 유니폼을 입은 젊은 흑인 인부의 등이 보이고 그 다음 바퀴 달린 침대가 나왔다. 그 위에는 허리까지는 붕대를 감았지만 웃통은 벗은, 가슴을 드러낸 건장한 젊은이가 누워 있었다. 흑인. 목에서부터 올라간 보호막. 흰 붕대를 감은 머리. 긴장한 갈색 눈이 붕대 틈으로 보였다. 바퀴 달린 침대는 대여섯 층 위에 있는 어느 병동으로 통하는 병원의 안쪽으로 사라졌다.
 "손목." 그런 뒤 간호사 둘란은 이름을 불렀다. "비슬리." 그리고 손목이 부러진 여자는 여동생의 도움으로 억지로 비틀거리며 일어섰다. 둘란이 곧 벨을 누르자 '출입 금지' 안에서 비명 소리가 울려 나왔다. 아까 나왔던 그 간호사가 뛰어나오다가 자신이 왜 호출당했는지 알았다. 그리고 한쪽에는 간호사 베이츠, 또 한쪽에는 손목을 다쳐 반쯤 의식을 잃은 사람이 여동생의 부축을 받으며 안으로 들어갔다.

아침부터 와 있던 부상자들 속으로 이제 새 환자가 들어왔다. 젊은 여자 둘이었는데 마치 디스코장에 가는 듯한 화장과 옷차림을 하고 수다를 떠는 그들은 건강 상태가 최고인 듯했다. 그들은 자신들의 활달한 태도가 거부감을 불러일으킨다는 것을 느끼고는 소곤거리며 때로는 낄낄거리며 맨 뒤에 앉았다. 그들은 응급실에서 뭘 하고 있는가?

어느 순간이고 그 늙은 여자는 그렇게 묻기 시작할 것 같았다. 그 여자는 그들을 단호하고 차갑게, 질책하는 표정으로 노려보고 있었다. "이모." 그녀의 조카가 황급히 "차 한 잔 더 하실래요? 저는 마실 건데요."라고 말했다.

"그래." 그 여자는 순순히 컵을 건네주었다. 조카는 다시 나갔다.

그러고 나서 모든 것이 변했다. 자동차들이 오가고 방문객들이 걸어서 지나가는, 일상과 건강이 있는 세상으로 통하는 유리문 밖에 한 떼의 젊은 남자들이 나타났다. 이들은 문이 열리기도 전에 위기와 놀라움의 파장을 대기실 안으로 보냈다.

붉게 물든 흰 작업복을 입은 젊은 일꾼이 문 가장자리를 꽉 붙잡고 서 있었다. 그는 어깨 위로 누군가의 몸뚱이를 짊어지고 있었는데 그들 모두가 볼 수 있듯이 무겁게 처진 그 몸뚱이는 미동조차 하지 않았다. 그 또한 젊은이의 몸이었는데 흰 작업복은 어딘가에서 아직도 솟구치며 시커멓게 흐르는 끔찍한 피로 흠뻑 젖어 있었다.

"왜 당신들은······." 간호사 둘란이 말문을 열었다. "그 문으로 들어와서는 안 돼요. 들것을 사용하세요. 우리는 이런 식으로 일 안 합니다······." 그녀가 이런 뜻의 말을 하려고 했었는지는 알 수 없다. 그 여자는 그들 앞에 있는 것을 한눈에 알아보고는 엄지로 벨을 눌렀고 그 벨은 안에서 일하고 있는 보이지 않는 의사와 간호사들의 귀에 날카롭게 울렸다.

여러 사람의 발소리, 목소리. 그리고 아까 나왔던 그 간호사가 달려나왔다. 의사 셋. 여의사 두 명과 남자 의사 하나. 그리고 들것을 든 인부.

전문의들은 바로 문 앞에 있는 젊은이들을 본 뒤 모두 꼼짝없이 멈추었고 담당 여의사가 들것을 밀쳤다.

"지붕에서 떨어졌어요." 동료를 붙들고 있는 그 젊은이가 말했다. "떨어졌어요." 그는 믿을 수 없다는 듯, 이 일은 있을 수 없는 일이며 일어날 수도 없는 일이라고 이들 전문의들에게 호소했다. 바로 곁에 있는 그의 동료가 분명하게 덧붙였다. 그가 입은 하늘색 작업복에는 얼룩 하나 없었다. "네, 그는 떨어졌어요. 갑자기 사라졌어요. 그러더니······." 뒤따라온 또 다른 젊은이는 여전히 한 손에 페인트 롤러를 들고 있었다. 오렌지색 페인트. 이 세 젊은이들은 스무 살가량 되어 보였다. 분명 스물둘 또는 셋은 넘지 않았다. 그들은 충격을 받아 창백했다. 그들은 눈으로 자신들이 끔찍한 것을 보았고 계속 보지 않을 수 없노라고 모두에게 말하고 있었다.

담당 여의사가 그들을 앞으로 부르자 의사와 간호사들은 한 옆으로 서고 젊은이들은 '출입 금지' 구역으로 들어갔다. 피가 후두둑 떨어졌다.

그러자 그들은 모두 어깨 위에 늘어져 있는, 피에 흠뻑 젖은 얼굴을 볼 수 있었다. 어두운 회색, 그들 중 대다수가 그런 얼굴빛을 본 적이 없었을 그런 색이었다. 입이 벌어져 있었다. 눈꺼풀이 열려 있었다. 푸른 눈은……. 의료진들이 젊은이들을 따라 안으로 들어갔고 문이 휙 닫혔다.

간호사 둘란이 헝겊을 가지고 접수처 뒤에서 나와 몸을 굽혀 바닥에서 피를 닦아냈다. 그녀 역시 아픈 듯했다.

그러는 동안 두 잔째의 차를 담은 컵이 도착했고 늙은 여자는 그것을 받아 들었다. 조카는 자신이 자리를 비운 그 몇 분 동안 무슨 일이 일어났었다는 것을 느끼고는 주위를 돌아보았으나 아무도 그녀를 쳐다보지 않았다. 그들은 '출입 금지'를 응시했으며 그들의 얼굴은 이야깃거리로 가득 찼다.

"아." 그 늙은 여자가 의기양양하고 기운차게 큰 소리로 말했다. "난 그렇게 심하게 다치지는 않았어, 안 그래? 나는 올해 여든다섯이고 앞으로도 더 살 거야!

아무도 그 여자를 쳐다보지 않았고 아무도 입을 열지 않았다.

지하철을 변호하며

　지하철 역사 밖에 있는 담배와 과자를 파는 작은 가게 안에서, 계산대 뒤의 인도인이 젊은 남자와 격렬하게 이야기를 나누고 있었다. 두 사람 모두 너무 화가 나 있어 들어가려던 손님들은 생각을 바꾸었다.
　"그놈들이 내 차를 망가뜨렸어. 너무 바짝 붙어 차를 모는 바람에 그쪽 페인트가 몽땅 벗겨졌어. 그놈들이 그 짓을 하는 걸 내가 봤으니까. 난 우연히 창가에 있다가 본 거야. 그놈들은 개처럼 웃고 있었지. 그러더니 빙 돌아 다시 차를 몰고 오더니 다른 쪽 페인트도 다 긁어놓더군. 그자들은 지옥에서 나온 박쥐들처럼 달아났어. 창가에 있는 나를 보고는 웃었지."
　"그 일은 당신이 알아서 처리해야만 할 거요." 인도인이 말했다. "그들은 지난 달 내 동생 가게를 털었소. 편지함 사이로 불붙은 종이를 집어넣었지. 가게가 전부 타지 않은

게 다행이었어. 경찰은 아무것도 안 했어. 그는 신고하고 나서 역으로 갔어. 아무 일도 못하고 말야. 그래서 우리는 그놈들이 사는 곳을 알아내 가지고 그자들의 차를 박살냈지."

"그래." 상대편이 말했다. 그는 인도인이 아니라 백인이었다. "경찰은 알고 싶어 하지 않소. 그자들이 그 짓을 하는 걸 봤다고 나도 경찰에 신고했소. '그자들은 술에 취해 있었어요.'라고 말이지. 그랬더니 경찰이 '우리가 뭘 해주기를 바라는 거요.'라고 말했지."

"당신이 뭘 해야 하는지 내가 말해 주겠소." 인도인이 말했다.

그동안 나는 줄곧 무시당한 채 거기 서 있었다. 그들은 너무 화가 나서 누가 그들의 말을 듣고 고발할지 모른다는 것도 상관하지 않았다. 젊은 백인 남자가 말했다. 그는 건물에서 어떤 임무를 맡은 사람일 수도 있고 운전사일 수도 있었다. "그럼 나도 똑같은 짓을 해야 한다고 생각하는 거요?"

"큼직한 망치나 쇠 지렛대를 들고 그자들의 차가 있는 곳으로 가시오. 그자들이 사는 곳을 안다면 말이오."

"알 것 같소. 그래요."

"그럼 그렇게 하시오."

"그렇소. 바로 그거요." 그는 화가 나서 담배 사는 것도 잊고 밖으로 나가더니 다시 들어왔다.

인도인은 나에게 건성으로 물건을 팔았다. 손만 움직였지 마음은 딴 데 가 있었다.

그는 내가 밖으로 나가자 "안녕히 가십시오."라고 말하고는 다시 이야기를 계속했다. "그렇소. 그거요."

우리 지역의 인도 상점 주인들은 밤이면 촘촘한 쇠사슬로 된 갑옷 같은 쇠창살을 쳐서 상점을 지켰다. 인도 상점들만 그러는 게 아니었다.

지금 나는 정원 안에 있는 길에 서 있다. 길 안의 정원이기도 하다. 꽃집 주인이 화분들을 질서정연하게 줄지어 바깥에 내놓았기 때문이다. 화초들은 희망에 차서 솟아오르고 있다. 지금은 씨를 뿌리는 시기, 즉 늦은 봄이다. 한 달가량 먼저 핀 백합은 낮 동안 그리고 밤의 절반을 이 북쪽 중앙 도로를 질주하는 차들이 내뿜는 악취보다 더 강렬한 향기를 뿜는다. 그 길은 차를 타고 갈 때는 피하게 되는 고약한 길이다. 이삼백 야드 가는 데 반 시간이 걸리기 때문이다.

얼마 전까지만 해도 바로 내가 서 있는 곳이 런던의 끝이었다. 어느 노부인이 말해 줘서 알게 된 사실이다. 그녀는 매주 일요일이면 버스를 타고 마블 아치에서 여기까지 오곤 했다. 그랬다. "한푼이라도 절약하려고 난 저녁 값을 아꼈지요. 일주일 내내 기다리곤 했지요. 이곳은 전부 들판이었고 작은 시냇물이 흘렀어요. 우리는 구두와 스타킹을 벗고 물 속에 발을 담근 채 앉아 암소들을 바라보곤 했어요. 암소들은 가까이 와서 우리를 쳐다보곤 했지요. 그리고 새, 새가 많았지요." 그때는 1차 대전 이전이었다. 회상록 속에 황금시대로 묘사되는 그 시기였다. 백여 년쯤 전의 이 거리를 찍은 사진 엽서들은 문방구점 진열대에서 찾아볼 수 있다. 이 거리는 늘 가난했다. 지금도, 평화와 풍요의 이 특별한 시대에도 가난하다. 썩 많이 변하지도 않았다. 가게 앞이 더 번쩍거리고 화려한 싸구려 옷들로 가득 차고 주유소가 들어섰지만 말이다. 엽서들에는 소박하고 품위 있는 건물들이 박혀 있는데 건물마다 일층에는 고객 한 사람마다 개별 주문을 받던, 오래전에 사라진 가게들이 있다. 건물 밖에는 카운터 뒤에서 나와 그림의 중앙에 서달라는 청을 받은 남자들이 중산모자를 쓰거나 고객을 맞을 때 입는 앞치마를 입고 서 있다. 여자인 경우에는 일종의 고집스러운 품위를 강하게 나타내는 모자를 쓰고 있는데 이는 그것이 가난한 사람들에게 필요한 속성이기 때문이다. 그러나 이곳에서 겨우 이삼백 야드 북서쪽으로 떨어진 곳에서 내 친구는 일요일마다 작은 시냇물에 두 발을 담그고 앉아 있었고 그러는 동안 암소들이 가까이 모여들었다. "아, 정말 차가워요. 시냇물 때문에 숨이 끊어질 것 같았지요. 하지만 곧 그걸 잊게 돼요. 그날은 일주일 중에서 제일 멋진 날이었어요." 북쪽으로 이삼백 야드 떨어진 곳에는 방앗간이 하나 있었다. 아까 내가 언급한 여자보다 젊은 또 다른 여자는 그 방앗간을 기억한다고 했다. "그곳은 밀 레인(Mill Lane)이라고 불렸어요. 그 거리에는 물방앗간이 있었거든요. 그러나 사람들은 물방앗간을 허물어버렸죠." 그리고 그 자리에는 아무도 못 알아볼 건물이 들어섰다. 그 자리에 무엇이 있었다는 걸 모른다면 말이다. 그들이 물방앗간을 그냥 두었더라면 우리는 그걸 자랑스러워했을 게다. 그리고 안이 어떻게 되어 있는지 알고 싶어 들어가려면 입장료를 내야 했을 것이다.

　나는 지하철역에 들어가 늘 작동하고 있는 자판기에서 표를 산 뒤 긴 층계를 올라간다. 전에는 깨끗한 화장실이 있었는데 지금은 문을 잠가버렸다. 화장실은 고치자마자 고장 나기 때문이다. 스팀이 들어오는 괜찮은 대기실이 있기는 한데 창문이 하나 깨져 있고 늘 낙서가 되어 있다. 젊은이들은 부술 수 있는 것을 모두 부수면서 무슨 말을 하는가? 그 짓을 하는 것은 젊은이들이고 대개는 남자들이다. 그들은 가난 때문에 타락하는 게 아니다. 나는 방금 북쪽 윗 지역에 있는 유명한 대학을 방문했다. 그 대학은 자리가 하나 생길 때마다 스무 명의 지원자가 몰리고 졸업생의 구십구 퍼센트가 졸업하는 해에 취직을 하는 곳이다. 이들은 선택받은 젊은이들이며 활발하고 독창적인 사교 활동을 한다. 그들의 선생들이 이를 질투하지는 않는다 해도 부러워하는 것은 분명하다. 그런데도 그들 역시 모든 것을 두드려 부숴버리는 거다. 이것은 흔히 있는 학부생들의 난동이 아니다. 사내아이들은 사내아이들이니까. 그들에게는 체계적인 파괴에 대한 욕구가 있는 듯하다. 어떤 욕구인지 우리가 알 수 있는가?

　역사에서 열차를 기다리는 플랫폼은 지붕보다 높다. 그래서 머리와 나무 꼭대기가 같은 높이에 있다. 하늘 속으로 내던져진 것 같은 기분을 느낄 수 있다. 태양과 바람과 비가 빌딩을 거치지 않고 내린다. 상쾌하다.

　나는 지하철로 여행하는 것을 좋아한다. 이는 도발적인 고백이다. 나는 지하철이 싫다는 소리를 늘 듣고 또 읽는다. 내가 방금 집어든 책의 저자는 자신은 거의 지하철을 이용하지 않는다고 말하고 있다. 두어 정거장 이용해야만 했을 때 정말 끔찍했다고 한다. 강렬한 묘사. 그들이 러시아워에 지하철을 이용해야 한다면 이 모든 것을 이해할 만하다. 그러나 러시아워에 대해 아무것도 모르는 사람들이 지하철이 끔찍하다고 말하는 것을 우리는 듣곤 한다. 이 노선은 내가 늘 이용하는 주벌리 라인이다. 도심지에 도착하자면 길어야 십오 분 걸린다. 열차들은 빛이 나는 새것이다. 거의 그렇다. 또 유용한 표지판들이 있다. 차링 크로스까지 오 분, 삼 분, 일 분. 플랫폼은 길거리보다 더 지저분하지는 않다. 오히려 덜 그렇거나 아예 쓰레기가 없는 곳도 있다. "아, 그러나 옛날에 지하철이 어땠는지 당신이 봤어야 해요. 그때는 달랐어요."

나는 어느 늙은 여자를 안다. 숙녀라고 단정 지어 말할 수도 있다. "당신 같은 사람들은."이라고 그녀가 말한다. 그녀가 뜻하는 것은 이방인, 외국인이다. 내가 여기서 사십 년을 살았는데 말이다. "옛날의 런던이 어땠는지 알 수 없지요. 그때는 런던 이쪽에서 저쪽으로 반 크라운이면 택시로 갈 수 있었어요." (엘리자베스 1세 시대에는 2, 3펜스로 양 한 마리를 살 수 있었고 로마의 지배 아래서는 은 동전 하나면 빌라 한 채를 살 수 있었다. 그러나 이런 식의 향수를 느낄 때는 화폐 가치가 절하되지 않는 법이다.) "그리고 모든 것이 너무 멋지고 깨끗했고 사람들은 공손했지요. 버스는 언제나 정각에 왔으며 지하철 요금도 쌌어요."

이 여자는 런던의 '총명한 젊은이 세대'에 속하던 사람이다. 그녀의 젊은 시절은 이십 년대였다. 말할 때 그녀는 정답게 과거를 회상하는 모습이지만 실은 외롭다. 그녀는 내가 또는 누구도 자기 말에 동조하리라 기대하지 않는다. 아무도 자기 말을 믿지 않는다면 낙원 같은 섬에서 살았던 것이 무슨 소용인가? 그녀가 과거를 찬미하는 노래를 부르면 우리 앞에는 입술을 얇게 칠하고 뺨에는 연지를 바르고 꽃잎으로 단을 댄 허리 없는 드레스를 입은 어여쁜 한 무리의 처녀들이 우리 앞에 나타나는 듯하다. 그들의 머리칼은 굵게 파도처럼 출렁거린다. 한 파티장에서 다른 파티장으로 경쾌하게 옮겨 갈 때 그들은 택시를 이용한다. 택시를 타면 그들이 주는 동전 팁을 받는 것만으로도 무척 행복해하는 남자들이 부드럽게 운전을 한다. 그 여자들이 웨스트 햄스테드나 킬번만큼 멀리 북쪽으로 온 적은 없었을 것이다. 그리고 나는 햄스테드가 그 당시 번화했던 도시라고 생각하지도 않는다. D. H. 로렌스의 이야기에서는 예술가와 작가들이 그곳에서 살았다고 하지만 말이다. 그 시절을 회상하면 놀랄 만한 점들이 있다. 부자는 말할 것도 없고 가난한 이들과 중류층이 사는 런던이 서로 달랐다는 점. 뿐만 아니라 그 시절을 회상하는 사람들은 다음과 같은 사실을 결코 의식하지 못하는 듯하다. "내가 어린 소녀였을 때 나는 층계를 닦았지. 눈이 올 때도 닦았어. 난 맨발이었지. 발이 꽁꽁 얼어 시퍼랬어. 나는 하루 지난 싸구려 빵을 사러 빵집에 갔지. 그리고 불쌍한 우리 엄마는 하루에 열여섯 시간, 일주일에 엿새, 노예처럼 일했어. 아, 힘들고 잔인한 시절이었어." "그 당시 우리는 런던에서 사는 것이 자랑스러웠어요. 지금은 런던이 끔찍할 뿐이에요. 끔찍한 사람들로 들끓어요."

 내가 타고 있는 지하철의 한쪽에는 세 명의 백인이 타고 있고 그 외에 흑인, 갈색 피부를 가진 이들 그리고 황인종들이 타고 있다. 또 다른 식으로 분류하자면, 여자 다섯과 남자 여섯, 또는 젊은이 넷과 중년 또는 나이 든 사람 일곱이 타고 있다. 새끼 고양이처럼 반들거리며 자기 만족에 차 있는 젊은 일본 여자 둘이 미소를 지으며 앉아 있다. 옛날의 런던을 그리워하는 사람들은 분명 일본인들을 칭찬할 것이다. 그들은 절대 칠칠치 못하거나 부주의하지 않으니까? 그건 아닐지도 모른다. 그 옛날의 영국에는 외국인들은 없었고 오직 영국인들만 있었으니까. 버나드 쇼가 말했듯이, 모두 우리와 같은 피부색을 가졌으니까……. 대영제국은 내분도 없었고 외부에서 침략해 들어오지도 않았으니까. 각 가정마다 해외에서 식민지나 자치령을 다스리는 친척들이 적어도 한 명씩 있다 해도, 또는 군인이 되어 파견 나갔다 해도, 그건 해외에서의 일이지 이곳의 일은 아니었다. 식민지 사람들이 이곳에 와서 자리를 잡으려 하지도 않았다.

 이 일본 여자애들은 보이지 않는 거품 막 안에 있다. 그들은 안전한 세상 속에서 밖을 내다본다. 나는 일본에 있을 때 젊은 숙녀들을 많이 만났는데 그들의 관심은 오로지 즐기는 데 있는 듯했다. 그들은 낄낄거리며 웃고 떠들거나 위아래로 펄쩍거리고 기뻐서 또는 너무 놀라서 작은 비명을 지르기도 했다. 그러나 따로 만나면 그들은 삶에 대한 예리한 시각을 가진 강인한 여성들이었다. 그들을 따로 만나기란 쉬운 일은 아니었다. 교수나 조언자가 언제나 그들 주위를 맴돌면서 그들이 안전하게 집단의 일원이 되도록 신경을 쓰고 있었던 것이다.

흑인 청년 하나가 이어폰을 귀에 꽂은 채 꿈꾸며 앉아 있다. 그의 두 발은 자기만의 리듬에 맞추어 부드럽게 박자를 맞춘다. 그는 이 열차 안의 사람들 중에서 제일 비싸고 세련된 옷을 입고 있다. 그 옆에는 열 살가량 되는 여자아이를 데리고 인도 여자가 앉아 있다. 그들은 당밀처럼 반들거리는 갈색 허리가 보이는 사리를 입고 있으나 그 위로 카디건을 입고 있다. 나비 무늬의 사리와 평일에 입는 카디건, 당신이 추운 북쪽 지방에 살기로 했다면 이것이 바로 당신이 치러야 할 대가이다. 사리와 카디건보다 더 측은한 의상 배합은 결코 없었다. 그들은 나직이 말하며 앉아 있어서 어린 소녀가 어른처럼 보였다. 이 세 사람은 휜즐리 가에서 내린다. 미국인 넷, 청년 둘과 젊은 여자 둘이 탄다. 그들은 모두 진바지에 티셔츠, 그리고 운동화 차림이다. 그들은 큰 소리로 말하며 다른 사람들에게 신경 쓰지 않는다. 키가 크고 나이 든 부인 맞은편에 두 명은 멋대로 서 있고 두 명은 그 양 옆에 나른하게 서 있다. 스코틀랜드인처럼 보이는 그 부인은 잘 손질한 구두를 가지런히 모으고 앉아 있다. 그녀의 아름답고 갸름한 두 손은 바퀴 달린 장바구니 손잡이 위에 놓여 있다. 그녀는 그 시끄러운 젊은이들은 존재하지 않는다는 듯 정면을 응시한 채 기억해 내고 있는지 모른다. 그런데 어떤 런던을? 전쟁을? 이번에는 2차 대전일 것이다. 그러나 가난한 런던을 기억하고 있지는 않을 것이다. 그건 확실하다. 그녀는 우아하며 트위드 재킷과 실크 셔츠를 입고 있는 데다 값비싼 반지들을 끼고 있다. 그녀와 미국인 넷은 세인트 존스 우드 역에서 내린다. 젊은이들은 미국 학교로 가겠지만 그녀는 아마 여기 살고 있을 것이다. 세인트 존스 우드 지역은 부자나 적어도 고위층 인사들이 아담한 빌라에 첩을 두고 있는 곳이라고 골즈워디[1]는 말한 바 있다. 지금은 부자들, 대개는 아랍인들만 이런 빌라를 소유할 수 있다.

정차 중인 지하철 안으로 사람들이 들어올 때, 나는 얼마 전 세인트 존스 우드의 한 호텔에 머물고 있는 프랑스 친구를 방문했던 것을 떠올리며 앉아 있다. 내가 리셉션 데스크에 서 있는 동안 흰옷을 입은 아랍인 셋이 호텔 뒤쪽에서 엘리베이터 쪽으로 지나갔다. 그들은 수북이 담긴 밥 위에 구운 양고기 한 마리가 통째로 놓인 쟁반을 어깨 높이로 든 채 운반하고 있었다. 호텔 로비는 향료와 구운 고기 냄새로 가득했다. 무슨 일인가 묻는 듯한 내 표정을 보고 안내인이 말해 주었다. "아, 어떤 족장에게 가는 겁니다. 그는 매일 밤 잔치를 열지요." 그러고 나서 그녀는 계속 남자 친구와 통화했다. "아, 당신, 말뿐이지요. 아, 난 남자들에 관해 다 알아요. 당신이 나에게 말해 줄 수 있는 건 아무것도 없어요." 그녀는 자신이 이런 단어들을

---

[1] John Galsworthy(1867–1933). 소설가이자 극작가로 1932년 노벨 문학상을 수상했다.

사상 처음 사용했다고 생각할 것이다. 그리고 그녀는 달걀만 한 모조 호박 반지를 낀 자신만만한 흰 손으로 왼쪽 귀 위의 머리를 만지작거렸다. 그녀의 반짝이는 호박색 머리는 1920년대에 유행하던 짧은 단발이었다. 아랍인 네 명이 더 지나갔다. 그들은 로자리오로 세상을 물리치는 수녀들처럼 갈색의 긴 손가락으로 묵주를 세고 있었다. "은혜로 가득 찬 마리아를 찬양하며······." 그들은 미소를 짓고 고개를 끄덕이면서 한편으로는 입술을 움직여 세속적인 말들을 했다. 그러나 그들의 손가락은 정의(正義)를 단단하게 붙들고 있다. 아랍인들이 엘리베이터 안으로 사라졌다. 잔치에 가는 것이리라. 그러는 동안 회전문 안으로는 족장들의 모임에 가는 사람 넷이 더 들어오고 있었다.

이곳에서 멀지 않은 애비 가에는 비틀스가 녹음을 했던 스튜디오들이 있다. 그들 네 사람 때문에 유명해진 건널목에는 항상 다양한 인종과 연령의 관광객들이 손가락으로 쉴 새 없이 카메라를 눌러대며 감회 어린 눈으로 서 있다. 온 세계의 수천 개의 앨범 속에는 이 낡은 장소를 담은 소중한 사진들이 들어 있다.

런던의 이 지역은 오래된 곳이 아니다. 정부와 창녀들이 빌라에서 살고 있었을 시절, 이곳은 새로 생긴 교외였다. 노스웨스트 6이나 노스웨스트 2를 타고 시내 중심으로 들어가는 것은 최근에 자리 잡은 교외 도시를 떠나 고대 로마 이전부터 연속적인 흥망성쇠를 거쳐온 런던을 향해 가는 것을 뜻한다. 얼마 전 나는 지금은 프레스 클럽이 된 글래스톤의 집에서 점심을 먹었다. 공적인 행사를 위해 모이는 사람들 때문에 지은 듯한 집에서 사람들이 실제로 살고 있었다는 것을 상상하기란 쉽지 않다. 무엇보다도 칼톤 하우스 테라스에 서서 생각할 수 있는 사람은 아무도 없을 것이다. 얼마 전만 해도 이곳에 숲이 있고 물이 흐르고 동물들이 풀을 뜯고 있었다는 것을 말이다. 아니, 자연은 멀리 웅장한 층계를 내려가 쇼핑 몰을 건너 세인트 제임스 파크 속의 제자리에 잘 보존되어 있다. 저 빌딩들과 포장된 도로와 길의 무게가 세인트 존스 우드에서는 아직도 자연스러운 생각들을 막는다. 세인트 존스 우드에서 당신은 이런 생각을 한다. 이곳에 숲이 있었던 것은 확실하다. 세인트 존은 누구였는가? 그리고 물론 교회가 있었다. 많은 나무들이 그 숲에서 살아남았음을 쉽게 알 수 있다. 안 그런 것 같지만, 불가능한 일도 아니다.

오늘 나는 여기서 내리지 않는 것이 기쁘다. 에스컬레이터는 자주 고장이 난다. 한 달 전 직원들이 승객들에게 생각을 전달할 때 사용하는 칠판에 깨끗한 흰 분필로 이렇게 쓰여 있었다. "에스컬레이터가 왜 그리 자주 고장 나는지 궁금하시죠? 저희가 알려드리죠! 그건 에스컬레이터가 낡아서 자주 고장 나기 때문이지요. 미안합니다! 멋진 하루를 보내시기를!" 냉소적이면서 잔인하기도 한, 완벽한 런던식 유머로 차 있는 이 메시지로 인해 사람들은 기분이 좋아지고 긴 층계를 걸어 내려갈 준비를 한다.

젊은이 셋이 뛰어 들어온다. 건달, 깡패, 무뢰한들. 그들은 열여섯 살쯤 되는, 다시 말해 요란스럽고 목이 쉬고 불행하고 시끄럽게 웃어대고 부글거리는 성욕과 야수성을 지닌 사춘기 청년들이다. 두 명은 백인이고 한 명은 흑인이다. 그들의 고함 소리와 조롱 어린 웃음소리는 모든 사람의 주의를 끈다. 결국 그것이 그들이 원하는 바이다. 백인 청년 하나와 흑인이 서로 밀치고 나머지 청년은 순화된 기독교 순교자처럼 미소 지으며 부드럽게 체념한 듯한 태도로 이를 받아들인다. 마치 영화나 드라마의 주인공처럼. 그들이 무슨 말을 하는지 이해하기란 불가능하다. 마치 언어 장애를 가진 듯 그들의 말은 분명하지 않다. 의도적인 건지도 모른다. 열여섯 살에 누가 어른들에게 잘 보이고 싶겠는가? 이 모든 난폭한 행동은 불량스럽게만 보일 뿐 그 이상은 아니다. 그저 야단법석일 뿐이다. 베이커 가에서 그 난폭한 두 청년은 다른 하나를 밖으로 밀어내며 다시 못 들어오게 막는다. 쉬운 일이 아니다. 베이커 가는 런던 교외의 여러 곳으로 연결되는 다목적 교차점이어서 열차는 여기서 오래 멈춘다. 싸움에 지친 셋은 안으로 들어와 문 가까이 서서 다른 사람들이 들어오지 못하게 방해한다. 그러나 단지 수동적인 태도로. 자리만 잔뜩 차지한 채 저항하지도 공격하지도 않는 이 덩치 큰 젊은이들과 맞서, 승객들은 "실례합니다. 실례합니다." 하고 말한다. 젊은이들은 자기들이 자리를 차지하고 있다는 것을 알면서, 자기들이 끔찍한 말썽꾼이라는 것을 알면서 순진한 얼굴들을 하고는 불평에 찬 성난 눈초리들을 무시한다. 문이 닫히기 시작하자 두 공격자는 희생자를 밖으로 밀어낸 뒤 그에게 온갖 고약한 몸짓을 해댄다. 기차가 움직이기 시작하자 입 모양으로 소리 없는 욕설들을 내뱉는다. 플랫폼에 있는 청년은 욕설을 퍼부으면서도 기차가 가고 있는 방향을, 짐작건대 서로 합의된 목적지를 가리킨다. 우리가 속도를 내기 시작하자 그는 반쯤은 슬렁거리며 반쯤은 춤을 추며 플랫폼을 따라 걸으면서 우리 뒤쪽을 향해 주먹을 휘두른다. 청년들은 그가 없으니 서운한 듯 퍼질러 앉아 다음에 폭발할 때를 위해 기운을 모은다. 본드 가에서 그들은 다시 폭발한다. 그들은 위험한 캥거루 뜀뛰기를 하고 욕설을 해대며 내린다. 누구에게? 상관 있는가? 그들이 앉아 있던 곳에는 광고처럼 화려하고 매혹적인 음료수 캔이 두 개 놓여 있다. 지금 지하철 안에 있는 사람들은 이 모든 것을 처음부터 다 보지는 못한 사람들이며 그래서 이런 생각을 하고 있을지 모른다. 저 나이로 돌아가지 않아도 된다니 얼마나 다행인가! 그게 아니면? 아, 내가 다시 젊어질 수만 있다면, 하며 사람들이 한숨 지을 때 그들은 방금 우리가 본 것은 싫어해도 무한한 가능성의 내적 풍경은 떠올릴 수 있을까?

본드 가에서 많은 사람들이 내리고 열차는 한동안 정지한다. 승객들은 지하철 관리자들이 광고 사이에 끼워 넣은 시를 편안하게 읽는다.

독수리

그는 구부러진 손으로 바위를 움켜쥔다.
외로운 땅에서 태양 가까이.
그는 서 있다. 하늘색 세상에 둘러싸여.

그의 밑에는 출렁이는 바다가 기고 있다.
그는 산의 절벽에서 응시한다.
그리고 천둥 번개처럼 떨어진다.

—알프레드 테니슨

한 무리의 덴마크 학생들이 탔다. 아마도 소풍을 가는 모양이다. 그들은 얌전했으며 그들 또래의 소녀가 미소를 띤 채 그들을 감독했다. 그들은 조용히 그린 파크에서 내렸고 열차는 다시 찼다. 모두 관광객으로. 이런 일 때문에 사람들은 지하철이 너무 지저분하다고 불평하는가? 다시 말하면 이는 영국인들의 외국인 혐오증인가? 구세대의 영국인들은 더욱 그렇다. 내가 런던에서 즐기는 것들, 다양성, 세계 도처에서 오는 사람들, 끊임없는 변화(왜냐하면 런던은 때로 구름의 그림자가 평원을 가로지르는 것을 바라볼 때의 느낌을 주니까), 정확하게 이런 것들을 그들은 그렇게 증오하는 걸까?

그러나 내 생각에 이런 식으로 위협받는 사람들치고 그들은 상당히 잘 대응하고 있는 것 같다. 얼마 전에 이런 장면을 보았다. 런던에 있는 어느 큰 병원의 노인 병동에서였다. "난 이제 막 노인 병동으로 가는 중이야." 젊은 간호사가 다른 간호사에게 승강기 버튼을 손가락으로 빠르게 누르며 경쾌하게 말하는 소리를 들을 수 있었다. 그들은 넘어져서 병원에 실려온 늙은 백인 여자에게 요강을 주었다. 그 여자는 늙기만 한 게 아니라 사실 매우 고령이었다. 그래서 그녀는 영국인들끼리만 살았던, 지금은 잃어버린 살기 좋은 에덴의 당당한 주민이었다. 그러나 그녀는 노동 계층이었고 노처녀였다. (아직도 옛날 서류에 여성들이 이런 식으로 표현된 것을 볼 수 있다. 신분: 노처녀.) 그런 여성에게는 그녀 주위로 커튼이 드리우기도 전에 공공 장소에서 요강을 사용해야 하는 것만도 힘든 일이었다. 남자, 남자 간호사에게 간병을 받을 수도 있다는 것은 그녀로서는 상상도 할 수 없는 일이었다. 제일 끔찍한 것은 그가 간호사 제복을 입은 흑인, 젊고 차분한 흑인이라는 점이었다. ("아니요. 나는 의사가 아닙니다. 나는 간호사예요. 네, 그래요. 간호사예요.") 그는 침대 커버를 젖히고 늙은 여자가 요강에 앉는 것을 도와주고 나서 그녀의 나이 든 넓적다리 위로 가운을 잘 덮어준 뒤 커튼을 닫았다. "곧 다시 오겠어요." 그리고 그는 자리를 떴다. 그 커튼 뒤에서는 사람들이 이를 즐기든 아니든 상관없이, 다양한 언어와 런던의 자유분방함에 익숙해진 이들에게는 상상하기 어려운 내면의 드라마가 진행된다. 그가 돌아와 커튼을 젖히고 그녀에게 괜찮으신지, 좀 닦아드려도 될는지 묻고 요강을 치웠을 때, 그녀는 위엄 있게 빛나는 눈으로 이를 거절했다. 그녀는 불가능한 것을 감수하기에 이른 것이다. "아니, 괜찮아요. 아직은 내가 할 수 있어요."

내 친구가 교사로 있는 남부 런던의 어느 학교에서는 스물다섯 개의 언어가 사용된다.

지금 우리는 구 런던 지역의 땅 밑으로 뚫린 터널을 통과하고 있다. 그러나 이곳이 제일 오래된 지역은 아니다. 제일 오래된 런던은 1, 2마일, 또는 3마일 더 동쪽에 있다.

정원의 흙이 뿌리와 벌레들로 들끓듯이 파이프와 전선, 하수관들, 그리고 전에 있던 마을과 건물들의 파편이 쌓인 두꺼운 흙의 지층 저편에는 세인트 제임스 파크와 다우닝 스트리트, 화이트 홀이 있다. 누군가 이 지하 회랑들을 여행하며 땅 위로 절대 나오지 않는다면, 그는 세상살이에 필요한 것은 이것이 전부라고 믿기 십상일 것이다. 어떤 행성에 관한 공상 과학 소설이 있다. 그 행성에는 태양들과 달들이 몇 년에 한 번만 나타나고 시민들은 우주 안에서 그들의 상황이 어떤지 알려주는 기적을 기다린다. 우주는 물론 신부들의 소유인데 그들은 별들의 광휘가 자신들의 우주 통치권을 나타내는 증거라고 주장한다. 땅 위에 세워진 도시, 가령 휴스턴과 텍사스처럼 공중으로 세워진 도시와 똑같은 지하 도시들이 이미 생겼다. 당신은 마치 꿈속에서처럼 눈에 잘 띄지 않는 문으로 들어간다. 그러면 당신은 상점, 레스토랑, 사무실이 수마일에 걸쳐 늘어선 지하 도시 안에 있다. 당신은 절대 땅 위로 나올 필요가 없다. 실제로 지하 아파트를 좋아하고 이를 선택하는 사람들이 있다. 그들은 커튼을 치고 전등을 켜고 자신들을 위한 지하 세계를 창조한다. 오래 입원해 있는 사람이나 죄수였던 이들에게 정상적인 삶이 위험해 보이듯이 그들에게는 지상에서 사는 것이 위험해 보인다. 그들은 자신들을 수용소 시설에 맡기는 것이다. 비판적인 눈들로부터 멀어진, 그리고 변덕스런 날씨와 빛의 변화가 차단된 조용한 밀실, 그들이 모든 것을 통제할 수 있는 장소를 만드는 것이다. 기계 장치가 고장 나지 않는 한, 가스가 새고 전화가 끊어지지 않는 한.

　50년대에 나는 하루 종일을 순환선을 돌며 시간을 보내는 사람을 본 적이 있다. 9시부터 6시까지, 마치 직업이나 훈련 같았다. 그는 역무원들이 자기를 붙잡을 수 없다고 주장했다. 정신 분열이었다. 그 당시 사람들은 미치는 방법에 있어서도 지금보다 상상력이 풍부했었나? 때로는 모든 일에서 개성이 사라지는 것처럼 느껴진다. 그런데 이삼 일 전, 히스에서 독일계 영국인 한 사람이 다가왔다. 그러니까 말하자면 독일계 영국인들이 입을 만한 옷을 입은 젊은이였다. 갈색 울 셔츠, 그 위로 두꺼운 갈색 종이로 만든 벨트 달린 조끼. 탄력 밴드가 장딴지 위에까지 오는 반바지. 주름 잡힌 갈색 스카프는 수도승의 모자 같았다. 그는 장난감 가게에서 파는 창을 들고 있었다. "멋집니다, 선생님." 내 동행이 약간 구어체로 말했다. "어디로 가시는지요?" 그 젊은 독일계 영국인은 기뻐하면서 미소 지으며 멈췄다. 그와 동행한 젊은 여자는 근심에 차서 바라보았다. "밖으로." 젊은이가 말했다. "멀리."

　"당신은 이름이 뭐죠? 베어울프?[1] 올라프 더 레드?[2] 에릭 더 브레이브?[3]

---

1) 8세기경 쓰여진 영문학 최고의 영웅 서사시 베어울프(Beowulf)의 주인공.
2) Olaf Sihtricson(?-981). 노섬브리아와 더블린의 덴마크 왕국을 통치한 왕. 전설 속에서는 올라프 더 레드(Olaf the Red)라고 불린다.
3) Eric the Brave(950-?). 고대 노르웨이의 수부이자 탐험가로, 985년 그린랜드에 식민지를 건설했다.

"에릭 더 블랙."

"그건 당신의 이름이 아녜요." 그를 돌보는 여자가 주장했다.

"아니오, 그게 내 이름이오." 우리는 잊을 수 없는 1990년 가을, 황갈색과 노란색, 불타는 녹색으로 그들이 사라져가는 소리를 들었다. "내 이름은 에릭이야, 안 그래? 그래, 그러면, 에릭이야."

차링 크로스에 도착. 모두 내린다. 한 소녀가 아래쪽으로부터 뛰어올라 출구에 있는 기계 앞에 나타난다. 그 애는 자명종 같은 소리를 내고 있다. 이제 그 애는 우리의 관심을 그쪽으로 끌고 갔다. 실제로 삐 소리가 계속 울리고 우리는 모두 그것이 화재 경보임을 알고 있다. 하지만 요즘은 삐약삐약 윙윙 하고 울리는 전자음이 여기저기서 나기 때문에 우리는 그런 소리에 귀 기울이지 않는다. 소녀는 매력적이다. 굽슬거리는 금발 머리가 상기된 얼굴을 휘감고 있다. 그녀는 현기증이 나도록 웃고 있다. 그러면서 저녁의 모험을 위해 웨스트 엔드로 들어오고 있는 한 떼의 젊은이들 속으로 달려간다. 그들은 이미 모두 기쁨에 미칠 지경이고 위로, 밖으로 질주하는 불꽃들처럼 차원이 다른 속도와 경쾌함 속에 빠져 있다. 그녀와 다른 두 소녀는 차표를 밀어 넣고는 지상 세계로 통하는 터널을 따라 날아가지만 젊은이 셋은 승리의 함성을 지르며 뛰어든다. 그들의 젊음은 우리 모두에게 엄청난 부담을 주어서 승무원들은 아예 상관 않기로 작정한다. 상관하는 것은 나비들을 때리는 것처럼 미친 짓이기 때문이다.

이제 나는 터널을 따라 트라팔가 광장으로 나가려 한다. 거기에는 언제나 한 떼의 젊은이들이 몸을 구부리거나 웅크리고 또는 엎드려서 벽을 따라 상자 위에 진열되어 있는 물건과 옷감을 들여다본다. 반지와 귀걸이, 팔찌와 브로치, 온갖 종류의 번쩍이는 것들, 구리와 유리, 흰 금속과 싸구려 은, 값싼 물건들, 그러나 기대와 가능성으로 가득 찬 것들.

나는 이리저리 터널을 따라가고 층계를 몇 번 올라가서 트라팔가 광장에 선다. 내 앞, 나지막한 회색 분수가 있는 거대한 회색 공간을 가로지르면 국립 박물관이 있고 그 근처에 국립 초상화 박물관이 있다. 엷은 푸른색 하늘이 반짝이고 우리가 사는 곳보다 훨씬 높은 곳에서 움직이는 바람에 부드러운 구름들이 이리저리 흩어진다. 여기, 아래는 고요하다. 이제 나는 박물관 한 군데 또는 두 군데에서 될 수 있는 한 늦게까지 아무런 결정도 하지 않고 시간이 흘러가도록 즐거운 마음으로 어슬렁거릴 수도 있다. 왼쪽에 있는 국립 박물관으로 돌아설까? 아니면 오십 보를 더 걸어가서 우리 역사의 얼굴들을 볼까? 내가 박물관 밖으로 나오면 하늘은 여전히 빛나겠지만 늦은 오후의 어두운 빛을 띠고 있을 것이다. 카페를 찾아 친구들을 만나는 시간, 그 다음은……. 한두 시간 안에 극장의 커튼이 올라가거나 영국 국립 오페라가 시작될 것이다. 이 모든 시간이 지난 뒤에도 몇십 년이 지난 뒤에도, 여전히 극장의 커튼이 올라가면서 조명이 어두워지는 순간만큼 감동적인 것은 없을 것이다. 또는 이리저리 어슬렁거리다가 러시아워에 걸리지 않도록 그냥 집에 갈 수도 있다.

얼마 전 러시아워가 한창일 때 나는 손잡이를 잡고 있었다. 열차의 한쪽 편에서는 열네 명의 승객들 중에서 세 명이 책을 읽고 다른 사람들은 모두 신문을 읽고 있었다. 아침에 출근할 때 사람들은 자기가 선호하는 것을 읽는다. 《타임스》, 《인디펜던트》, 《가디언》, 《텔레그라프》, 《메일》. 어떤 사람들은 읽기를 부끄러워하는 저질 신문들은 별로 눈에 안 띄는 것 같다. 그래도 이 노선은 적어도 어떤 시간대에는 그리고 어떤 구간의 연장선에서는 점잖은 편이다. 밤에는 《이브닝 스탠다드》가 추가된다. 세 사람이 읽고 있다. 내 오른쪽 팔꿈치 옆에는 한 남자가 『일리아드』를 읽고 있었다. 통행로 맞은편에서는 한 여자가 『모비 딕』을 읽고 있었다. 내가 밀치고 나가는데 젊은 여자가 품속에서 잠든 어린아이의 머리 위로 『폭풍의 언덕』을 들고 있었다. 사람들이 우리의 문맹 상태에 관해 우울하게 말할 때 나는 이런 사람들을 보았다고 말한다. 그러면 그들은 기뻐하면서도 믿지 않으려 한다.

광고 전단 사이에 이런 시가 들어 있다.

아기 기쁨

"난 이름이 없어요.
난 겨우 이틀을 살았어요."
내가 널 뭐라고 부를까?
"나는 행복이에요.

기쁨이 내 이름이에요."
달콤한 기쁨이 당신에게 내리기를!

예쁜 기쁨!
이틀밖에 안된 달콤한 기쁨.
난 너를 달콤한 기쁨이라 부른다.
너는 미소 짓는다.
나는 노래한다.
달콤한 기쁨이 너에게 내리는 동안.

—윌리엄 블레이크

  지하철을 나와 걸어가는 동안 나는 세 곳의 교회를 지나간다. 그중 두 곳은 더 이상 천상의 흐름을 뿜어내는 샘물이 아니다. 하나는 극장이고 또 하나는 버려진 곳이다. 런던의 그 작은 지역에 교회가 세 개라니……. 다른 행성에서 온 방문객은 우리가 명백하게 비교를 할 수 있게 해준다는 면에서 매우 유용하다. 그는 칠십 년 전, 궁금하게 여겼을 것이다. "저기는 뭐 하는 곳인가, 이 건물들은 서로 너무 비슷하면서 다른 건물들과는 이렇게 다르구나. 한 지역에 서너 개나 되고. 정부 관사인가? 행정 사무실인가? 게다가 또 새로 지었군!" 그러나 요즘은, 이 방문객은, 그가 여자이든, 남자이든 또는 누구이든 이 건물들이 자주 사용되지 않는다는 것을 알아차릴 것이다. "혹시 정부가 바뀌었나?" 그러나 특정한 양식의 건물들은 도시 이 끝에서 저 끝까지 계속 나타난다. "내가 전번에 왔을 때 봤던 것처럼 술을 파는 '술집'이 있고 철로를 타고 빨리 이동하기 위한 전철역이 있다. 다른 건물들은 곤충이나 딱정벌레처럼 생긴 금속 기계를 보존하기 위한 것이다. 이런 건물은 새것이며 내가 지난번에 왔을 때는 없었던 거다. 그리고 새로운 것이 또 하나 있구나. 서너 발자국마다 약품, 화학 물품을 파는 장소가 있구나." 우스꽝스러운 일이다. 그 남자, 그 여자 또는 그것은 팩스로 카노푸스[1]로 보낼 보고서의 항목들을 머릿속으로 정리하며 생각할지 모른다. "자주 사용되는 순서로 적어야 한다면, 제일 먼저 약국을 적어야 한다. 인간은 먹고 마시는 것뿐만 아니라 화학 첨가물에 의존한다." 내가 사는 곳으로부터 일 마일 안에 약국이 적어도 열다섯 개 있고 식품점마다 약품 선반들이 있다.

  나는 옛 물방앗간이 있던 곳을 지나 모퉁이를 돌아서 북쪽을 향해 돌진하는 차량들의 소음과 악취를 뒤로하며 떠난다. 나는 숨 쉬는 것이 한동안 불쾌했었다는 것을 깨닫는다. 이제 밀 레인 가이다. 상점들이 늘 새로 생기고 파산하고 주인이 바뀌는 곳. 집세와 임대료가 서너 배로 뛴 지금은 특히 그렇다. 곧 나는 집들이 빼곡이 들어선 좁은 길로 들어섰고 차 소리는 계속 들렸지만 더 작아졌다. 이곳 거리들은 고전적인 분위기가 난다. 아가멤논, 아킬레스, 율리시스, 오레스테스 뮤즈. 여기다가 곤데르라는 이름이 덧붙는다. 우리는 이 거리의 이름을 짓는 임무를 띤,

---

[1] 용골(龍骨)자리의 으뜸별.

고전적인 교육을 받은 군인을 상상해 볼 수도 있다. 실제로 이 추측은 그리 틀리지 않다. 이야기인즉 이렇다. (사실인지 아닌지 누가 상관하랴. 모든 과거의 이야기는 최근의 것이든 오래된 것이든 정리되고 매듭지어져 만들어진다.) 퇴역 군인이면서 대단찮은 신사 계층에 속하는 남자가 시골에는 아내와 많은 자녀들을 두고 도시에는 첩과 더 많은 자녀들을 두고 있었다. 이들을 모두 교육시키기 위해 그는 재산을 늘리는 일에 착수했고 런던이 보이는 언덕 위에 아름답게 펼쳐진 농장을 샀다. 그러고는 통근자들이 사는 북쪽의 교외 도시를 건설했다. 그것은 분명 맨 처음 생긴 교외 도시 중의 하나였을 것이다. 이 언덕 바로 아래 계곡에는 런던 쪽으로 시냇물이 흐르고 암소들이 노는 푸른 들판이 있었다는 것을 기억해 보라. 나이 든 내 친구가 일요일마다 통근 버스를 타고 갔던 곳 말이다. 통근자들은 철도 마차나 기차를 타고 도시로 갔다.

어떤 건물들은 처음부터 아파트로 지어진 맨션이지만 대개는 나중에 3층짜리 공동 주택으로 개조된 집이다. 이 집들이 어떤 용도로 지어졌는지 알기는 어렵다. 지하실은 전부 눅눅하다. 광산에서는 석 달 안에 병에 붙은 상표가 떨어진다. 그런데 여기 지하실에는 화장실도 있었다. 누가 사용했을까? 물론 이 땅속 동굴에서는 아무도 살 수 없었겠지? 어쩌면 그 당시에는 습기가 차지 않았는지도 모른다. 지금은 둥근 구멍 또는 작은 갱도가 흙 속으로 파여 있다. 습기 때문에 오래전부터 시멘트 바닥은 들떴고 그 안으로 수면이 올라갔다 내려가는 것을 볼 수 있다. 비 때문이 아니다. 이 지역에 사는 사람들은 물의 흐름이 저수지 파이프가 새는 것과 상관 있다는 것을 다 알고 있다. 우리 집 다락방 창에서 보면 그 저수지는 굉장히 큰 푸른 들판 또는 초원 마을처럼 보인다. 주위가 온통 커다란 나무들로 둘러싸여 있기 때문이다. 빅토리아 여왕 시대 사람들은 저수지를 땅속에 두었다. (그들은 말한다. 신성한 물을 지키는 임무를 띤 사람을 알고 있으면 그를 따라, 작은 문으로 인도되어 불빛이 내려쬐는 낮은 천장 아래 조용한 검은 물웅덩이 가장자리에 서게 될 것이다. 이 매력적이고 극적인 그림 속에 돌연한 빛 때문에 희미한 소리를 내며 물속을 헤엄치는, 그래서 천천히 잔물결 하나 퍼뜨리며 달아나는 쥐 한 마리가 들어설 수도 있다.) 우리 집 꼭대기는 다락으로 개조되어 있다. 그러나 예전에는 다락이 아니었다. 3층에는 침실이 세 개 있는데 하나는 함께 사용하기에는 너무 작다. 지금은 하나뿐이지만 2층에는 방이 두 개 있었다. 그 당시에는 하나는 식당이고 하나는 거실이었을 것이다. 부엌은 베란다 또는 테라스 끝에 쾌적하게 그러나 불편하게 자리 잡고 있다. 최근에 만든 것이다. 그때는 거기가 부엌이 아니었다. 1층에는 한때는 방이 두 개였지만 지금은 하나이며 역시 최근에 '편의 시설'이 추가되었다. 정원에 있는 방은 대개 육아실이다. 그 시절 사람들은 아이를 많이 낳았고 친척과 함께 사는 경우도 많았으며 중류층 가정에는 적어도 한 명 대개는 그보다 더 많은 하인이 있었다. 그들은 모두 어떻게 제자리들을 찾았을까? 어디서 요리를 했고 어디에 식료품을 저장했고 설거지는 어떻게 했을까? 또 난방은 어떻게 했을까? 방마다 작은 벽난로에는 아주 작은 불씨를 담은 바구니들이 있다.

  이 교외 주택가에 있는 집들은 백 년 전에 지어졌으며 튼튼하고 벽이 두껍다. 지붕이나 배관을 고치러 오는 목수들마다 그것이 얼마나 잘 설치되어 있으며 좋은 재료로 만들어졌는지 말한다. "지금은 이렇게 못 지어요!" 이들 전문가들은 지하실에 습기가 찼다고 당황하지도 않는다. "토대 주변의 진흙이 축축하게 잘 유지되어 있어요. 그래서 지금 우리가 맞고 있는 이런 여름에도 벽에 금이 가지 않는 거지요. 걱정하지 않아도 됩니다."

  내가 사는 거리의 모퉁이로 접어들 때 구름들은 뭉게뭉게 물들어 있었다. 한마디로 이곳의 황혼은 아름답다.

  넝쿨 식물이 모퉁이 집을 휘감고 있고 찌르레기들이 한꺼번에 모여들어 아침이 올 때까지 맴돌다가 잠잠해지며 보이지 않게 된다.

새 카페

　우리 동네의 중심지, 스테파니 가에 새 카페가 있다. 이제 생긴 지 일 년 된 그곳은 프랑스 풍 카페이며 늘 사람들로 붐빈다. 그 옆에 있는 아주 평범한 정육점도 '부쉬리'라는 프랑스 이름을 갖고 있고, 그 맞은편의 '브라세리'도 그렇다. 이 새 카페는 두 명의 그리스 인이 경영하는데 금세 단골들이 생겼다. 나도 그중 한 사람이다. 좋은 카페에 가면 항상 볼 수 있듯이 이곳에서도 현실에서와 같은 멜로드라마를 볼 수 있다. 멜로드라마란 우리에게 익숙한 일련의 감정적인 사건들이라 볼 수 있다. 그런데 그것이 우리에게 익숙한 이유는, 그와 비슷한 일들을 본 적이 있다 해도 그것을 진부하지 않고 오히려 놀랄 만큼 개별적인 것으로 만들어줄 수 있는 열쇠를 우리가 갖고 있지 않기 때문이다.
　1989년의 기적 같은 여름. 뜨겁고 푸른 나날이 계속되었고 거리에서의 삶은 파리나 로마에서처럼 강렬했다. 우리 카페의 야외 탁자들은 청과상의 향기로운 과일을 배경으로 빽빽하게 놓여 있었다. 누구든지 그곳에 앉고 싶어 하지만 운이 좋아야 자리를 잡을 수 있다. 초여름 젊은 독일 여자 둘이 나타났다. 덩치가 크고 매력적이며 거침없는 그들은 휴가를 즐기기 위해 남자 친구들을 찾는 중이었다. 그들은 늘 함께 있었고 대개는 야외 탁자에 앉아 있었다. 그리고 이삼 일은 진짜 프랑스 빵, 아무도 거절할 수 없는 맛있는 케이크를 먹으며 그들끼리 있었다. 그들은 누가 "이 의자에 앉아도 되요?"라고 물으면 기뻐했다. 한번은 나도 물은 적이 있다. 그들은 런던에 삼 주일 있을 예정이었다. 그들은 거기서 십 분 떨어진 작은 호텔에 묵고 있었다. 그들은 런던이 멋지다고 생각했다. 날씨는 기가 막혔다. 우리 피부가 어떻게 갈색으로 변해 가는지 보라! 우리가 지껄이고 있는 동안에도 그들의 시선은 카페에 사람이 들어올 때마다 즉시 그를 향해 날아갔다.

  그러던 중 그들은 한 젊은이와 함께 있게 되었다. 나는 전에 이곳에서 그를 본 적이 있었다. 그는 이따금 커피 한 잔 하러 잠시 들렀다 금방 나가곤 했다. 독일 아가씨들은 그를 좋아했다. 그들은 커다랗고 자신만만한 엉덩이로 몸을 앞으로 기울이고 앉아 크게 웃으며 금발의 긴 머리를 뒤로 쓸어 넘겼다. 이슬같이 빛나는 치아는 모든 사람을 향해 반짝였는데 이는 그들이 계속 가능성을 놓치지 않으려 하기 때문이었다. 그는 의자 등받이에 기대고 앉아 그들을 즐겁게 해주었다. "나, 저 사람 좋아." 한 여자가 다른 여자에게 말하는 것을 상상할 수 있었다. "내 생각에 그는 재밌는 사람인 것 같아."

그는 호감이 가는 남자였다. 스물일곱 또는 여덟쯤 되며 푸른 눈에 아름다운 머리칼…… 이 모든 것을 갖추고 있었다. 그러나 그에게는 '가까이 오지 마시오.'라고 말하는 어떤 것이 있었다. 그는 아직 서투른 초심자의 격렬함을 지닌, 깃털이 부수수한 어린 매 같았다. 그리고 그는 불안해 보였다. 항상 다리를 꼬았다 풀었다 했다. 지나가는 사람이나 가까이 앉으려는 사람이 있을 때는 두 다리가 방해되지 않도록 황급히 한쪽으로 뻗었다.

이삼 일 동안 그 세 사람은 대개 이른 오후에 함께 있었다. 그들이 나갈 때면 그의 양옆에 여자가 있었다. 또 한 남자가 있어야 했고 곧 나타났다. 네 사람이 카페 안이나 길에서 만났을 때 그들은 짝을 이룬 것 같지는 않았다. 여자들은 여전히 자기들을 즐겁게 해주는 그 남자에게서 눈을 떼지 않았으며 반짝이는 입술에 미소를 머금은 채 웃을 수 있으리라는 기대감으로 차 있었다. 그들은 웃는 것을 제일 좋아했다. 그는 그들이 원하는 것을 줄 수 있어서 기분이 좋아져 그들이 웃는 것을 바라보며 앉아 있었다. 또 다른 젊은이는 별로 큰 기대를 하는 것 같지는 않았는데 그도 같이 웃었다.

한두 번 그들은 정식으로 식사를 했다. 이따금 그들은 자기들이 본 영화에 대해 얘기했다. 어느 오후 그는 누이처럼 보이기도 하는, 냉소적인 분위기의 피부가 검고 차분한 여자와 함께 왔다. 그는 여자에게 커피와 케이크를 대접했고 어떤 일에 대해 사과하는 듯했다. 독일 여자들이 들어오자 그는 손을 흔들었고 자기의 두 다리를 거추장스런 소포 꾸러미인 양 치워 자리를 만들었다. 세 여자와 그 남자는 잠시 머물다 함께 나갔다. 그 이후 나는 그가 피부가 검은 그 여자와 다른 여자들과 함께 있는 것을 보았다. 그는 독일 여자들에게 했던 것처럼 그들을 대접했다. 그는 그들을 모두 좋아하는 듯했다.

한번은 밖에 있는 탁자 두 개가 비어 있었는데 나는 그중 한 탁자에 앉았고 곧 그가 다른 탁자에 자리를 잡았다. 그는 지나칠 듯하다가 아무래도 괜찮다는 듯 그 순간 털썩 앉았다. 이때쯤 우리는 카페에서 서로 안면이 있는 사이였다. 그는 올해 여름이 전혀 나쁘지 않았고 오히려 여기가 더 좋았기 때문에 스페인에 가지 않은 것이 기쁘다고 말했다. 그의 휴가는 일주일이 남아 있었다. 그는 길 아래쪽에 있는 건축 자재 상점에서 일하고 있었다. 그 일은 괜찮은 편이었고 그는 자기 일을 꽤 좋아했다. 강렬한 빛 속에 가까이 앉아 있으니 그가 보기보다 나이가 들었다는 걸 알 수 있었다. 눈 밑에는 주름이 있었고 그는 자주 멍해졌다. 마치 '여기에 주목하시오.'라는 내면의 신호가 현재의 상황에서 그를 계속 끌어내는 듯했다.

독일 여자들이 도착했고 그들은 자리에 앉기도 전에 기대로 가득 차 웃고 있었다.

그날 이후 그들은 카페에 오지 않았고 그는 다시 일터로 돌아갔다. 그는 두어 번 직장 동료와 함께 들렀다. 두 젊은이는 흰 작업복을 입고 있어서 건축 자재에 대해 잘 아는 것처럼 보였다. 독일 여자들과 만나던 그 젊은이는 두꺼운 옷에 묻혀 허약해 보였다.

　어느 날 나는 지하철역 밖에서 누군가를 기다리며 서 있었다. 그가 무슨 생각을 하며 천천히 걸어 내 앞을 지나갔다. 그러다가 그의 얼굴이 미소로 환해졌는데 나는 그의 얼굴에서 그와 비슷한 어떤 것도 본 적이 없었다. 나는 얼른 돌아섰다. 보도 위 바로 그의 앞에 유모차를 끄는 어린 소녀가 있었다. 아니, 그녀는 작고 창백한 스무 살쯤 되어 보이는 젊은 여자였다. 그 여자는 가뜩이나 커다란 포대기 안으로 부드럽게 아기를 감싸 넣는 태도로 보아 아기의 어머니였다. 여자는 포대기에 싸인 아기에게 미소를 지으며 돌아섰고 그 남자가 다가와, 심각하게 생각하지 말라는 듯한 묘한 목소리로 "힐다, 나야."라고 말하자 깜짝 놀랐다. 두 사람은 환한 미소에 잠긴 채 서 있었다. 그들은 금방 포옹이라도 할 것 같았다. 그러나 여자가 정신을 차리고 재빨리 뒤로 물러섰다. 그러자 남자 역시 그의 흰 작업복 위에 무거운 겨울 코트를 끼어 입는 것처럼 짐짓 책임감 있는 태도를 취했다. 그는 아기 엄마를 포옹할 수 없다는 것이 확실해지자 상냥하게 유모차 위로 몸을 굽혔고 여자도 몸을 굽혀 그가 아기 얼굴을 볼 수 있도록 포대기를 들어 올렸다. 그는 공손하게 그 위로 몸을 구부리고 아기를 어르는 소리를 내며 웃었고 그래서 그 여자도 웃지 않을 수 없었다. 그러나 그의 눈은 줄곧 젊은 엄마에게 가 있었다. 그녀는 다시 웃으며 그가 아기를 안을 수 있도록 그에게로 미는 척했고 그러자 그는 당황한 몸짓으로 짐짓 비틀거리며 뒤로 물러섰다. 그러자 그녀는 황망하게 다시 아기를 포대기로 덮고 정색을 하며 그를 마주보고 섰다. 그 역시 진지했다. 그들은 거기 오래도록, 적어도 관찰자에게는 오래도록, 아마 일 분도 넘게 넋을 놓고 서로를 바라보며 서 있었다. 이 둘은 잘 어울리는 한 쌍이었고 같은 부류의 사람들이었다. 우리가 드물게 부부에 대해 할 수 있는 말들은 그들에게 해야 할 말이었다. 그들은 온전한 하나가 둘로 나누어진 절반이었으며 일심동체였다.

  정신을 차린 쪽은 역시 여자였다. 여자는 길 아래쪽으로 유모차를 밀고 멀어져 갔다. 천천히 밀었다. 서너 걸음쯤 가다가 여자가 그를 돌아보았다. 여자는 계속 갔다. 그러나 다시 돌아보았다. 그는 여전히 거기 서서 여자를 응시했다. 여자는 용감하게, 가볍게 손을 흔들더니 계속 갔다. 더 천천히, 더 천천히……. 그러나 계속 가야만 했다. 그래야만 했다. 여자는 너무나 빨리 모퉁이에 도달했다. 거기서 멈추었고 그가 서 있는 곳을 다시 돌아봤다. 그의 얼굴은 그녀의 얼굴처럼 참담했다. 빠르게 초침이 지나갔다……. 그러나 마침내 여자는 결심을 하고 유모차를 계속 밀고 멀리 사라졌다. 길모퉁이가 그토록 텅 비어 보였던 적은 없었다. 그는 응시했다. 여자는 가버렸다. 그는 여자를 쫓아가려고 두 발자국 걸었다. 그러다가 빠르게 어깨 너머로 시선을 보내며 되돌아왔다. 그래 그녀는 진정 가버렸다.

  천천히 그는 계속 걸었다. 더 천천히. 그러다가 멈추었다. 그는 나와 나란히 섰다. 그는 아무도 보지 않았고 자기 안에 몰입해 있었다. 무릎을 조금 구부리고 팔을 늘어뜨려 손바닥이 보였으며 머리를 뒤로 젖힌 채였다. 그는 마치 어느 지점에서 하늘을 향해 눈을 치켜 뜨리는 듯했다.

넋이 나간 듯한 남자의 얼굴 위로 빠르게 감정들이 지나갔다. 후회도 있었다. 그러나 자의식에 찬, 폼으로 하는 듯한 그런 후회였다. 그는 이 극단적인 상황에서도 자의식이라는 생명선을 놓지 않을 것이었다. 당혹함도 있었고 상실감도 있었다. 무엇보다도 다른 감정들을 떨어내는 부드러움이 있었다. 그동안 줄곧 그의 이마는 긴장되어 있었고 눈은 심각했다. 그는 무엇을 생각하고 있는가? "그 모든 것은 무엇이었나, 무엇이었나? 그러나 무슨 일이 있었는지……. 무슨 일이 일어났었는지, 난 이해할 수 없다……. 난 이해할 수 없다……."

그런 생각들.

로맨스 1988

 히스로 런던국제공항 제3청사에 있는 카페테리아 안에서 젊은 여자 둘이 탁자를 가운데 두고 마주 앉아 있었다. 그들이 앉은 자리는 작은 무대처럼 높은 곳에 있었다. 실내의 낮은 쪽 눈에 덜 띄는 곳에는 빈 자리들이 있었지만 시빌은 곧바로 그쪽으로 갔다.
 그들은 자매였다. 둘 다 뼈대가 굵고 단단한 몸집에 넓적하며 분별력 있는 얼굴이었다. 그러나 시빌은 평범하게 보이고 싶지 않아 눈에 띄는 화려한 화장에 짧게 자른 노란 머리를 하고 사람들의 시선을 끌지 않을 수 없는 옷을 입고 있었다. 그 여자는 팝스타처럼 사람의 눈을 현혹시켰다. 조안을 특별히 눈여겨볼 사람은 없을 것이었다. 그녀는 시빌을 치켜세우고 또 런던을 한껏 찬양하며 앉아 있었다. 적어도 이런 이유 때문이었다. 그들은 영국 북부 출신이었으며 북부의 건전한 유산을 귀하게 여겼다. 경박하고

망가진 남부가 제공할 수 있는 그 어느 것보다도. 그 둘은 자매에 관한 오랜 통념에 잘 맞아들었다. 예쁜 쪽과 영리한 쪽. 그래서 그들이 어렸을 때 사람들은 조안은 영리하며 시빌은 예쁘다고 생각했다. 그러나 그들은 둘 다 능숙하게 자신들의 기회를 쫓는 영리하고 매력적이며 부지런한 아가씨들이었다.

조안이 말하고 있었다. "그러나 넌 겨우 스물두 살이야. 난 네가 서두르지 않을 거라고 생각했지." 그녀는 언니였고 스물네 살이었다.

시빌은 늘 모든 사람이 듣지 않을 수 없는 크고 조심성 없는 목소리로 말했다. "그러나 언니, 난 올리버 같은 사람은 절대 찾을 수 없을 거야, 난 알아."

조안은 미소 지었다. 신중하게. 그리고 눈썹을 치켜세웠다.

시빌은 언니다운 그 행동을 인정하며 그녀를 보고 빙긋 웃었다.

그들은 이 대화를 서두를 필요가 없었다. 조안은 바레인으로 가는 길이었다. 그녀는 그곳에 있는 영미 합작 회사의 비서였다. 요크셔에서 비행기를 타고 방금 도착해 다시 비행기를 타고 떠날 때까지 세 시간이 남아 있었다. 시빌은 말했었다. 물론 언니와 함께 있기 위해 히스로 공항으로 나오겠다고. 그래도 괜찮았다. 그날 출근하지 않으면 그만이었다. 그녀는 이 년 전 런던에 도착하자마자 그곳을 장악했다. 어떤 방법을 썼는지 아무도 몰랐다. 그녀는 중고차를 장만해서 늘 그곳을 스치는 친구들과 수다를 떨기 위해 새벽 6시 또는 밤 11시에 공항으로 나가는 것도, 또는 하룻밤에 그리니치와 취스위크처럼 멀리 떨어진 곳에서 열리는 몇 개의 파티에 잠깐씩 들르는 것도 아무렇지 않게 생각했다. 그 여자는 비서로서 런던에 왔지만 '임시 고용직'이 더 낫다고 결론을 내렸다. 그래서 여러가지 다양한 경험을 하고 많은 남자들을 만나고 자신에게 적합한 일자리가 주어지면 그곳에 머물렀다. 그녀의 말에 의하면 적어도 최근까지 그랬다.

"너는 제프에 관해서도 그렇게 말했었지. 기억나니." 조안은 기분 나쁘지 않게 그러나 지적할 것은 해가며 말했다.

"맙소사." 시빌은 말했다. "하지만 그때 난 어렸어."

"열여덟 살." 조안이 말했다.

"그래! 인정해! 그렇게 생각 안 하겠지만 우린 서로를 위해 만들어졌어. 올리버하고 나는."

"그가 그렇게 말하던?"

"난 우리도 이 모든 것을 해야 한다고 생각해. 결혼하고 아이들 낳고, 융자로 집을 사고 하는 이 모든 것." 크고 확신에 찬 그 목소리는 사람들의 관심을 끌었고 조안은 당황했다. 동생과 있으면 언제나 그랬다.

그녀는 분명하게 음성을 낮춘 뒤 말했다. "시빌, 너 나한테 올리버하고는 다 끝났다고 했잖니."

"알아, 내가 그랬지." 시빌이 크게 말했다. "그는 다시 결혼하기 싫다고 했어. 그는 자유로운 것을 좋아해. 그리고 떠났어. 나는 몇 달 동안 그를 보지 못했어. 내가 실연당한 거지. 그가 다시 날 찾아왔을 때 난 말했어. 넌 한번

나를 골탕먹였으니 이번에는 네가 날 따라다녀야 할 거다. 난 너에게 매달리지 않을 거야, 하고 말이지. 내가 그 사람을 처음 만났을 때처럼 하진 않을 거야." 그녀는 설명했다. 그리고 자기의 청중들이 여전히 자기에게 집중하고 있는지 확인하려고 주위를 둘러보았다.

조안은 이 말에 대해 생각해 보더니 물었다. "결혼하면 그가 외국 여행을 갈 때 너도 같이 갈 거니?"

올리버는 회사 일로 꽤 많은 여행을 했다. 런던에 있는 적보다 없는 적이 더 많았다.

"아니, 아, 글쎄 가끔 같이 갈 거야. 가는 곳이 재미 있는 곳이면. 그러나 난 그를 위해 런던에서 집을 가꿀 거야. 아니, 난 진짜 아내가 되려고 해." 언니의 미심쩍어하는 미소에 그녀는 강하게 말했다.

"넌 언제나 극단적으로 말하지."

"그 말이 뭐가 극단적이야?"

"극단적이란 걸 모르겠니. 어쨌거나 지난번에 넌 말했잖아. 그가 외국에 갈 때마다 다른 여자를 데리고 간다고."

"그래, 알아. 그는 지난주에 로마에 있었는데 난 그가 다른 사람과 잤다는 것도 알아. 그는 말하지 않았고 난 묻지 않았지만. 왜냐하면 내가 관여할 바 아니니까……." 조안이 너무도 익살스런 표정을 짓고 있었으므로 시빌은 소음에 대항하여 고함치는 듯한 기색으로 계속했다. "그래, 그러나 그는 다른 사람과 잤다고, 그래서 죄의식을 느낀다고 고백했어. 나 때문에. 그리고 난 그와 맨 처음 잔 뒤부터 다른 사람과 자면 죄의식을 느껴왔어."

"아." 조안이 한숨지었다. "상당히 결정적이구나."

"응, 그런 것 같아. 그런데 언니와 데렉은 어때? 언니가 바레인에서 돌아올 때까지 기다린대?"

"그는 기다리겠다고 하는데, 난 믿지 않아."

그들은 마주 보고 미소 지었다.

"바다에는 물고기가 많으니까." 시빌이 말했다.

"그는 괜찮아. 그러나 난 거기서 3만 파운드를 저축할 거야. 내가 버틸 수만 있다면. 돈 쓸 데라고는 없으니까."

"그럼 언니는 독립하게 되겠네."

"그럼. 난 돌아오자마자 집을 살 거야."

"말 되네. 올리버와 나는 집을 찾고 있어. 우리는 지난 일요일에 집을 보러 다녔지. 재미있었어. 그가 사고 싶어 하는 집이 한 채 있었는데 내가 안 된다고 했지. 우리가 신분 상승을 목적으로 움직일 계획이라면 그 계획대로 하자. 저 집은 그 목적을 위해서는 별로다. 당신은 언제나 발전하고 있다. 내가 그에게 말했지. 그는 그러니까 회사에서 아주 잘나가고 있어. 그리고 그는 매일 조금씩 결혼 상대자로서의 자격을 갖추어나가고 있지."

"넌 언제나 돈을 위해 결혼하겠다고 했지."

"맞아, 그랬어. 난 그래. 그러나 내가 그에 대해 이런 감정이 없다면 결혼하지 않을 거야."

"그러나 그가 그만한 자격이 있으니까 네가 그렇게 느끼는 거지?" 조안은 웃으며 물었다.

"아마 그럴 거야. 그게 어때서?"

"그가 가난해도 결혼할 거야?"

자매는 이제 몸을 앞으로 굽혀 얼굴을 가까이 대고 웃으며 매우 즐거워하고 있다.

"아니, 안 할 거야. 난 돈이 있어야 해. 난 내 자신을 알아. 안 그래?"

"그러기를 바라." 언니는 갑자기 정색을 하며 말했다.

그동안 주위 사람들은 두 젊은 모험가들 때문에 서로 미소 짓고 있었다. 아마도 자신들이 충격을 받아야 한다거나 뭐 그래야만 한다고 느끼면서.

그들은 커피와 크루아상, 과일 주스를 먹고 마시는 동안은 잠잠했다.

그런데 갑자기 시빌이 단호하게 말했다. "그리고 우리 둘 다 에이즈 검사를 받을 거야." 귀를 기울이고 있던 사람들은 이제 미소를 거두었다. 여전히 듣고 있는 것은 확실했지만 말이다. "우리 둘이 동시에 결정했거든. 내가 먼저 그 말을 꺼냈고 그도 같은 생각을 하고 있었다는 걸 알았어. 그는 이혼한 뒤 많은 사람들과 잤어. 나 또한 런던에 온 이후 그랬어. 그러니 알 도리가 없는 거야. 문제는 난 개인 병원에서 검사를 받을 계획이라는 거야. 만일 의료보험을 이용하게 되면 모든 사람이 기록을 볼 수 있으니까. 그렇게 되면 마치 걱정하고 있는 것 같잖아."

"돈이 많이 들잖아."

"맞아, 난 그만한 여유가 없어. 돈이 없으니까. 그러나 올리버는 능력이 있으니 내 검사비를 내줄 거야."

조안이 미소 지었다. "너에 대해 그가 확실하게 책임질 수 있게 만드는 방법이네."

"응, 그래."

"두 사람 중 하나가 양성이면 어떻게 할 거니?"

"아, 그렇지 않을 거라고 확신해! 우리는 분명 동성애자가 아니니까. 그러나 또 알 수 없는 일이지. 우리는 신중해지고 싶어. 그래, 우리는 검사를 받을 거고 서로 증서를 교환할 거야." 여자의 얼굴은 부드럽게 꿈꾸는 듯했고 사랑으로 가득 찼다. 처음으로 그녀는 자기 말을 듣고 있는 사람들을 잊었다.

"그래." 조안은 커피를 깔끔하게 조금씩 마시며 말했다. "그것도 한 가지 방법인 것 같구나."

"그렇게 하는 것은 약혼 반지보다 훨씬 의미가 커. 내 말은 그것이 진실로 자신을 거는 일이라는 거지."

"그리고 이제 그는 너하고만 만나야 할 거야, 안 그러니?"

"그러나 나도 그에게만 충실해야 할 거야!"

이것은 같은 얘기가 아니라고 조안의 얼굴은 암시하고 있었다. 그러더니 그 여자는 놀리며 물었다. "영원히 충실할 거라고?"

"그래…… 아…… 어쨌건 우리가 할 수 있는 동안은. 우리는 다른 사람하고 자고 싶지 않아. 우리가 지금 느끼는 식으로는 아냐. 어쨌건 위험을 감수하는 게 무슨 의미가 있어?"

그 여자는 주위를 살폈으나 사람들은 더 이상 그녀의 말을 듣고 있지 않았다. 그들은 자기들끼리 이야기하고 있었다. 만일 이것이 그들의 비난을 나타내는 방식이라면 그러면…….
 두 시간 반이 더 남아 있다.
 시빌은 목소리를 높였다. "우리는 콘돔도 써봤어. 그런데 대체 사람들은 그걸 어떻게 쓰는 거야. 우리는 너무 웃어대서 결국은 잠을 청하는 것으로 낙착을 봤지."
 "쉬이이이." 조안이 어쩔 줄 모르며 말했다. "쉬이이이이."
 "왜? 뭐가 어때서. 아냐. 내가 말해 줄게. 국가 안전이 콘돔에 달려 있게 된다면, 그렇다면……."
 이때 그들 가까이 앉아 귀를 기울이고 있던 젊은이가 자리에서 일어났다. 세계의 어딘가로 가기 위해 그가 떠나야 할 시간이었기 때문이다. 그는 시빌의 어깨를 가볍게 치며 말했다. "당신이 콘돔 사용법을 모르면 나한테 연락만 하시오……. 언제든지 환영이오!"
 그 말은 권유하는 말이 아니었으며 오히려 사람들이 보는 앞에서 비난하는 말에 가까웠다. 그의 얼굴에는 질서를 지키는 것을 자신의 임무로 받아들이는 사람의 표정이 떠올라 있었다. 그러나 그는 문에서 그들을 바라보고 싱긋 웃더니 손을 흔들며 영원히 사라졌다. 조안과 시빌, 그 두 사람은 몸을 반쯤 돌린 채 앉아서 그가 가는 것을 주시했다. 분개한 듯한 그러나 밝은 미소를 손으로 반쯤 가리고 있는 그들은 두 명의 십대처럼 보였다.

진실의 대가

　나는 당신에게 뭔가를 말하고 싶어. 나는 누군가에게 말해야만 해. 난 말해야만 해. 문득 깨달았지. 당신이야말로 내 말을 이해할 수 있는, 남아 있는 유일한 사람이라는 것을. 당신도 그런 적이 있었는지? 당신은 문득 생각하겠지. 세상에, 그게 벌써 이십 년, 삼십 년 전 일이고 나야말로 정말로 무슨 일이 일어났는지 알고 있는, 남아 있는 유일한 사람이네?
　당신, 시저 기억해? 내가 그를 위해 일했다는 것도 기억해? 대부분의 사람들은 잊어버렸지만. 우리는 그를 시저라고 불렀지……. (물론 그는 몰랐지만.) 나는 영국을 정복할 거야, 라고 그가 말하곤 했으니까. 그거 기억해? 만약 기억한다면, 이 세상에 그것을 기억하는 사람은, 당신과 나 단둘뿐이야. 자, 그런데 시저의 아들이 내 딸과 지난주에 결혼했어……. 그래. 맞았어. 우리는 인생을 개선시킬 수

153

없어. 당신, 할 수 있어? 인생, 그건 신의 작은 대본이지. 그러나 당신은 절반만 알고 있어. 내 말을 들어봐.

시저의 아들, 로버트 만난 적 있어? 만났다면, 분명 그 애가 갓난아기 때였을 거야. 하여간 그는 매력 있는 다정한 청년으로 자랐지. 정말로 아주 다정한.

십 년 전 그는 사무실에 있는 나에게 전화를 해서 저녁을 같이 하자고 했어. 그는 열네 살이었지. 나는 충격을 받았어. 아, 정말 이루 말할 수 없이 충격을 받았지. 난 너무 재미있었어. 물론 승낙했지. 그런데 더 들어봐. 만나는 장소를 알 때까지. 저녁은 베렌가리아에서 했어. 그래, 정말이야. 난 내가 뭘 기대했는지 모르겠어. 그러나 그는 모든 것을 완벽하게 했어. 서른다섯 살이라고 말할 수도 있을 정도였지. 이 어린애, 이 꼬마가. 그가 꽃다발을 들고 빌려 입은 정장을 하고 택시로 나를 데리러 왔어. 그는 테이블을 예약해 놓았고 지배인과 모든 것을 상의했지. 웨이터들은 보모처럼 주위를 맴돌았지. 그들은 나와 이 아이 때문에 아주 재미있어 죽으려 했지. 물론 그들은 몇 년 전부터 나를 알고 있었으니까. 나는 시저와 함께 늘 그곳에 갔었거든. 또는 내가 그를 위해 특별한 저녁을 주문하러 가기도 했어. 그는 마치 그곳이 자기 레스토랑인 양 말하곤 했으니까……. 당신 내 말 듣고 있어? 웨이터들은 고갯짓으로 손짓으로 그가 당황하지 않게 해주었지. 그들은 훌륭했어. 나는 호기심 때문에 미칠 것 같은 채 거기 앉아 있었지. 열네 살. 그러다가 나는 생각했어. 좋아. 우리는 모두 열네 살에 미치게 되지. 상관 말자. 그리고 늘 그렇듯이 난 그때도 바빴어. 그는 틀림없이 50파운드는 썼을 거야. 그 돈이 어디서 났을까? 그의 아버지, 그 치사하고 늙은…… 한테 얻었을 리는 없어.

그 일이 있은 후, 그는 나에게 로버트 메레디스 스톤이라는 자기 이름이 박힌 최고급 상아빛 벨럼 편지지에 편지를 쓰는 거야. 세인트 제임스 공원에 산책을 가고 리츠에서 차를 마시자고 청하려고. 잠깐, 나는 생각했지. 잠깐…… 생각을 좀 해야겠어.

베렌가리아에서의 저녁은 그런 대로 있을 수 있는 일이야. 그곳은 시저가 다니던 곳이었으니까. 그러나 공원에서의 산책이라? 시저는 런던의 포장된 도로에서 발을 떼어놓은 적이라고는 없지. 그는 아마 장미와 수선화도 구별 못할 거야. 말년의 그는 비디오로 1930년대의 영화를 보며 성미 고약한 늙은 염소처럼 칭얼거리며 앉아 있었지. 그가 장미를 다듬으며 사색에 잠겨 정원을 절룩거리며 다닌다고 생각하지는 마. 마리가 늘 정원을 손질했으니까.

나는 이 모든 것을 다 생각해 봤지. 정말로 진지하게 생각했어. 그러고는 마리에게 점심을 같이 하자고 했지. 나는 시저 모르게 그녀에게 말해야 했어. 불쌍한 로버트를 고자질하고 싶지 않았으니까.

나는 마리와 몇 년 만에 보는 거였어. 우리는 공통점이라고는 없었지만 예의를 지키면서 언제나 사이가 좋은 편이었어. 그런 관계를 그렇게 말할 수 있다면 말이지. 요즘 그녀는 늙었어. 할머니가 되기로 작정을 한 거야. 난 아직 전혀 그럴 마음이 없어. 내 말은, 자신이 늙었다고 인정하기란 굉장한 노력이 필요한 일이란 거지. 웃으며 스타일이며 모든 것을 바꿔야 하니까. 그녀로서야 괜찮지. 그 모든 것을 위한 시간이 있으니까. 평생 그녀는 일할 필요가 없었지. 물론 그녀는 무슨 일인지 궁금해했고 난 어떻게 시작해야 할지 몰랐어. 그녀를 보자마자 난 물어볼 수 없다는 것을 깨달았지. 내가 무슨 말을 해야 했을까? 말해 줘요, 당신 아들 로버트는 당신 남편 시저와 내가 연애를 했었다고 생각하는지. 만일 그렇다면, 세인트 제임스 공원에서의 산보라든가 오리 먹이를 주는 것 따위는 다 무슨 소리인지. 이런 말?

그녀는 내가 그녀를 점심에 초대한 것을 정말로 고마워했지. 그러나 그녀는 정신이 멍해지더니 시저의 애인들에 대해 이야기하기 시작했어. "난 상관하지 않았어요." 그녀는 말했지. "맨 처음 애인 이후에는……." 그러더니 그녀는 농담을 했어. 그래, 정말 농담이었어. "첫 번째 애인이 중요한 거죠. 그 뒤로 그는 언제나 근사한 애인들을 거느리고 있었으니까." 그건 나를 칭찬한 건지. 노블레스 오블리제랄까. "그리고 난 섹스를 좋아한 적이 없어요." 그 여자가 말했지. "내가 시저하고 맞지 않았던가 아니면 그가 나하고는 맞지 않았던가." 단언하건대 그 여자는 내가 그녀에게 시저와 잠자리에서 어떠했는지를 말하는 걸 들을 준비가 되어 있었던 거지. 그 순간 난 뭔가를 이해했어. 번개같이 깨달았지. 어이가 없었어. 그래, 맞아. 그러나 난 이 말을 해야 했다고 당신에게 말했지. 자, 이것이 요점이야. 난 결코 시저와 잔 적이 없었고 그 사실이 나에게는 언제나 중요했어. 그러나 정확하게 바로 그 순간, 시저의 아내와 건강에 좋은 샐러드를 먹으며……. 하하, 얼마나 잘한 일이었는지……. 나는 그것이 얼마나 중요한지, 얼마만큼 자존심이 걸린 문제였는지를 알았어. 그런데 이제 그것은 그 여자에게 아무 상관도 없는 일이었어. 그래서 내가 그녀에게 "이봐요, 마리. 난 다른 사람들이 어떻게 생각하는지 알지도 못하고 상관도 안 해요. 그러나 당신이 뭘 생각하는지는 나에게 중요해요. 난 당신 남편과 지금도 예전에도 절대로 같이 잔 적이 없어요."라고 말했었다는 것을 그 여자는 기억조차 못했어. 내가 일부러 그 말을 하기 위해 그 여자에게 갔던 것도 기억하지 못했지. 그 여자는 나를 멍청하게 쳐다보더니 말했어. "아, 그래요? 당신이 그랬어요? 우습군요. 난 잊어버렸어요……. 그러나 알다시피 난 신경 안 썼어요." 그 여자는 신경 썼어. 그 여자는 그걸 잊기로 작정한 거야. 나를 믿었건 믿지 않았건 그녀는 지독하게 신경을 썼던 거고 나는 그런 그 여자의 태도가 신경 쓰였지. 왜냐하면 나는 무고했으니까. 그때나 그 여자와 점심을 먹을 당시나 마찬가지였지. 왜냐하면 내게 가장 중요한 것을 말할 수 없었으니까. 당신 남편은 인색하고 쩨쩨하고 돈 한푼에 벌벌 떨고, 나에게 죽도록 일을 시킨다. 그는 자기가 고용한 사람들을 뼛골이 빠지도록 늘 부려먹으려 하며 박봉을 지불한다, 라고 말할 수 없었기 때문이지. 나와 자는 것에 대해 절대 신경 쓰지 마요. 그때도 그날 점심에서도 나는 그렇게 말하고 싶었을 거야. 그 작은 스크루지하고 일하고 나면 섹스할 기운이 남아 있지 않으니까.

　그 당시 내 사정이 어땠는지 당신, 잊었어? 내겐 아이가 둘 있었지. 그런데 당신, 기억해? 재미있는 것은, 사회에서 직장 일로 사람들을 만날 때, 우리는 개인 대 개인으로 만나잖아. 그러나 그들에 관한 중요한 사항들은 우리가 흔히 보지 못하는 부분이지. 내 경우에 그것은 어린 두 아이와 이따금 몇 푼을 들고 나타나는, 그러나 안 나타나는 때가 더 많은 전 남편이었지. 내가 시저를 위해 그의 사무실을 운영하고 있을 당시 난 선임 타이피스트 급료를 받고 있었어. 난 그의 충실한 여비서였지. 나는 모든 것을 조직했고 중개했어. 그가 그 분야에 새로 등장했을 때 난 모든 사람들을 알고 있었으니까. 일은 내가 다 했고 대가는 그가 받았지. 난 아침 8시부터 밤 11시, 12시, 1시까지 일하곤 했지. 내가 그 인간을 만들었고 그도 그것을 알아. 그가 나에게 보수를 지불했다면 그건 그에 대한 나의 진정한 가치를 인정하는 것이었겠지. 내가 없었으면 그가 성공하지 못했을 거라고 말하는 것은 아니야. 그러나 그가 영국을 정복했다면—그는, 우리는 정복했으니까. 그는 널리 알려졌고 이 나라에서뿐만 아니라 프랑스, 독일에서도 명사였으니까—그가 그 모든 것을 누렸다면 그건 나 때문이었지. 그러던 어느 날 난 너무 기진맥진해서 자리에서 일어날 수 없었어. 나는 사무실에 전화해서, 그래, 그랬어, 그에게 사표를 쓰겠다고, 견딜 수 없다고 말했어. 난 월급을 제대로 주는 곳을 구해야 했으니까. 집세도 밀려 있었지. 심지어 아이들 옷도 사줄 수 없었고 애들 아버지는 몇 달 동안 실직 상태였지. 그는 배우였어. 그의 잘못이 아니었지. 갑자기 시저가 문앞에서 초인종을 울리고 있었어. 처음이었지. 당시 나는 그를 위해 십 년째 일하고 있었어. 그는 들어와서 둘러봤어. 방 두 개와 욕실 하나. 아 그래. 깨끗하고 조촐한 곳이었지. 나는 아이들이 궁핍하게 지내도록 하고 싶지는 않았으니까. 나는 거실에서 자고 그들이 다른 방들을 썼어. "좋은 곳이군." 시저는 모든 것을 값을 매기며 말하지. "당신, 살림 잘하는군." 그는 리치몬드에 있는 무지막지하게 큰 저택에서 살고 있었지. 나는 다시 침대로 들어가 정말로 잠이 들어버렸지. 나는 너무 아파서 상관하지 않았어. "당신, 사표를 쓸 수는 없어." 그가 나를 깨우며 말하지. "난 쓸 거예요." 내가 말하지. 간단히 말하자면, 그는 한달 봉급을 몇 푼 올려줬어. 그걸로 얼마간의 빚을 갚을 수 있었지. 난 여전히 유능한 홍보 담당 여직원이 벌어야 할 만큼 벌지는 못했어. "당신, 날 떠날 수 없어." 그가 말했지. 나는 그의 목소리 톤을 기억해. 난 어리둥절해졌지. 마치 내가 그를 잘못 취급한 것처럼.

그 세월 내내 그는 나하고 한번 자보려고 애를 썼지. 특히 우리가 여행 중일 때 그랬어. 나는 절대로 자지 않으려고 했어. 그가 그렇게 매력적이지도 않았을뿐더러 어느 정도 자존심이 걸린 문제였으니까. 그 이상이었지. 생존이 걸린 문제였어. 난 그가 나를 완전하게 지배하도록 할 수 없었지. 그는 일에 있어서는 나를 소유했어. 그러나 나머지에 관한 한⋯⋯. 당신은 내가 왜 그에게 머물렀는지 여전히 궁금하지? 당신이 나에게 물은 적이 있지. 왜 그와 일해요. 당신은 지금보다 네 배의 월급을 받을 수 있는데 하고. 중요한 것은 내가 그의 일에 적합했다는 거지. 마치……. 나와 그의 일은 함께 성장했으니까……. 내가 그의 일을 만들었고 그를 만들었어. 그는 내가 그것을 포기할 수 없을 것임을 알았던 거지. 그는 어떤 이상한 법칙에 의해 우리가 함께 일어서고 함께 쓰러진다는 것을 알았지……. 우리는 짝이었어. 그의 재능과 나의 재능은 말이야. 우리는 한 팀이었어. 그러나 그는 부자가 되었지. 당신 그거 알아? 그는 백만장자였어. 그는 종종 말하곤 했지. 요즘 세상에 백만 따위가 뭐요? 그게 아무것도 아니라면 그럼 그중에서 조금만 나한테 줘봐, 라고 말하고 싶진 않았어. 자존심이지. 그래, 그래. 때로 난 그것이 이상하기도 했어……. 그러나 내가 느낀 것은, 만일 내가 이것을 견딜 수 있다면 무엇이든지 견딜 수 있다, 라는 것이었어. 난 강하다고 느꼈어……. 파괴될 수 없다고 느꼈지.

 당신은 내가 그와 잤다고 생각했지, 그랬지? 모두 그렇게 생각했으니까. 그는 누구든지 그렇게 생각하도록 확실하게 해두었으니까. 그는 나에 관해 특별한 태도로 말하고 또 그런 미소를 지었지……. 큰 행사가 있다든가 개막식 날이라든가 그럴 경우 그는 나를 한쪽 팔에 끼고 모든 사람이 알아채도록 확실하게 행동했어. 시저와 그의 정부. 나도 거기 맞게 행동했고. 그러나 그에게 신호를 보내곤 했었지. 그러면 그는 그 정도는 이해했어. 그것은 일종의 전쟁이었어. 죽음에 이르는 싸움이었지. 나는 말하고 있었지. 좋다, 그러나 너와 나는 진실을 알고 있다. 나는 너의 여자가 아니고 절대 그렇게 되지도 않겠다.

그렇게 몇 년이 계속되었지. 그리고 지금 내 일자리가 생겼을 때는 시저가 자신은 일을 할 만큼 했다며 그만두기로 결정한 바로 그 시점이었어.

그리고 그 세월 동안 내내 나는 생각하고 있었어. 너 늙은 염소, 너 작은 독재자. 그러나 나는 너와 절대로 잔 적이 없어.

그런데 나는 거기 늙은 마리의 맞은편에 앉아 있다가 돌연 그 여자가 이 모든 것을 잊어버렸으며 신경 쓰지도 않는다는 것을 알아차렸지. 그래서 난 내 자신의 내부 어딘가가 무너지고 있다고 느꼈어. 그것은 나에게 그렇게도 중요했던 거야.

그러나 점심을 먹는 동안 적어도 나는 어떤 일이 일어났었는지 이해했지……. 내가 시저의 일을 그만두었을 때, 그의 자식들은 어렸어. 그러나 그들은 자라면서 그가 나를 소유한 것처럼 얘기하는 것을 들었을 거야. 로버트는 그렇게 생각하게 되었을 거야. 그러는 동안 나는 계속 유명해졌지. 모두 나를 알아보았어. 내가 그를 위해 일하고 있을 때는 그랬지. 즉 모든 사람들은 그의 여비서가 그와 함께 잤다고 생각해야 했어. 그는 오랫동안 나를 두고 자랑할 충분한 이유를 갖게 된 거지. 그러나 공원에서의 산책이라든가, 리츠에서 차를 마신다든가 하는 아이디어를 로버트는 어디서 얻게 되었는가, 라고 당신이 궁금하게 여긴다면, 아, 거기에 대해 난 답할 수 없어. 그러나 그는 사랑스럽고 다정하고 귀여운 청년이지. 그는 멋져. 내 말은 내면

이 멋지다는 거지. 그는 낭만적이었고, 그래서 공원에서의 간단한 산책과 리츠에서 차를 마시는 것이 완벽한 연애의 일부라고 생각했을 거야.
  그는 나에게 연애 편지를 썼어. 그는 편지들을 어떤 견본에서 베낀 것이 분명했어. 또는 소설에서 따왔을 수도 있지. 나는 완전히 그 편지들에 매료되었어. 18세기에 쓰인 것 같았지. 어쩌면 정말 그럴지도 몰라. 나는 이삼 일 기다리다가 그에게 연극 입장권 또는 공연 첫날 표를 두 장 보내곤 했지. 나는 거기서 여자와 함께 온 그를 보게 될 것이었어. 그리고 그 여자가 내 딸 소냐였던 거야. 그 애를 기억해? 그 애는 아름다워. 그래. 이제 나는 그렇게 말할 수 있어…… 그 애는 젊었을 때의 나와 같아. 그리고 이것이 바로 핵심이야.
  로버트는 그 애와 정기적으로 데이트를 시작했어. 난 대수롭게 여기지 않았어. 바빴으니까. 내가 얼마나 열심히 일만 했는지 막 깨닫고 있었으니까. 내가 왜 그래야만 했는지, 이것이 다 무엇인지. 그렇지, 아이들을 키워야 했을 때는 난 어리석을 만큼 일해야 했어. 그러나 그들이 내 손을 벗어났을 때조차도…… 그렇게 말할 수 있다면, 요즘 아이들은 누구도 우리 손에서 떠나지 않지. 됐어, 이젠 지겨워, 할 만큼 했어, 더 이상 기대하지 마, 라고 말해도 최소한 그들은 굶어 죽진 않을 거야. 내가 왜 그 말을 절대 안 했는지 알아? 나는 시저처럼 치사해지고 싶지 않았기 때문이야. 그게 이유지.
  그런데 일 년 전쯤 마리가 내게 전화를 했어. 알다시피 그 여자는 처세술에 밝지. 그러고는 말했어. "우리 로버트 하고 당신 딸 소냐에 대해 어떻게 생각해요? 그 애들이 결혼하겠대요. 우리는 애들한테 말했어요. 너희는 너무 어려. 그러나 물론 아무도 귀담아 듣지 않았죠."

난 당신이 이미 모든 것을 파악했으리라 확신해. 로버트는 언제나 시저 2세가 되고 싶어했지. 그러나 말이지, 그는 야심이 없어. 그는 야심이 무엇인지 몰라. 그는 광고 회사에서 성실하게 일하면서 시저가 되기를 꿈꾸는 거지. 그러나 그는 어느 지점에선가 연결을 못 시키는거야……. 네가 죽도록 일하든가 또는 너를 위해 누군가가 죽도록 일해 주는 것이 필요한 건데……. 그는 성공하기에는 사람이 너무 좋은 거지. 알겠어? 그러나 만일 그가 자기 아버지의 정부를 얻을 수 있다면, 절반은 이룬 셈이지.

우리 소냐가 이런 일을 얼마나 아는지 궁금해? 잘 몰라. 그 애는 내가 시저의 정부였다고 생각하고 그것 때문에 나를 증오해. 한번은 내가 그 애한테 말했어. 소냐, 너희 둘과 나는 네가 스무 살이 될 때까지 방 두 개에서 같이 살았다. 너, 나에게 남자들이 없었다는 거 알잖니. 그들을 어디에 묵게 하겠니? 그 여행들은 뭐예요, 그 애는 나의 거짓을 간파한 듯 말했지. 나는 말했어. 소냐, 내가 매일 밤 너무 피곤해서 옷 입은 채로 그냥 잠에 빠졌던 적이 얼마나 많았어……. 그래, 이따금씩 가벼운 바람을 피운 적도 사실 있지, 내가 기운이 있을 때 말야. 그러나 그건 자주 있는 일이 아니었어. 그러나 그 말은 그 애와는 상관없었어. 난 깨달았어……. 그 애는 일생 동안 열심히 일을 한 적이 없었어. 그 애는 힘들여 노동한다는 것이 무엇인지 몰라. 너무 지쳐 조금이라도 방심할까 봐 겁이 나는 것이 어떤 상태인지. 그랬다가는 모든 것이 산산조각이 날 것이기 때문이지. 그 애는 몰라. 그리고 절대 모를 거야. 로버트가 그 애를 절대로 자라지 않는 소중한 고양이 새끼인 양 돌보니까. 그는 너무 점잖아 다른 식으로 생각한다는 것은 절대 머리에 떠오르지 않을 거니까. 시저는 다정하고 친절한 아버지 상이었지. 그 역시 그렇게 되려는 거지.
 간단히 말하자면……
 결혼식은 지난주 토요일이었어. 우리는 600명의 하객을 맞았어. 모두 쇼 비지니스, 텔레비전, 라디오, 극장 등의 손님들이었어. 시저의 입장에서 보면 약간 감회 어린 순간이었을 거야. 그가 은퇴한 지 아주 오래되었으니까.
 그래서 우리가 거기 모인 거야. 마리, 신랑의 어머니, 시저, 신랑의 아버지, 소냐의 아버지—그는 늘 뒷전에 서 있는 편이지. 잘못이라는 건 아니고— 그리고 나, 신부의 어머니.
 그리고 사진을 찍게 되었는데……. 아니, 기다려봐. 여기에 핵심이 있어. 로버트가 별안간 앞으로 나오더니 일을 처리하는 거 있지. 돌연 나는 시저를 닮은 그를 보았어. 언제나 미소를 띠면서 그러나 아무도 그를 방해할 수 없게 만드는 그 결단, 그 무시무시하게 침착한 단호함, 당신 기억나? 로버트가 그랬어. 지난 토요일 오후 내내. 그와 소냐, 그리고 양쪽에 나와 시저가 서 있는 사진을 찍는 것, 다음 우리가 그들 뒤에 서 있는 사진, 그 다음 그들 앞에 앉아서. 그리고 또 자꾸자꾸. 그것은 절대적으로 중요한 것이었어. 당혹스러웠어. 아빠와 그의 유명한 정부, 그리고 아빠의 아들과 아들의 정부이기도 했던 여자. 오후 내내 사람들은 나에게 말하고 있었어. 세상에, 이봐요, 당신 딸은 당신 옛날 모습을 똑 닮았어.

아, 나는 전에 하던 대로 계속 시저에게 신호를 보냈지. 그러나 그는 무슨 일이 일어나고 있는지 몰랐어. 단언컨대 어떤 남자들은 은퇴하면 정신을 그냥 다 놓아버리거든. 맹세코 그전 같으면 그는 비록 인정하려 들지는 않더라도 그 모든 것을 다 보았을 거야. 자신의 그 모든 끔찍하고 무자비한 외고집——나는 왔노라, 보았노라, 정복하였노라——이 그의 아들 속에 있었다는 것을 그는 보지 못한 거지. 그런데 그 외고집이 단지 한 가지 딱한 생각에 몰려 있었던 거지. 즉 자기 아빠의 정부와 결혼해야 한다는 생각.

그래서 나는 점점 더…… 내가 존재하지 않는다는 것을 느꼈어. 당신, 이해하겠어?

아, 참으로 유쾌한 예식이었지. 멋진 파티였고. 모두들 즐거운 시간을 보냈지. 그 행복한 부부가 베니스로 떠날 때, 내 사랑, 내 딸은 더할 수 없는 승리의 표정으로 나를 보았지. 무엇에 대한 승리라고 생각하는지는 알 도리가 없지만. 그리고 그 다정한 청년, 그는 나에게 연인과 나누는 영원한 이별의 키스 같은 키스를 했어.

그리고 핵심은, 이것이 핵심인데, 절대적으로 중요한 핵심인데…… 내가 언제고 누구에게 이 말을 할 수 있는 길이 없다는 것이지. 실수로 내가 그 말을 하게 된다는 것도, 생각조차 할 수 없어. 그래, 나는 시저의 정부가 아니었어, 절대로. 그에게 키스조차 한 적이 없어. 그렇지만, 그렇게 되면 그 다정한 청년의 모든 삶의 기반이 없어지는 것이니까. 그 모든 것, 소냐에게 마음을 쏟고, 그 애의 다른 구혼자들을 다 물리치고 그의 아버지의 세계와 나의 세계 앞에서 공개적으로 그 애와 결혼하고, 여자애를 상품으로 얻은 강아지처럼 다루는 것, 이 모든 것이 아무것도 없음, 즉 허무에 기반을 둔 것이 되니까.

아무것도 없음.

그리고 내가 그 얘기를 할 수 있는 사람이라고는 아무도 없어. 당신 외에는, 내가 말할 수 있는 사람이 없어······. 아, 소중한 당신. 언젠가는 당신을 위해 나도 같은 역할을 할게.

장미밭에서

 따뜻한 토요일 오후의 리젠트 공원. 해로우에서 온 중년 부인 마이러가 장미 전문 서적을 가방에 넣고 장미밭을 산책하는 사람들과 함께 걸어갔다. 이 년 전 이 정원에서 감동을 받아 그녀는 '오직 기쁨'이라는 장미를 샀다. 이 매혹적인 장미는 잘 자랐다. 그래서 그녀는 또 다른 장미를 고를 참이었다. 이보다 더 큰 기쁨은 없었다. 장미들 사이를 거닐며 "너를 고를게, 아니, 너…… 아니, 글쎄……."라고 결정하는 것. 그 여자는 벌써 한 바퀴 돌았다. 장식용 철문에 금색 칠을 한 아름다운 정문에서 호수를 지나 오른쪽으로, 메리 여왕의 장미 가든을 가로질러, 그리고 잔디밭과 덤불을 지나 왼쪽으로, 거기서 샘터로 이어지는 긴 길을 건너 다시 왼쪽 카페 옆으로. 그리고 나서 목적지인 매혹적인 꽃밭 사이로. 호수의 한쪽에는 버드나무들이 또 다른 쪽에는 장미밭이 있었고 호수에는 새들이 떠 있었다.

지금 여자는 다시 한 바퀴 돌아보려고 한다.

여자는 출발하려다가 앞을 응시하며 다시 멈췄다. 앞쪽으로 스무 발자국쯤 떨어진 곳에 그녀에게 등을 보인 채 키 큰 젊은 여자가 걸어가고 있었다. 그 여자가 유독 눈에 띄는 것은 눈에 거슬리는 진홍과 노란색이 섞인 드레스를 입었기 때문만이 아니었다. 그 드레스는 너무 꽉 끼었고 큰 엉덩이와 돌출된 어깨 때문에 둔하면서도 마른 몸매가 두드러져 보였다. 마이러는 곧 너무도 익숙한 고통을 느꼈다. 그녀는 그 고통이 그런 몸에 그런 드레스를 입는 대책 없음 때문에 생기는 거라고 생각하기로 했다. 운이 좋다면 그녀는 몸을 돌리지 않을 것이었다. 마이러는 만일 이 여자가 몸을 돌려 그 대담하고 진하게 화장한 얼굴을 보여준다면, 자신은 불만에 찬 표정을 보게 될 것임을 정확하게 알았다. 이 여자는 그녀의 딸, 그녀가 삼 년 동안 보지 못한 셜리였다.

그녀는 여기서 무엇을 하고 있는가? 절대 그녀가 있을 만한 곳이 아니었다! 꽃밭은 전혀 그녀의 취향이 아니었다. 혼자 있는 것은 말할 것도 없고. 셜리는 절대로 그러지 않았다. 그녀는 혼자 있는 것을 무척 싫어했다.

마이러는 딸과 보조를 맞추면서 다시 걷기 시작했다. 셜리는 천천히 장미들을 보면서 걷고 있었다. 끝없는 경이로움! 그리고 그때 마이러는 무언가를 보았다. 그녀는 예상할 수 있는, 그럴 법한 행동에 조그맣게 탄성을 질렀다. 셜리는 주머니에서 작은 가위를 살짝 꺼내더니 긴 줄기 끝에 달린 장미 한 송이를 잘랐다. 그녀는 누가 자신을 눈여겨보지는 않는지 알기 위해 주위를 훑어보지도 않았다. 마이러 말고 다른 사람들도 보고 있었다. 그러나 그녀의 엉덩이와 등에는 그녀 특유의 무뚝뚝한 반항심이 배어 있었다. 아, 넌 변하지 않았구나. 마이러는 소리 없이 셜리에게 말했다. 그러다가 생각했다. 하지만 그 애는 아마 변했을 거야. 변한 게 틀림없어! 왜냐하면 장미를 자른 것은 화분에 심어 뿌리를 내리게 하기 위한 것이라는 확신이 들었기 때문이다. 그녀는 자신이 왜 그렇게 믿는지 알지 못했다. 셜리가 정원을 가꾸다니! 있을 법이나 한 일인가?

삼 년 전 그들은 마이러의 정원에서 싸운 적이 있었다. 셜리는 자기 엄마와 싸우려고 벼르고 온 거였다. 그녀는 비 오는 정원에서 마이러가 장화를 신고 방수 모자를 쓰고 4월의 정원을 손질하고 있는 순간을 택했다. 그리고 엉덩이에 두 손을 얹고는 엄마는 장미 외에는 아무에게도 관심 없는 지루하고 추레한 늙은이라고 말했다. 만일 그녀 자신이, 셜리가, 엄마처럼 끝장날 거라고 생각하면 그러면……. 그녀의 말은 끝도 없이 계속되었다. 그동안 마이러는 그저 서서 듣고 있었다. 셜리는 두 손을 엉덩이에 얹고 짧고 흉한 드레스 아래로 커다란 무릎을 내놓고 분노로 얼굴이 검붉어진 채 거기 서 있었다. 그녀는 딸이 아주 형편없는 여자처럼 보인다고 생각했다. 그녀가 무언가 할 말을 생각하려 애쓰는 동안 비는 마이러 주변을 온통 적시며 튀었다. 그런데 그때 셜리가 저벅거리며 정원에서 나가더니 문을 쾅 닫고 집 밖으로 나가버렸다.

마이러는 그 일이 있은 뒤 연락을 해보려 하지도 않았

다. 솔직히 말하자면 그 애를 만나지 않아도 되는 구실이 있어서 기뻤다. 여자는 또 다른 딸, 린다를 예뻐했다. 린다야말로 그녀의 진정한 딸이었다. 셜리는 태어날 때부터 골칫덩어리일 뿐이었다. 그 애를 위해서 한 일은 모두 어긋나 버렸고 그 애가 한 일치고 성공한 것이 없었다. 학교 다닐 때는 영리했지만 게을렀고 선생님들을 좋아하지 않았다. 그 애는 시험도 치지 않고 학교를 그만두었다. 계속 일자리를 얻었지만 그녀에게 맞는 일이라고는 없었다. 그녀는 열아홉 살에 결혼했다. 마이러는 그녀가 결혼한 남자를 좋아했다. 친절한 사람이었다. 마이러는 딸이 그를 삼켜버릴 것을 알고 있었다. ("그 애는 첫날 밤 그를 저녁으로 먹을 거예요!" 그녀는 남편에게 말했다.) 그러나 셜리는 이 남자를 떠나 또다시 결혼했다. 그녀는 그 남자야말로 진짜 강한 남자이며 받는 것만큼 주기도 하는 자신에 대해 자부심을 가진 남자라고 말했다. 그는 건축 자재 도매상이었고 돈을 잘 벌었다. 휴가로 셜리를 스페인에 데리고 갔고 옷도 사주었다. 마이러는 딸이 결혼을 잘했고 그만하면 만족할 거라고 믿었다. 그러던 어느 날 여자는 즉흥적으로 차를 몰고 런던을 가로질러 딸네 집에 갔다. 후회스런 일이었다. 앞문에서는 대답이 없자 그녀는 뒷문으로 갔고 거기 부엌 창을 통해 셜리가 분명 남편이 아닌 어떤 남자와 부엌 식탁에서 그 짓을 하고 있는 것을 보았다. 남자는 고개를 들어 그녀를 보고 소리 질렀다. 땀에 젖은 셜리의 붉은 얼굴이 뒤따라 올라왔고 그 두 사람은 소리 내어 웃었다. 셜리가 벌거벗은 채 식탁에서 뛰어내리더니 엄마가 자기를 염탐한다며 비명을 질러댔다. 마이러는 집에 가서 아무에게도, 남편에게조차 말하지 않았다. 그 일이 있고 이삼 일 후에 셜리가 정원에 나타나 한바탕 하고 간 것이었다.

여자는 그 후로 셜리를 보고 싶지 않았지만 그들 사이에 걷고 있는 사람들이 있음을 확인하면서 그 뒤를 계속 따라갔다. 호기심. 셜리는 식물들과 정원을 싫어할 뿐만 아니라 시골도 싫어했다. 시골에 가면 도시로 다시 돌아올 때까지 화가 나 있었다. 그녀는 자연이 혐오스럽다고 했다. 당신들이 상상하는(윙크, 윙크) 어떤 것을 제외하고는. 그녀는 정원 가꾸는 사람들을 어리석고 지루하다고 생각했고 이는 그녀 언니의 경우에도 해당되었다. 그런데 여기 그녀가 있다.

장미 화환으로 둥그렇게 꾸며진 장미 정원 바로 앞에서 셜리는 왼쪽으로 돌더니 마이러 자신이 매우 좋아했던 장미 앞에 생각에 잠긴 채 서 있었다. 그 장미 이름은 '로레알 트로피'였다. 정원사들이 분명 '습성이 사치스럽다'라고 묘사할 키 크고 활짝 핀 꽃들은 크림 색이 도는 것, 살구빛이 도는 것까지 갖가지 분홍색을 띠고 있었다. 장미색 분홍, 불타는 분홍, 어두운 분홍, 끝이 없는 황혼의 빛깔들이었다. 완벽한 살구빛 봉오리들은 탄탄하게 닫혀 있었다. 꽃들은 스스로 빛을 만드는 듯 눈부시게 빛났다. 그 나무는 내년 이맘때쯤 마이러의 정원에 있을 것이다. 그러면 셜리의 정원에는?

마이러는 둥근 정원 안으로 걸어 올라가 입구가 보이는 벤치에 앉았다. 곧 셜리가 들어왔고 그 얼굴을 보자 마이러는 가슴이 아팠다. 예측했던 대로 온통 불만에 차 있었다. 그러나 이제 그 얼굴은 슬퍼 보이기도 했다……. 모든 부모들이 그렇듯이 여자는 아이들의 차이에 대해 수천 번도 더 궁금하게 생각했다. 다르게 태어난다! 처음 숨 쉴 때부터 다르다. 큰딸 린다는 태어나던 순간부터 언제나 유쾌한 아이였다. 아무에게도 걱정을 끼치지 않고 자랐다. 학교도 수월하게 다녔고, 공부를 잘하지도 못하지도 않았고, 호감이 가는 남자 친구들이 있었고, 그중에서 제일 좋은 남자와 결혼했고, 지금은 아이 둘, 남자애 하나 여자애 하나를 데리고 그녀의 엄마와 같은 식의 삶을 살고 있다. 여유 있고 느릿느릿하고 눈이 차분한 두 여자, 마이러와 린다가 함께 있으면 사람들은 그들이 어머니와 딸인 줄 금방 알았다. 그러나 셜리가 마이러의 딸이며 린다의 동생이라고 쉽게 생각하는 사람은 아무도 없었다. 그렇다면 셜리는 어디서 왔는가? 그녀는 아버지를 닮은 것도 아니었고 성격이 같지도 않았다.

  셜리는 머리를 돌리면 자기 어머니를 볼 수 있었다. 그녀는 바로 정원 안 통로에 서 있었다. 화려한 장미 넝쿨을 뒤로한 채 그녀는 혼자였고 외로워 보였다. 큰 어깨는 앞쪽으로 굽었고 빛나는 검은 머리는 붉은 빰 위로 내려와 있고 짧고 화려한 스커트 아래로는 커다란 무릎이 드러나 있었다. 이 보기 흉한 여자는 남자들의 관심을 끌었다. 언제나 그랬다. 어린아이였을 때조차도 그랬다. 지금도 남자들이 그녀를 보고 있었다.

  셜리는 둥근 중앙 꽃밭으로 갔다. 그곳은 분홍색과 크림

색과 오렌지색이 도는 '트로이카'라는 이름의 또 다른 장미가 가득 차 있는, 커다란 꽃다발처럼 보였다. 마이러는 그 장미를 사지 않을 것이다. 그 꽃은 섬세함이 부족했고 초월적인 빛이 없었다. 그리고 지금 믿을 수 없게도 셜리는 또 그 짓을 했다. 그녀는 주머니에서 가위를 꺼내 길고 단단한 줄기 끝의 장미를 잘라내서 다른 장미와 함께 가방 안에 넣었다. 누군가가 보았는가? 셜리는 상관하지 않을 거다! 그녀는 무시해 버릴 거다. 이렇게 상상할 수 있다. 그녀가 뚱하고 모욕적인 태도로 "그럼 경찰을 불러요!"라고 말한다. "모두들 그런 짓을 한다고 생각해 봐요."라고 면박을 당한다면? 그녀는 기세 좋게 대답할 것이다. "하지만 딴 사람들은 안 그러잖아요?"

마이러는 더 이상 셜리를 만나고 싶지 않다고 몇 번이고 다짐했다. 그 여자는 벤치에서 일어나 눈에 띄는 것도 상관하지 않고 딸의 맞은편에 있는 '트로이카'를 지나쳐 정원을 나왔다. 그리고 작은 장미들이 있는 곳으로 걸어갔다.

갑자기 이런 생각이 들었다. 어쩌면 그녀는 이곳에서 우연히 나를 만날 것이라 기대하고 온 건 아닐까? 그녀는 내가 이곳에 자주 오는 것을 안다.

여자가 장미에서 멀어져 왼쪽으로 돌아서는데 정말로 시끄럽게 달려오는 발자국 소리가 들렸다.

"엄마." 셜리가 말했다. "엄마를 본 것 같았어요."

"어떻게 지내니?" 마이러는 조심스럽게 물었다.

"그냥 잘 지내요."

"그런데, 정원을 가꾸기 시작했니?"

"재미가 나기 시작해요. 믿기 어려우시겠지만. 우리 이사했어요. 아세요? 정원이 커요. 모르시는 것 같네요. 아, 지나간 건 듣추지 말아야죠."

"너하고 브라이언?" 마이러가 조심스럽게 물었다. 브라이언은 건축 자재 도매상이었다.

"아니, 그 사람이 아니에요. 우린 헤어졌어요. 잘 된 거죠. 그는 나를 때렸어요, 엄마." 셜리가 말했다. 그리고 웃었다. 원한과 찬탄에 가득 차서. 이는 그가 그녀를 떠났다는 것을 뜻하는 거라고 마이러는 결론지었다.

"그럼 넌 이혼했니?"

"네, 크리스마스 지나서 금방 했어요. 지금은 아주 좋은 사람을 만났어요. 엄마도 그를 좋아할 거예요. 난 알아요."

"내가 만난 적 있는 사람이니?" 마이러는 부엌 창문을 통해 보았던 벌거벗은 남자를 생각하며 메마르게 물었다. 그녀는 소리치며 웃던 그의 목소리를 들었다. 그러나 셜리는 그 사건을 잊은 듯했다. 또는 적어도 마이러가 기억할 만한 남자가 있었다는 것을 잊은 듯했다.

"엄마가 못 본 사람이에요. 나도 그를 지난 가을에야 만났으니까요."

"그럼 넌 그와 결혼할 거니?"

"어머, 아녜요. 뭣 때문에요? 아뇨. 두 번이면 충분해요. 그냥 함께 살 거예요. 우리는 잘 맞아요. 서로를 위해 태어났어요."

"잘 됐구나." 마이러가 말했다. 여자는 늘 그래왔듯이 이 딸하고 있게 되니 한마디 한마디에 신경이 쓰인다는 것을 깨달았다. 셜리의 반응은 알 도리가 없었다. 무례할 수도, 격정적일 수도, 무뚝뚝할 수도, 유쾌할 수도 있었지만 결코 예측할 수 없었다. 마이러는 삶의 절반 동안 셜리가 마치 지뢰밭인 듯이, 그리고 자신은 그곳을 가로질러 달리는 듯이 행동해 왔다고 느꼈다.

두 여자는 말없이 계속 걸었다. 다람쥐들이 이리저리 달리는 잔디. 덤불진 언덕길. 샘터로 올라가는 긴 길과 이 길이 교차되는 곳에서 마이러는 셜리가 길을 선택하도록 머뭇거렸다. 셜리는 샘터로 올라가는 길이 아니라 똑바로 걷는 길을 택했다. 마이러는 늘 그러하듯 순순히 그녀와 같이 갔다.

마이러는 카페에서 "차 한 잔 할래?" 하고 말할까 생각하다가 엄두를 내지 못했다.

그들은 계속 갔다. 마이러는 양쪽으로 장미밭이 있는 그 길을 또다시 천천히 걷고 있었다. 셜리가 멈추었다. 마이러도 멈추었다. "이런 것은 어떻게 잘라주나요?" 셜리가 물었다.

"아, 그건 쉬워." 마이러는 그 방법을 보여주려고 낮은 울타리로 몸을 굽혔다. "바깥쪽 봉오리를 잘라야 해." 여자는 시작했다. 그리고 계속 말하려다가 갑자기 어떤 생각이 떠올랐다. 셜리가 어떤 인물이든 간에 한 가지 분명한 것은 어리석지는 않다는 사실이다. 그녀가 장미 가지를 자르고 있었다면, 가지들을 잘라서 훔칠 수 있었다면, 그렇다면 그건 가지 자르는 법을 알고 있다는 소리이다. 마이러처럼 그녀도 책을 보고 배웠을 것이다. 마이러는 몸을 똑바로 펴고 말했다. "언제 한번 집에 오겠니? 집에 있는 내 장미로 보여줄게."

"그러면 되겠네. 그래요. 갈게요." 셜리가 말했다.

"언제 올래, 주말에? 그런데 아버지는 안 계실 거다. 이번 주말에는 낚시 가신다."

"그럼 우리끼리 있겠네요?"

"함께 오고 싶니, 너의 새…… 지금 네가 같이 살고 있는 사람하고?"

"아, 그 사람, 뭐 하러요? 아뇨. 그냥 엄마를 보고 싶어요. 엄마가 보고 싶었어요. 믿든지 말든지."

"아, 고맙구나."

"그는 등산을 가요." 셜리가 말했다. "주말마다 빠지지 않고."

"그럼 나는 낚시 과부이고 너는 등산 과부겠네." 마이러는 미소를 지으며 자신도 알다시피 신경을 조이며 과감하게 말했다.

"왜 그런 일을 참고 견디세요?" 셜리는 돌연 맹렬하고 험악한 분노에 가득 차서 따졌다. 그녀의 어머니를 분명 태워버릴 것만 같았다. "엄마는 언제나 모든 것을 참고 견뎌요. 왜 그러세요?"

"나는 신경 안 쓴다. 왜 그래야 하니? 주말에 이따금 따로 떨어져 있는 것은 좋은 일이야."

"엄마는 늘 모든 것을 참지요." 셜리가 비명을 질렀다. "엄마가 아버지에게 대항하는 것을 본 적이 없어요, 한번도."

"그에게 대항하는 것?" 마이러가 놀라서 말했다. "내가 왜 그래야 하니?"

"맙소사." 셜리가 말했다. "믿을 수가 없어요. 그냥 믿을 수가 없단 말이에요……." 그녀는 말을 멈추었다. 자신이 방금 어머니와 화해를 했고 다시 싸우고 싶지 않다는 생각을 한 것이 분명했다. 적어도 아직은. "하기사, 별별 사람이 다 있으니까." 그녀는 최대한 협조적인 태도로 양보했다.

"그래, 분명 그렇다." 마이러가 한숨을 쉬며 말했다. 그러나 그녀는 셜리를 다시 흥분시킬까 봐 겁이 나서 한숨을 기침으로 바꾸었다.

폭풍우

프랑크푸르트에서 나는 런던 시내가 물에 잠겼다는 소식을 들었다. 폭풍이 몰아쳐 런던의 수많은 나무들이 쓰러진 직후에 폭우가 쏟아졌다. 내가 늦은 오후 공항 청사를 나와 택시를 잡으려 할 때, 파스텔 톤으로 흔들리는 하늘 아래서 모든 것들은 작고 덧없게 보였고 사람들의 얼굴에는 애도의 빛이 서려 있었다. 나는 기침 때문에 목이 아팠으므로 비행기도 타지 말았어야 했다. 내 귀는 벌을 받아 반쯤은 들리지도 않는 상태였다. 나는 택시 줄에 서서 한쪽 눈으로 그 믿을 수 없는 하늘을 쳐다보며 이틀 전에 떠나온 나의 정원을 생각했다. 폭풍으로 인한 피해는 다 정리되었는지 홍수 때문에 더 악화되었는지 궁금했다. 내 마음은 폭풍과 홍수로 가득 차 있었다. 나는 또 기침약 때문에 제정신이 아니었다. 택시를 탈 차례가 왔을 때 나는 머뭇거렸다. 트위드 옷을 입고 귀덮개 달린 체크 무늬 모자를 팬케이크처럼 머리 위에 납작하게 묶어 쓴 작은 남자가 고개를 까닥하며 인사했는데, 그는 런던의 택시 운전사라기보다는 시장에서 만날 수 있는 시골 사람처럼 보였다. "타실 겁니까?" 그가 물었다. 나는 택시를 탔고 밀 레인 방향의 언덕 위에 있는 웨스트 햄스테드에 산다고 말했다. 이렇게 말하면 런던 택시 운전사들은 모두 곧 알아들었다. 그러나 그는 자기는 런던에서 운전하지 않는다고 대답했고 이 말에 내 현기증은 더 심해진 듯했다. 나는 유령 택시 운전사가 모는 차를 타본 적이 한번도 없었다고 농담을 했다. 그는 말없이 머리를 나에게 반쯤 돌리고 듣더니 자기는 유령이 아니고, 자기가 사는 곳 근처에도 밀 레인이라는 곳이 있으며, 그러니 당신이 가자고 하는 곳이 거기가 아니라는 것을 자기가 어찌 알겠느냐고 퉁명스럽게 말했다. 그러니까 그는 약간 귀가 어두웠다. 바로 그날 저녁의 나처럼. 그는 내가 어디 사는지 묻기 시작했다. 다른 택시 운전사들은 다 아는 곳을 모른다고 인정하고 싶지 않았던 것이다. 그는 내가 말한 장소, 다른 사람들이 다니는 길을 언제든 배우고 싶다며 내 생각에는 어느 길로 가는 것이 가장 좋겠느냐고 물었다. 나는 귀가 몹시 아팠기 때문에 그의 말을 알아듣기가 힘들었다. 그래서 몸을 앞으로 기울였다. 내가 기꺼이 관심을 표하는 것처럼 보이기 위해서 말이다. 그러나 그가 편안해 보이지 않았기 때문에 나는 그가 말을 안 하도록 내버려두는 편이 더 좋겠다는 결론을 내렸다. 그는 어느 일요일 오후 자기 차례가 되어 가족 차를 운전하는 할아버지처럼 차를 몰았다. 그는 핸들을 움켜쥐고 그 너머를 노려보며 다른 운전사들의 행동에 대해 웅얼거리며 외쳤다. "당신 봤어요? 당신, 그가 어떤 짓을 했는지 봤어요?" 나는 생각했다. '아, 단념하는 게 좋겠다. 빨리 내릴 수 있었으면 좋겠다.' 우리는 그 지역을 아는 운전사들이 이용하는 빠른 갓길이 아니라 시간이 걸리는 길로 가고 있었다. 런던에서 운전을 하지 않는 이 남자는 여기서 뭘 하고 있는가? 도대체 그가 운전을 해도 되는 건가? 그러는 동안 우리는 이야기를 나눴다. 나는 몸을 앞으로 기울였고 그는 머리를 반쯤 돌렸다. 우선 물론 사흘 전 밤에 있었던 큰 폭풍에 대해 얘기했다. 그는 자기 집 지하실에서 그동안 내내 자고 있었고 깨어보니 거리의 나무들이 쓰러지고 자기 집 정원의 오두막 지붕이 날아가 버린 상태였다고 했다. 나도 내 경우에는 어땠는지 말해 주었다. 우리 집 맨 꼭대기의 내 침대 속에서 새벽 2시쯤 갑자기 잠에서 깼다. 하늘은 계속 돌변했다. 어느 한 순간 멀리 런던을 가로지르며 흰 번개가 번쩍이다가 하늘이 시커메졌다. 다음 순간 맑아지며 별이 보였고 그 별들은 깨끗하게 씻긴 공기 때문에 선명하게 빛났으며 그러다가 다시 캄캄해졌다. 그리고 후덥지근하다가 따뜻해졌다가 돌연 추워지고 그러다가 다시 따뜻해졌다. 나무들은, 특히 정원 아래 있는 큰 물푸레나무는 소용돌이치며 이리저리 몸부림쳤고 집 안에 있는 모든 것이 덜컹거리고 쿵쾅거렸고 지붕은 날아갈 듯 흔들렸다. 사람들은 경계하며 깨어 있었고 집 안의 불을 다 켜놓고 있었지만 전기가 나가자 다들 밖으로 나갔다. 정전으로 캄캄해진 도시가 멀리까지 보였고 어둠 속 먼 곳에서 불빛 하나가 희미하게 반짝이는 것이 보였다. 런던에서는 거의 정전이 일어나지 않는다. 마지막으로 그랬던 것은 70년대의 큰 파업 때였다. 그러나 나는 그때 도시가 정말로 시커멓게 어둡지는 않다는 것을 알아차렸다. 어딘가에서 빛이 들어왔다. 집집마다 켜놓은 촛불과 횃불만으로도 그 부드러운 유령 같은 빛을 만들기에 충분하지 않은가? 그 꼭대기에 내가 있는 것을 원치 않는 나의 고양이는 나를 아래층으로 내려가게 하려고 애를 썼고 고양이 역시 집의 중심에 있는 안전한 장소로 갔다. 내가 이 말을 하고 났을 때서야 그는 흥미를 보였다. "당신은 고양이가 시키는 대로 해야 했어요." 그가 말했다. "그들이 우리보다 더 잘 알아요."

"난 아직 살아 있잖아요." 내가 말했다.

"그래요. 그러나 무슨 일이 생길 뻔했는지는 당신은 절대 몰라요."

"나는 어떤 일이 있어도 그날 밤의 광경을 놓치지 않았을 거예요."

"그럼요. 나뭇가지들이 이리저리 날아다니고 타일들이 부서지고……. 고양이가 어디 숨었는지 알아차렸어요? 그곳이 집 안에서 제일 안전한 곳이지요. 그걸 기억해야 해요. 들보 아래 어디였을 걸요. 안 그랬나요? 그랬다면 거기지요. 그들은 알아요. 거기가 사람들이 폭격 속에서 숨는 곳이지요. 계단 아래나 강하고 튼튼한 기둥 아래."

고양이를 키우냐고 물었더니 그가 말했다. "아니요, 개를 키워요. 나는 개가 좋아요. 좋은 개는 친구지요."

"고양이도 그래요." 나는 말했다.

잠시 침묵. "개를 잃어버렸어요." 그가 말했다. 아니, 내 쪽을 향해 소리쳤다. 대화는 힘들게 계속되었다. 그의 목소리는 무뚝뚝했고 화까지 나 있었다. "그렇지, 한 달 전이었어요. 나는 개를 수의사에게 데리고 가야 했지요." 이 말을 하는 태도로 나는 알 수 있었다. 이 일로 그는 고통스러워 하고 있구나. 피하라. 그래서 나는 유감이라고, 나도 이삼 주 전에 아끼는 고양이가 너무 아파 살 수 없을 것 같아 수의사에게 데리고 가야 했다고만 말했다. 고양이가 보고 싶다고도 했다. 그것이 문 안으로 걸어 들어오기를 나는 줄곧 기다렸었다.

"보고 싶어요. 내 개가 함께 있지 않다는 사실에 익숙해질 수 없을 것 같아요. 상당히 오래되었는데 아직도 안 되요."

나는 좌석 뒤로 물러나 앉아 넘어진 나무들과 땅 위로 드러난 뿌리들을 바라보았다. 뿌리들은 똑바로 서 있기 위해 흙을 움켜쥐려 애썼으나 실패한 손처럼 보였다. 뿌리 사이에 빼곡하게 들어찼던 흙들은 이미 씻겨나가고 없었다. 사방에 부러진 나뭇가지들과 최근에 물이 들어찼던 흔적들과 부스러기 돌들과 나뭇잎들과 나뭇가지들이 부딪쳤던 흔적이 있었다. 어두워지고 있었다. 시월. 시계들은 곧 겨울을 향해 서두를 것이었다.

우리가 웨스트웨이에 다다랐을 때 그 길은 차들로 꽉 막혀 있었다. 그는 웨스트웨이가 이렇게 막히는 것을 본 적이 없다고 말했다. 그런 식으로 자연스럽게 자신이 런던의 운전사라는 것을 주장하는 셈이었다. 이런 일은 흔한 일은 아니었다. 웨스트웨이에서 속도를 늦추어 기어가다가 완전히 멈춰야 하는 것. 하수구에, 전기 또는 가스 배관에 물이 너무 들어차서 어떤 길들이 통제된 것이 분명하다고 우리는 의견을 모았다. 우리는 가다가 서다가 기었다. 그는 자기가 얼마나 런던을 싫어하는지 흥분하며 말했고 나는 다시 몸을 앞으로 기울였다. 그는 런던에서 그리 멀지 않은 작은 마을로 이사간 뒤 참으로 행복하다고 말했다. 런던은 옛날의 런던이 아니었다. 그가 생각하기에 전혀 토박이가 아닌 사람들로 가득 차버렸다. 그리고 그들은 괴상한 방식으로 말했다. 바로 지난주에 그는 이사하기 전부터 기억하고 있는 상점에서 신문을 샀다. 계산대 뒤의 소년은 그냥 평범한 젊은이였는데 이렇게 말했다. "떠나시는군요."[1] 그래서 그가 말했다. "내가 어디 가는 중인지 네가 어떻게 아니?" "할아버지가 어딘가로 가고 있는 건 분명하잖아요." "그래, 그렇다 치고, 그게 너한테 무슨 상관이냐? 네 할아버지한테도 그런 식으로 말하냐?"

"그건 말하는 방식일 뿐이지요." 내가 말했다.

"내 방식은 그렇지 않아요." 그가 말했다. "그리고 말이지요, 그들에게는 예의라고는 눈곱만큼도 없어요."

이제 나는 내가 런던을 얼마나 좋아하는지 말하기 시작했다. 내가 좋아하는 것을 다른 사람들도 좋아하도록 만들

---

[1] 신문 파는 젊은이가 '여기 있습니다.'를 뜻하는 말로 'There you go, then.'이라고 말했으나 그는 이 말을 '떠나시는군요.'라고 이해했던 것이다.

고 싶은 우스꽝스러운 욕구에서였다. 런던은 마치 위대한 극장 같다. 당신은 하루 종일 무슨 일이 일어나는지 응시할 수도 있다. 나는 때때로 그렇게 했다. 당신은 카페나 벤치에 몇 시간이고 앉아 바라볼 수도 있다. 언제나 놀랄 만한 또는 재미있는 어떤 일들이 일어난다. 그리고 공원들. 리젠트 공원, 햄스테드 히스. 당신은 절대 싫증 나지 않을 거다. 그렇게 말했다. 그러자 그가 말했다. 그 공원들은 폭풍 때문에 모두 문을 닫았다고, 굉장히 많은 나무들이 부러졌고 사람들은 울었다고, 나무들이 부러져 쓰러졌기 때문에 문 앞에 서서 펑펑 울고 있는 사람들을 보았다고 말이다. 이렇게 말하는 목소리에는 슬픔이 가득 차 있었다. 단순히 투덜거리는 노인네의 불평이 아니었다. 그것은 슬픔이었고 내가 그의 택시에 탄 뒤 계속 보고 듣고 있는 것은 바로 그것이었다. 이 모든 것이 그의 개 때문이었을까? 물론 아니었다!

나는 런던에 관해 계속 이야기했다. 이 도시에 대한 내 느낌을 기꺼이 나누고 싶기도 했지만 내가 그에게서 느끼는 수수께끼가 무엇인지 알고 싶기 때문이기도 했다. 이것은 그의 택시가 아니고 그는 어떤 이유로 다른 이를 위해 운전하는 것은 아닐까? 운전을 중단했다가 다시 해야만 하게 된 것일까? 그가 사는 작은 마을에서 사정이 생겨 그곳에서는 운전하는 것이 어려운가?

내가 런던에 관해 말할 때 그는 잠잠했다. 그러더니 런던은 살기 편하다고, 아니 한때는 편했다고 인정했다. 그러나 이제 그는 소음도 없고, 붐비지도 않는 작은 시골 마을을 결코 떠날 수 없다고 말했다.

웨스트웨이에서 나는 차가 늘 밀리는 킬번 하이 스트리트를 피하라고 말했다. 그러나 웨스트 엔드 레인 역시 사정은 나빴다. "이 시간에 이 사람들이 다들 여기서 뭐 하고 있는 거요?" 그는 핸들을 움켜쥐고 좌우를 노려보며 궁금해했다. "퇴근 시간대는 지났는데."

"아마." 나는 말했다. "극장에 가는 사람도 있고 시내에서 저녁을 먹고 집으로 가는 중인 사람도 있겠지요."

"저녁은 집에서 먹는 게 나을 거요. 집에서 먹는 것보다 더 좋은 걸 식당에서 먹겠다는 거요? 놀러 다니고 돈을 쓰고 절대로 조용히 멈춰서 생각하는 법은 없고." 그의 목소리는 상처받은 감정으로 가득 찼다.

내가 뒷길을 도는 지름길을 말해 주자 그는 받아들였고 우리는 아직도 쓰레기와 낙엽들이 쌓인 길들을 지나 더 빨리 달렸다. 이곳저곳에 나무가 넘어지거나 기울어져 있었고 가지들이 찢겨나가고 없었다. 철로로 이어지는 덤불이 무성한 좁은 길에는 큰 폭풍 피해는 없었다. 나는 이에 대해 언급했다. 거기 사는 짐승들과 새들에게 참 잘 된 일이라고 말이다. 그는 동물들이 시골에서 살지 못하고 도시에서 피난처를 구해야 하는 사정이 딱하다고 말했다.

우리 집 앞에서 그는 다른 차 앞에 겨우 차를 세워야 했다. 내 짐을 보도 위에 내려놓고 그는 내 옆에 와 섰다. 그는 나와 키가 거의 같았다. 나는 어둑한 길에서 그가 따뜻한 그러나 결핍이 가득 찬 갈색 눈에 갈색 수염을 기른 작은 남자인 것을 알 수 있었다. 그는 절박하게 내 손을 꼭

쥐고 말했다. "봐요, 이렇게 하루 종일 운전을 하면 마음이 마비되지요. 멍하게 됩니다. 그러면 내 마음속에 지니고 있어야 하는 생각들을 할 수가 없어요." 그는 내 손을 꽉 쥐고 나를 돌려세웠다. 그는 가로등 불빛에 비치는 내 얼굴을 볼 수 있었다. 그의 손은 강하고 따뜻하고 친절했으며 거기에는 그의 목소리에 들어 있는, 잘려진 나무들과 흔들리는 하늘 같은 사나운 혼란은 없었다. "사실 나는 택시 운전사가 아니오." 그가 말했다. "나는 음악가였어요. 내 악단을 갖고 있었죠. 내가 말하면 당신도 이름을 알 거요. 음악을 안다면 말이지요. 그러나, 그러나, 여자 때문이었어요. 일이 그렇게 된 거지요. 내 모든 문제는 그녀로 인해 시작되었지요. 그녀는 아버지와 오빠들이 모두 택시 운전사였고 나도 그렇게 되기를 원했어요. 그녀를 위해 난 택시 운전사가 됐어요. 나는 런던을 전부 돌면서 런던에 대해 배우면서 몇 달을 보냈지요. 그게 어떤 건지 당신 알아요?"

"물론 알죠. 런던 택시 운전사는 면허증을 얻기 전에 시험을 통과해야만 하지요. 누구나 알아요."

"그래요, 그건 진짜 시험이에요. 길을 알아야 돼요. 그래야 합니다. 몇 달 동안 나는 거기 매달렸지요. 몇 달이고. 오래전 일입니다. 지금 나는 다른 여자와 살아요." 그는 내 손을 더 꽉 잡고 내가 그의 말을 이해하는지 확인하려고 몸을 앞으로 기울여 내 얼굴을 들여다보았다. "난 인간을 좋아하지 않아요." 그가 말했다. "난 동물들이 좋아요. 우리보다 낫지요. 친절하고 우리처럼 잔인하지 않아요." 그러는 동안 차 한 대가 지나가려 하면서 우리가 할 말을 다 하도록 기다렸다. 얼마 후 그 차는 베토벤 5번의 시작처럼 집요하게 경적을 울리기 시작했다. 그는 내 손을 놓았다. "인간들은 악하고 어리석어요." 나는 그가 운전대에 앉으며 말하는 소리를 들었다. "지금은 내 의견에 동의하지 않더라도, 그렇게 될 거요. 알게 될 겁니다. 인간은 선하지 않아요!" 그는 나에게 손을 흔들었다. 형식적인 그러나 동지에게 건네는 듯한 인사였다. 그는 차를 몰고 떠났다. 핸들 앞에 앉아 그 너머를 응시하는 작고 짓눌린 듯한 모습. 그는 다른 승객을 태우려고 다시 곧장 히스로 공항으로 간다고 하며 떠났다.

그 여자

살롱의 조건은 무엇인가? 세력 있는 여주인 또는 남자 주인? 아늑한 분위기의 집 또는 방? 손님들? 이 모든 것이 갖춰져야 한다고 말하기는 쉬운 일이다. 예외적인 경우들이 당신의 기억을 두드리기 시작하기 전까지는 말이다. 그러나 오늘날에는 살롱이란 것이 없으며 집에서 파티를 여는 전형적인 경우는 과거의 일이라는 데 대부분 동의할 것이다. 런던과 파리에서 정치와 문학의 중심이었던 화려한 여주인들은 이름이 널리 알려져 있다. 물론 그들의 거실이 곧 살롱이었다는 것 또한. 아무 생각 없이 방문했던 집이 실은 살롱이었다는 것을 훗날 알게 될 수도 있다. 마찬가지로 훗날 작가들은 자신들이 어떤 운동의 일부였다는 것을 알게 될 수도 있다. 블룸즈버리 작가들은 자신들이 어떤 집단인지 알고 있었던가?

작가는 문학 단체의 회원일 것이라고들 생각하지만 이

나라에서는 그렇지 않다. 작가들은 흔히 이런 편지를 받는다. "당신은 어떤 문학 단체에 속하는가? 그것이 표방하는 바는 무엇인가?" 답장. "이 나라에 문학 단체는 없다. 작가들은 런던을 떠나 시골에서 혼자 지내고 싶어 하며 특별한 경우에 또는 가끔 집단에 속하고 싶어질 때 잠시 런던에 들른다." 그들은 어떤 레스토랑, 또는 아는 사람을 방문하는 것을 근거로 이러저러한 운동의 일원이라는 것을 알게 될지도 모른다. 물론 집이나 거실들은, 당시 사람들은 몰랐으나, 후에 살롱이었다는 것이 판명될 것이다. 최근 런던에서는 외교의 변두리를 맴돌고 있는 한 부부가 매주 정해진 날 저녁에 손님들을 집에서 '맞았다'. 그들은 초대장을 보내지 않았고 환영받는 손님들은 그곳에서 음식과 음료수를 마실 수 있고 여러 종류의 사람들을 만나게 될 것이라는 소문을 들었다. 그들은 대개 정치인과 언론인이었고 어떤 언론인들은 정치인들 때문에 모였다. 얼마나 자주 작은 정보들이, '새나간' 비밀들이, 무심한 말들이 신문의 단신으로 그리고 사설로 이어지고 텔레비전 프로그램에 영감을 주는지 알기 위해서는 정기적으로 들러야만 할 것이었다. 영향력 있는 고지에서 무슨 일이 진행되고 있는지, 호기심에서 이 살롱은 한두 번 방문할 가치가 있었다. '국가'가 어떤 일로 인해 소용돌이 속에 있을 때는 특히 그랬다. 우리는 그런 경우 집단을 나타내는 이 단어를 사용하는 경향이 있다.

그 집은 하원에서 택시로 십 분 거리에 있었고 정치인들은 하원에서의 공적인 약속 사이에 몇 분 또는 한 시간 동안 거기에 들르곤 했다. 그들은 대개 무리를 지어 그곳에 왔다. 의원 중 한 사람이 다른 이에게 "한 잔 하러 믹스 앤 드 매치에 잠시 들릅시다."라고 말하는 것을 우리는 상상해 볼 수 있다. 누가 처음 이런 식의 농담을 했는지는 아무도 몰랐다.

일층은 전부 응접실이었는데 뒤쪽으로는 손질된 작은 정원이 바라다 보이고 앞쪽은 거리였다. 그 거리 이름은 그곳에 사는 사람들이 재산가임을 입증했다. 벽 한쪽으로는 뷔페 요리가 차려져 있었고 아가씨들이 미소 지으며 음료수 쟁반을 들고 손님들 사이로 지나다녔다. 정치인들은 공무를 집행하는 조직에 참여하는 사람들에게서 흔히 볼 수 있는 흥분, 자신이 권력을 가지고 있다는 확신에서 오는 의기양양한 태도로 들어왔다.

그들이 들어오는 모습은 경기장으로 황소들이 들어올 때 문들이 왈칵 열리는 순간 보게 되는 억눌린 돌격을 연상시켰다. 그 맹렬함은 운명이 무엇을 가져다줄 것인지 알기 위해 사방을 휘둘러보는 시선으로 인해 잠시 주춤해진다. 그러고 나서 그들은 계속 들어온다. 들어와서는 가까이 있는 쟁반에서 즉시 마실 것을 집는다. 이 쟁반을 어여쁜 아가씨가 앞으로 내밀고 있다면 술잔을 든 다음 대담한 또는 은밀한 시선이, 심지어는 친밀함을 암시하는 미소가 뒤따른다.

순진한 사람들은 좌파와 우파, 토리당과 노동당이 따로 도착해서 그들만의 무리를 지을 거라 생각할지 모르지만 그렇지 않다. 그들은 함께 도착하기도 하고 짝을 지어 같이 서 있기도 한다. 그들은 경계선 밖에 있으므로 구속에서 벗어난 것 같다고 말하는 듯한 표정이다. 감시당하고 있지 않으므로 원하는 대로 할 수 있다는 거다. 그곳에서는 전체적으로 함께 섞이면서 움직임이 만들어지고 있었다. 외교관 부인 서너 명과 여성 언론인 두어 명이 있기는 했으나 남자가 여자보다 많았다.

 나는 거기 두 번 가봤는데 '국가'가 소용돌이 속에 있을 때였다. 국회에서 토리당과 노동당이 하나의 쟁점으로 맞서고 있었다. 신문의 머리 기사마다 좌우 갈등을 강조했고 어쩌다 그곳을 방문한 사람들은 사태를 알려줄 만한 말들이 나올 경우를 생각해서 정치인들을 주시하고 있었다. 그러나 그들이 정치 이야기를 하는 것은 아니었다. 아니, 그들은 잡담을 했다. 모든 이야기는 버티가 그 말을 어떻게 했다든가 그 말은 노먼이 흘렸다든가 '그 여자가' 이러저러한 말을 했다는 식이었다. "그는 '그 여자를' 보려고 해. 그가 나에게 말해 줬지. 그러나 버나드……."

 언론인들은 여기저기 서서 엿들으려 애쓰거나 대개는 그들과 마주치기 꺼려하는 이들의 시선을 잡으려고 애썼다. 한 언론인이 양을 지키는 개와 같은 집중력을 가지고 어느 정치인에게로 천천히 조금씩 나가고 있는 것을 볼 수도 있었다. 잠시 후 그 정치인은 깨끗이 집단에서 떨어져 나오게 되었고 그 두 사람은 잔을 맞대고 서 있었다. 정치인은 몇 마디 해주기도 했고 자신의 몸이 덫에 걸렸다고 말하기도 했다. 그러나 어느 경우건 그는 호의를 베푸는 쪽이었다.

 그리고 나서 그는 집단으로 돌아왔고 열두어 개의 술잔

이 동지애를 강조하며 일제히 마주쳤다. 잔들은 술 마실 때 올라가고 꿀떡 삼키는 사이에 내려오고, 힘주어 이야기 할 때는 번쩍이는 원 또는 타원을 그리고, 때로는 친밀하게 또는 무분별하게 서로 부딪치며 다가가고, '미안합니다', '미안' 하면서 쨍그랑 부딪치고……. 쟁반이 지나가면 술잔은 바뀌고 아무도 귀 기울이지 않는 대화에 관한 논평과도 같은 이 작은 각각의 춤 속에 또 다른 이들이 끼어든다.

  여성 정치인은 거의 오지 않았다. 국회에는 여성이 많지 않았다. 어느 저녁 수수한 자주색 옷을 입은 마르고 피부가 검은 여성이 들어왔다. 그 옷은 여성들이 여성으로서의 자신의 모습이 아니라 직분을 나타내기 위해 선택하는 그런 종류의 옷이었다. 그 옷이 흰색이나 푸른색이라면 간호사 제복 또는 상점이나 공항 관리인의 제복이었을 것이다. 그 여자는 실제로 자신이 차지하는 것보다 더 작은 공간을 차지한다는 인상을 주려고 애쓰는 것 같았다. 그녀는 방 한가운데 서 있는 한 무리의 남성 정치인들을 보는 것 같지는 않았으나 어디서든 지을 수 있는 미소를 띠고 있었다. 그녀는 자기가 그곳에서 꼭 만났으면 하는 젊은 여성 언론인이 앉아 있는 소파 앞에 갈 때까지 그 무리들을 피했다. 그들은 만나자는 약속을 했는지도 모른다. 그들은 곧 낮은 소리로 말하기 시작했고 기자는 눈에 띠지 않게 메모를 하기도 했다. 그 일이 끝나고 십여 분쯤 지나서 여성 정치인은 고개를 돌려 남자들로 가득 찬 방을 훑어보았다. 여기자도 그랬다. 두 사람은 신중하면서도 조금 재미

있는 표정을 짓고 있었다.
 "사람들이 오늘 아주 순해 보이네요." 보수 계열 신문인 《멘토》의 대변인이 말했다. 그러나 여성 문제들에 관한 기사로 알려져 있는 그 여자는 진보 진영이었다.
 "아까 국회에서는 상당히 난폭했어요." 정치인이 말했다. "밤 늦도록 진행되니까. 그들은 너무 흥분을 잘해요. 시간이 흐를수록 더 흥분하죠."
 "초저녁에는 전혀 안 그런데 말이죠." 기자가 말했다. "난 지난주에 국회에 있었거든요. 전쟁 가족 수당 논의를 할 때였죠. 그들은 정말로 대단해 보였죠."
 그들은 한동안 그 떠들썩한 남자들에 대해 이야기했다. 남자들은 남자들일 수밖에 없을 것이었다. 그 다음 여성 정치인은 소리를 낮추고 소속 정당에 상관없이 여성 정치인이 되는 것의 어려움에 대해 말했다. 이쯤해서는 대여섯 명의 여자가 소파와 그 옆의 의자들에 앉아 있었다. 여성들의 작은 둥지.
 남성 정치인들은 다같이 층계를 휩쓸며 내려갈 작정들이었다. 앞에 놓인 쟁반 위에 아무렇게나 술잔을 내려놓고 무슨 기회를 놓친 것이 없나 하며 그들은 마지막으로 주위를 둘러보았다.
 한 사람이 들으라는 듯 크게 말했다. "난 그 여자 밑에서 봉사하는 것이 자랑스럽소. 난 어디서든지 그렇게 말할 거요⋯⋯. 그러나⋯⋯." 그러고 나서 빙 둘러보는 그의 시선은 짓궂고도 공격적이었다. "그 여자는 조심해야만 할 거요."

"바로 그렇소." 다른 사람이 말했다. "만일 그 여자가 일정한 선을 벗어난다면 우리가 그 여자를 떠밀지도 몰라요."

그 당시에는 이런 말들이 선의를 가진 남자들의 단순한 허풍으로 들렸지만 지금 그 말들은 기억 속에서 분리된다. 이번이 '그 여자의' 두 번째 임기였고 따라서 그녀는 성공의 정점에 있었다.

여성 정치인이 말했다. "그들이 떠나도록 잠시 시간을 주겠어……." 그러고는 여성 국회의원은 누구든지 의사당을 들어오거나 나갈 때 눈에 띄지 않도록 아무리 애를 써도 '그들, 남학생들'에게서 들을 수 있는 여러 종류의 성적 괴롭힘에서 벗어날 수 없다고 계속 말했다.

"길모퉁이의 망나니들." 기자가 말했다.

"일터에서 예쁜 여자를 향해 성적인 욕설을 해대는 떼거리들." 다른 여자가 말했다.

"또 만납시다……." "가야 되는데……." "안 가면 혼날 텐데……." 소리치고 떠들며 이제 층계를 내려가고 있는 남자들을 우리는 모두 바라보고 있었다.

"매일 아침 잠에서 깨면," 여기자가 말했다. "난 스스로 다짐하죠. 받아들여야 한다. 침착함을 잃지 말아야 한다, 그들이 너에게 무슨 짓을 하건 미소 지어야 하기 때문이다. 넌 그들을 때리고 싶을지 모르지만 네가 미소 짓지 않으면 그들은 더 고약해진다고. 때로는 어렵지요." 그 여자는 조용히 말했으나 미소는 쉽게 떠오르지 않았다.

그녀는 일어나 창가로 가서 거리를 내다보고 왔다. "그들에게 조금 더 시간을 주겠어. 그들은 택시를 기다리고 있어."

"그것이 내가 '그 여자를' 대단하게 여기는 이유 중의 하나지요. 그 여자는 그런 일로 신경 쓰지 않아요. 아, 그런 일이 틀림없이 거슬리겠죠. 그러나 절대 표 내지 않아요. 그녀는 언제나 매력적이었고 그래서 언제나 표적이었지요……. 이제 그녀가 보스이고 남자들은 그녀를 두려워하지요. 그러나 그들은 그녀 등 뒤에서 정말로 고약하게 굴어요. 때로 나는 내가 듣는 것을 믿을 수 없어요. 아, 난 그 여자처럼 강하지 못해요. 전혀 그렇지 못해요. 때로 난 내가 감정을 겉으로 드러내고 있다는 걸 알아요……. 그 여자는 절대 그렇지 않아요. 절대."

"전당 대회에서." 기자가 말했다. "호텔의 청소부 여자들이 말해 줬어요. 그들은 절대 혼자 있지 않으려고 애쓴대요. 짝을 지어 붙어 다니죠. 왜냐하면 '그들이' 술에 취하면 무슨 일이건 가능하니까."

"그래요. 겁나지요. 그게 모두 난장판 코메디 영화 같으니까."

두 여자가 나갈 때 다른 남자들이 떼를 지어 자신들의 성취와 성공에 취해 크게 웃으며 들어왔다.

여자들은 조용하고 빠르게 그들을 스쳐 그림자처럼 벽을 따라갔다. 그리고 실제로 남자들은 그들을 본 것 같지 않았다.

흙구덩이

흰 라일락과 노란 수선화, 그리고 맨 나중에 만개한 벚꽃 가지 하나. 그녀는 희고 둥근 항아리에 정성껏 조심스럽게 모양을 봐가며 꽃을 꽂는다. '봄이다!' 방 한가운데 있는 작은 탁자 위의 항아리가 외친다.

봄은 한쪽 벽에 나란히 달린 두 개의 창문을 가득 채운 플라타너스 나무에서도 노래했다. 또 다른 벽의 창으로는 밝고 푸른 하늘이 보였다. 흰 벽에 난 창처럼 그 창문들과 어울리게 걸어놓은 두 개의 둥근 거울 안에는 새순이 가득 돋은 나무들이 비쳤다. 푸른 하늘이 보이는 벽의 맞은편 벽에는 노점에서 2, 3파운드 주고 사온 커다란 바다 풍경화가 걸려 있다. 그림 속에서는 푸른 바다, 푸른 하늘, 흰 물보라, 흰 구름이 언제까지고 서로 부딪치고 있다. 사만다라는 사람이 그린 신선하고도 젊은 열정이 담긴 그림이다.

이 방은 바깥 날씨에 따라 끝없이 다양하게 확장되기 때문에 크다고 볼 수도 있지만, 사실 이 방과 그 옆에 붙어 있는 침실은 작다. 이 아파트에는 적당한 크기의 방이 두 개 있고 그녀는 한동안 여기서 살았다.

여자는 제임스의 방문에 대비해 준비를 끝내고도 자리에 앉지 않았다. 제임스는 여자와 십 년 동안 결혼 관계에 있었던 사람이다. 여자는 유리 위에 꽃들이 비치는 작은 탁자 옆에 서서 기웃거리듯이 천천히 멀찍이 떨어진 방을 훑어보고 있었다. 그녀의 관점이 아니라 그의 관점에서 방을 점검하는 것이었다. 여자에게는 그가 실제로 그녀가 방을 정리하는 방식에 대해 비판했던 기억이 전혀 없다. 그러나 그가 모든 면에서 그녀와 정반대의 취향을 가진 여자에게로 가버렸다는 사실은 명백한 비판이 아니겠는가.

여자는 그가 오는 이유를 몰랐다. 딸 낸시로부터 돈이 급히 필요하다는 연락을 받고 그에게 전화했던 것이 이 년 전이다. 그들은 그 이전에 맨체스터에서 만나 점심을 한 적이 있었다. 여자의 직장이 있던 그곳을 그가 방문했을 때였다. 그랬었다. 1980년이었다고 여자는 생각했다. 두 사람은 말 한마디 잘못했다가는 레스토랑 주위로 총알이 날아 다니기 시작할 듯한 상태에서 만났다. 그때의 긴장감 때문에 그 이후로는 다시 만날 수 없었다. 그 이전에는 언제나 법적인 이유로 만났기 때문에 변호사들의 주선이나 아이들 때문에 만났다.

그런데 그가 전화를 해서 만나서 '그냥 이야기하고' 싶다고 했을 때 뜻밖에도 여자는 기뻤다. 마치 잘 고른 선물을 받아 열어볼 때와 같은 느낌이었다. 그리하여 그 선택에 기뻐하면서 선물을 준 사람의 생각이 그녀 자신의 생각 속에 사랑스럽게 녹아 있는 것을 느낄 때와 같았다.

 여자는 이 기쁨의 특질을, 그것의 정확한 무게와 질감을 완벽하게 이해했다. 그것은 그녀가 요즘 어떤 남자들을 생각할 때면 얼굴에 떠올리게 되는 미소 때문이었다. 그것은 풍요하고도 무책임한 약탈자의 미소였다. 그녀는 그들 역시 자기 생각을 할 때면 틀림없이 이런 미소를 지을 것임을 알고 있었다. 그것은 어떤 특정 시기의 사회가 무슨 말을 하건 상관하지 않는, 또 도덕과도 상관없는, 그리고 남성과 여성 사이의 전쟁과도 상관없는 그런 미소였다.

 그러나 중요한 것은 그녀의 남편은 이런 남자들 중의 하나가 아니라는 사실이었다. 여자는 그에 대해 생각할 때면 불안과 회의로 가득 차 있었다. 그녀는 이제 그가 자기에게 되돌아왔다고 생각했다.

 여자는 반짝이는 탁자 위 꽃 그림자 속에 자신의 유능한 한 손을 놓은 채 서서 미소 지었다. 그녀는 굳이 거울을 보려 하지 않았다. 그를 만나면 메마르고 늙어버린 그의 얼굴에서 그녀가 이십오 년 전에 알고 있던 모습을 찾을 것임을, 그 또한 그녀에게서 과거의 그녀 모습을 찾을 것임을, 걱정스럽기는 해도 확실하게 알고 있기 때문이었다. 이것이 비밀스럽고도 억누를 수 없는 미소를 띤 채 옛 연인들이 늙어가며 만나는 방식이다.

 그 옛날 그들이 젊었을 때 함께 길을 가거나 실내로 들어가면 사람들은 언제나 다시 돌아보았다. 그들을 바라보는 사람들의 얼굴에는 완벽한 한 쌍을 보았을 때의 흐뭇한 표정이 떠올랐다. 그들은 정말 잘 어울리는 부부였고 눈에 잘 띄는 부류의 사람들이었다. 두 사람 모두 잘생기고 건강했으며 짝을 이뤄 아이를 낳는 데 적합했다. 어떤 부부들을 보면 그 부부가 낳을지 모르는 건강하지 못하거나 보기 흉한 자식들이 생각나서 비밀스러운 불안을 느끼게 되는데 이 두 사람에게서는 그런 불안감이 느껴지지 않았다. 사라와 제임스가 다른 사람들에게 기쁨을 준 이유는 그들이 젊었기 때문에, 잘생겼기 때문에, 건강했기 때문에 또는 이와 비슷한 이유들 때문이 아니었다. 아니, 그 이유는 그들이 같은 종류의 사람이었기 때문이었다. 그들은 둘 다 키가 컸다. 여자는 날씬했고 그는 호리호리했다. 두 사람 모두 잘생겼는데 바이킹 스타일의 그의 머리는 숱이 많았으며 여자의 머리는 길고 희미하게 반짝였다. 두 사람의 푸른 눈은 영리하면서도 순진해 보였다. 그들이 안고 누워 서로의 얼굴을 들여다볼 때, 그 얼굴은 자신이 거울 속에서 보는 얼굴과 너무 흡사했다. 젊은 시절 그들에게 불안이 있었다면 바로 이 때문이었다.

  그가 그 여자 다음에 결혼한 여자는 몸집이 크며 머리가 검고 피부가 거무스름한 여자였다. 불행하던 시절, 그녀는 잘 된 일이라고 생각했었다. 그와 이 집시가 함께 만들어낸 아이들은 그녀가 수치심에 겨워 표현한 대로 '한 명은 희고 한 명은 검고 두 명은 카키색'이었다. 물론 문자 그대로 '검은색'은 아니었다. 한 명은 엄마처럼 갈색 피부에 윤기 있는 머리, 검은 눈이었고 또 하나는 제임스처럼 흰 피부에 금발머리, 강렬한 푸른 눈이었다. 또 두 아이는 두 사람 모두를 닮지 않은 모습이었다. 잘생긴 아이들이었지만 이들 여섯 식구가 함께 있으면 아무도 한 가족이라고 생각할 수 없었다.

사라와 제임스가 두 자녀와 함께 있으면 그들 넷은 같은 인종, 푸른 눈에 금발인 북유럽인들이었다. 북유럽인들은 세상 사람들 대다수와 너무 달라 희귀하고 위협받는 종족으로 보였으며 사람들은 이들 네 식구를 볼 때 그 종족의 전형을 보는 특권을 부여받고 있다고 생각하지 않을 수 없었다. 여자는 당시에는 이러한 것들을 몰랐지만 훗날 로즈와 그녀의 새로운 가족을 대면하면서 알게 되었다.

두 아이는 물론 이제 성년이 지났다. 딸 낸시와 그녀의 남편과 아이들은 보스턴에 있다. 아들은 태평양에 있는 어느 섬에서 물고기의 생태를 연구한다. 여자는 그들과 자주 만나지 않으며 손주들과도 마찬가지이다. 여자는 그것이 아이들이 열 살, 열한 살 때에 겪은 이혼 때문이라고 확신한다. 그들은 새로운 가족을 위해 자신들을 배반한 아버지뿐만 아니라 죄 없는 어머니로부터도 내면적으로 멀어졌다. 자신들을 보호하기 위해서였다. 그들은 조심스럽고 애정에 인색하고 회의적이고 그녀에 대해 비판적이었다. 공평하지 못했다. 그러나 여자는 요즘 정당함이라든가 행복이라는 단어들을 결코 사용하지도, 떠올리지도 않았다.

바이킹의 후예인 남편이 그녀를 떠나 매혹적인 목소리에 지나치게 화려하고 극적인 로즈에게로 갔을 때 그녀는 물론 무너져버렸다. 문자 그대로 무너졌다. 그렇다. 여자들은 그랬다. 여자는 한동안 비통함에 빠진 채 원한에 차 있었다. 여자는 남편이자 친구인 그가 자신을 그런 식으로 취급했다는 것을 믿을 수 없었다. 아니, 그럴 리가 없었다. 여자는 그런 일은 있을 수 없다면서 그와 대면했다. 그녀의 순진한 시선은 분노에 차서 납득할 수 있는 설명을 요구했다. 그녀는 술을 많이 마셨다. 한동안 그러다가 더 이상 마시지 않았다. 여자는 상식적이며 지나치게 조심스러운 두 자녀와 함께 이성적으로 잘 살아나갔다. 아이들은 그녀처럼 냉정함을 지켰다.

지나가 버린 그 모든 일들은 다른 시기, 심지어는 다른 여자에게 속한 것처럼 보였다.

여자는 이제 자신은 버림받아 연약해졌던 그 여자가 아니라 그를 만나기 이전 처녀로서의 자신과 연결되어 있다고 느꼈다.

연약함으로부터 해방되기란 쉽지 않았다. 이혼한 후 오 년, 어느 파티에서 그가 그녀를 응시했다. 그의 눈과 감각이 말하는 것, 이 여자가 십 년 동안 함께 살았던 그의 아내라는 것을 믿을 수 없다는 듯 그녀를 응시했다. 눈물이 얼굴을 타고 흘렀다. 그가 외쳤다. "사라, 어찌 된 거요?" 여자는 그 말에 너무도 격분한 나머지 그에게 침을 뱉었다. (그 남자뿐만 아니라 그녀 자신도 놀랐다. 그런 행동은 절대 정숙한 그녀 자신이 아닌 집시나 할 수 있는 것이라고 생각했었기 때문이다.) 그녀는 등을 돌리고 울면서 파티장을 떠났다. 그러나 다른 여자들이 그녀에게 말해 주기를, 전 남편을 우연히 만나게 되면 그들 역시 진심으로 놀라면서 외

흙구덩이 201

친다는 것이었다. "도대체, 어찌 된 거요?" 그녀들의 변화가 자신들에게도 놀라울 뿐만 아니라 정말로 전혀 자신들의 책임이 아니며 오히려 피할 수 없는 운명의 결과인 것처럼 말이다.

한동안 여자는 자신이 목격한 "대체 어찌 된 거요?"가 뜻하는 거짓된 감상에 격분했다. 그때는 그렇게 보였다. 그러나 잠깐이었다. 왜냐하면 그녀는 자신이 쓸모없는 감정에 몰두하도록 내버려두지 않았기 때문이다. 그 뒤 잊어버렸다. 지난 감정은 모두 사라졌고 그래서 요즘은 자주 생각하지도 않는다. 이제는 그를 생각할 때면 그의 표정에 담긴 순진무구함을 본다. 이것은 그의 정직함과 솔직함을 반영했으며 그녀가 가장 가치를 두는 것이었고 그를 사랑하게 된 이유였다.

지금 여자는 그가 사는 도시에 적당한 크기의 방 두 개가 있는 집에서 살고 있다. 그러나 우연이었다. 그녀는 일 때문에 파리나 뉴욕, 영국의 여러 도시에서 살았으며 언제나 이사를 다녔고 이사하는 데 익숙했다. 여자는 자신이 어느 한곳에서 좀 더 오래 살았다는 느낌을 받은 적이 없었다. 여자는 큰 석유 회사의 개인 비서였다.

그러나 그녀와 살던 집을 떠난 남편은 새 가족과 함께 한 집에서 계속 살아왔다. 그 집에서 이사한 적도 없었다. 그녀가 아는 바에 의하면 그가 늘 만족하며 사는 것은 아니었다. 그러나 그녀는 이제 그 모든 것에 상관하지 않았다. 그의 선택이 잘 한 것이기를 진심으로 바랐다. 여자는 어쨌건 상관하지 않았다. 상관하지 않게 되는 것, 그것은 예기치 못했던, 위대한 기적 같은 해방이었다. 그 모든 것, 그 고뇌와 고통, 그리고 밤에 울면서 깨어 누워 있는 것 등은 얼마나 어리석은 짓들이었나! 그 무슨 엄청난 시간 낭비인가.

여자가 그로부터 자유로워진 지금, 제임스는 그녀를 만나러 오고 있는 것이다.

그의 발소리가 가까워졌다. 빠르게. 가볍게. 그는 층계를 한번에 두 계단씩 오르고 있었다. 그러더니 문을 두드리고 들어와 바로 문 안에 서서 여자를 쳐다보고 있었다.

상대방에게 자신이 정확히 어떻게 보일지를 알기 때문에 그들은 자신들이 실제로 보는 것보다 더 젊은 모습들을 애써 그려내려고 얼굴을 찡그렸다. 그들의 눈은 자연스럽게 마주쳤으며 혼동과 아픔, 죄의식 때문에 서로 눈을 피하거나 하지도 않았다. 그들은 어쩌면 이혼 이후 진실로 상대를 본 적이 없었는지도 모른다.

여자가 보고 있는 사람은 나이가 든 바이킹의 후예였다. 텁수룩한 그의 머리는 여자의 머리처럼 은발로 변해 있었다. 그는 햇빛과 바람에 많이 그을려 있었는데 최근에 어디선가 하이킹을 하며 휴가를 보낸 것이 틀림없었다. 잘생긴 그의 얼굴은 마르고 주름투성이었다. 그녀 자신이 말라서 가벼워 보이듯 그 또한 메말라 버린 듯했다. 시간이 태양처럼 그녀에게서 수분을 빨아내고 있었다.

그의 날카로운 시선은 이제 그녀를 지나서 꽃들에, 그녀가 식사를 하는 작은 식탁에, 가스 불과 그 옆에 있는 가벼운 안락의자에, 책꽂이에, 푸른색과 흰색이 소용돌이치는 바다의 풍경화에 닿았다. 그 다음 그는 빠르고 가볍고 경쾌하게 정방형 푸른 하늘이 보이는 창가로 갔다. 그 경쾌한 걸음걸이는 무엇보다도 그녀가 좋아하던 특징이었다. 지금도 그랬다. 창문으로 그는 뒤뜰을 내려다보았다. 새, 나무, 담쟁이가 올라간 울타리, 아이들이 올라가는 놀이 기구, 햇빛에 취해 몸을 길게 뻗고 있는 고양이. 가정 생활……. 그는 그녀가 잘 알고 있는 건조하고 희미한 미소를 띤 채 그런 것들을 눈여겨보고 있었다. 그러더니 재빨리 옆의 벽에 난 창문 쪽으로 갔다가 그 옆에 있는 창문으로 또 움직였다. 양쪽에서 모두 같은 풍경이 보였다. 주차된 자동차, 플라타너스, 벤치에 앉아 있는 늙은 여자가 보이는 조용한 거리.

이곳은 3층이었다. 여름이면 나무들은 새들로 가득 찬 마을 같았으며 여자는 그것들을 응시하며 거기 서 있었다. 그는 몸을 돌리더니 이 방 안에서 어디 다른 곳으로 움직이지 않으려 애쓰며 서 있었다. 그는 이리저리 움직이며 가볍게 거닐 수 있는 방들에 익숙해져 있었다. 그러나 여기서는 다른 곳이 없었다. 그는 갇혀 있는 것 같다고 느꼈다.

"당신은 내가 여기서 뭘 하는지 궁금하겠지?" 그는 성급히 말하더니 그 말이 진부하게 들려 얼굴이 빨개졌다. 그러나 여자는 그런 식으로 받아들이지 않았다.

"그래요, 궁금했어요." 그의 말에 응수하며 그녀는 꽃 가까이 앉았다. 그러다 갑자기 그가 온다기에 기쁜 마음으로 사온 꽃들 옆에 앉아 있는 자신의 모습이 어떻게 보일지 신경이 쓰였다. 그래서 가스 불 옆 안락의자로 얼른 옮겨 앉았다. 그 의자에 앉으면 허리가 똑바로 펴졌다. 그녀는 가볍게 자세를 바로 하고 앉아 그를 쳐다보았다. 그리고 한숨을 쉬었다. 여자는 한숨 소리를 들으며 그 또한 그 소리를 듣고 안색이 변하는 것을 보았다. 이번에는 여자가 얼굴을 붉혔다.

그는 창문 가까이 앉았다. 그의 뒤로는 날아온 새 때문에 플라타너스가 흔들리는 것이 보였다. 그는 벌떡 일어나 다시 가버릴 것만 같았다. 쫓기는 남자. 그는 찡그리더니 가무잡잡해진 손을 얼굴에 가져갔다가 다시 내리며 역시 한숨을 쉬고는 의자에 기대앉아 그녀를 마주보았다.

"정말 이유는 없소." 그가 말했다. "그저 우리가 가끔씩이라도 만나지 않는 것은 큰 잘못이라는 생각이 들었소."

그들이 만나지 않은 것은 단지 변덕이나 실수 때문이었다는 듯한 그의 말에 그녀는 동의하듯 웃었다.

"우리는 그 모든 시간을 같이 보냈지……. 아이들과 함께……." 그는 어깨를 움찔한 뒤 말을 중단하고 도움을 청하듯 여자를 똑바로 바라보았다.

여자는 자기가 그의 아이들, 그의 다른 가족에 대한 안부를 물을 수 있을 줄 알았다. 그러나 그들이 주고받는 인사말이 진정한 대화를 피하기 위한 구실일 뿐이라면 그가 이곳에 올 이유가 없었고 이 모든 혼란과 적응, 한숨과 홍분의 이유가 없었다. 게다가 여자는 그의 가족이 어떻게 지내는지 알고 있었다. 그녀의 좋은 친구 한 사람은 여전히 그의 좋은 친구로 남아 있었고 그녀에게 소식을 전해

주었다. 스파이가 아니라 친구처럼. 한때는 여자가 그들에 관해 알아야 했던 적도 있었다. 이제 그녀는 그 집 소식을 들을 때면 자기와는 별 상관 없다는 듯한 모습이었다.

그는 일어날 듯하다가 달리 옮겨 갈 곳이 없음을 알고 다시 앉았다. "여긴 별로 넓지 않군." 그가 말했다. 그것은 비난처럼 들렸고 그래서 그는 다시 얼굴을 붉혔다.

"넓을 필요 없어요." 이제 이 말이 비난처럼 들릴 수도 있다고 그녀는 생각했다. 그래서 그녀는 짜증 섞인 몸짓을 했다. 일어나고 있는 일들이 너무 짜증스럽다는, 사소한 일로 조바심을 내는 나이 든 사람의 몸짓이었다. "내 말은 그게 아니고……." 여자는 조심스레 외쳤다. "내 말은, 나는 공간이 별로 필요하지 않다는 거예요. 이제 아이들도 다 컸으니. 낸시와 마틴 방이 더 이상 필요 없잖아요!"

갑자기 그는 피곤해 보였다. 여자는 이유를 알았다. 지금 그가 사는 집은 크고 방이 많아 그 안에서 이리저리 걸어다닐 수 있었다. 그러나 어느 집이나 그렇긴 하지만 그 집은 늘 수리를 해야 했다. 네 명의 아이와 그 친구들로 북적거렸고 늘 사람들이 살고 있는 가정집이기 때문에 쉽게 헐었다. 그 집은 사람들과 소음, 음악, 전화 울리는 소리, 커다란 목소리, 특히 로즈의 목소리와 노랫소리, 개 짖는 소리, 현관 벨소리, 청소기 소리로 요동쳤다. 가정생활. 제일 큰 아이가 열다섯 살이고 막내가 아홉 살. 제임스 앞에는 애들을 교육시키기 위해 상당히 많은 돈을 벌어야 하는 십여 년, 또는 그보다 훨씬 더 긴 시간이 놓여 있었다. 그는 기업의 고문이었다. 그가 원하던 일은 아니었다. 재혼을 하게 되어 많은 돈이 필요하자 그는 자신이 즐기던 항공 산업과 보트 분야의 전자 기술 전문가라는 직업을 포기하고 그 일을 택했다.

그가 지금 하고 있는 모든 것─그가 어디에 그리고 어떻게 살고 있는가─은 그가 모든 면에서 그녀와 정반대인 로즈와 사랑에 빠져 그녀를 떠났기 때문에 그렇게 된 것이었다. 지금처럼 모든 것이 몇 년이고 계속될 것이고 그래야만 했다. 그는 쉰세 살이었다. 그는 로즈를 부양하며 늙어갈 것이다. 그것이 그가 선택한 길이었다. '선택'이라는 단어를 사용할 수 있다면 말이다.

여자는 그보다 두 살 위였다.

여자가 말했다. "난 올해 은퇴하기로 했어요. 그들은 내가 계속 남아 있기를 원하지만 난 그렇지 않아요."

그러자 그는 순간, 입 밖으로 나오지 않은 거센 말들, 비난은 아닐지라도, 집요한 질문들로 꽉 찼다. 그녀에게 그 석유 회사의 좋은 자리를 주선해 준 것은 그였다. 여자의 상관은 그의 친구였으며 그를 위해 여자는 지난 몇 년간 일해 왔다. 여자가 개인 비서보다 더 책임 있는 자리를 맡아달라는 압력을 받아왔다는 것을 그는 알고 있었다. 그들은 그녀에게 여러 종류의 더 좋은 자리를 제안했었다. 그러나 그녀는 야심 때문에 자신의 삶을 회사에 침몰시키고 싶지 않았었다. 그녀는 자신의 삶이 더 흥미 있다는 것을 알게 되었고 그것을 지키고자 조심했다. 그러나 여자가 그 제안들을 받아들였더라면 돈은 훨씬 넉넉했을 것이다. 여자는 물론 자신이 일개 비서로서 만족하는 것에 대해 제임스가 비판적이었다는 것을 알고 있었다. 이는 돈과는 별개의 일이었다.

여자가 말했다. "난 이제 큰 돈이 필요하지 않아요. 나는 원하는 대로 살 수 있어요."

"운 좋은 사라." 그가 돌연 감정적으로 말했다.

"그래요, 나도 그렇게 생각해요."

"전혀 다른 길이 없었소. 난 로즈에게 갈 수밖에 없었소." 갑자기 그가 말했다. 그에게는 예기치 못했던 일이었을 것이다. 그러나 그녀는 그가 이 말을 하기 위해 왔다는 것을 알고 있었다. 그는 이 말을 해야만 했던 거다! 변명하기 위해서, 애원하기 위해서가 아니었다. 그는 첫 아내인 그녀가 인정해야만 하는 절대적이고도 피할 수 없는 무엇을 설명해야 했던 거다. 그는 타당성을 인정받고 싶었다. 그녀로부터!

"그래요, 알아요." 여자는 공정한 어조로 말했다.

"그것은 마치……." 그는 머뭇거렸다. 배려 때문이 아니라, 그녀 또는 자신을 보호하고 싶어서가 아니라, 아직까지 남아 있는 놀라움 때문이었다. 그의 얼굴은 자신이 기억하고 있는 바를 애써 이해하기 위해 일그러졌다. "난 이해할 수 없어." 그가 말했다. "난 그때도 이해하지 못했어. 한번도 못했어. 난 그 여자에게 특별한 감정은 없었다고까지 말할 수 있어." 로즈에 대한 불성실 또는 핑계로 이 말을 받아들여서는 안 된다고, 그는 눈으로 말하고 있었다.

"알고 있어요." 여자가 다시 말했다.

"왜냐하면…… 그러나 난 단지 그래야만…… 마치 무엇

에 휩쓸려 가는 것 같았어…….”

 여자는 이제 그만하면 충분하다는 듯 날카롭고 짜증스러운 듯한 손짓을 했다. 그러나 그는 보지 않았다. 아니, 보았더라도 무시하기로 작정했다.

 “사라, 한번이라도 생각해 본 적이 있어? ……우리는 너무도 닮아서, 우리 둘은…….”

 여자는 고개를 끄덕였다.

 그의 눈에 눈물이 가득 고였다. 혼돈 때문이었다.

 “하나의 극단에서 또 다른 극단으로.” 그가 말했다. “우리는 서로 아무것도 설명할 필요가 없었지, 안 그래? 우리는 언제나 서로를 이해했어……. 그러나 그녀와 있으면, 마치 낯선 나라에서 길을 잘못 든 것 같아. 나는 그 나라 말을 모르는데 말이야.” 침묵. “그 빛과 어두움.” 그가 말했다. 침묵. “지금 후회한다고 말하고 있는 게 아냐. 어쩔 수 없었던 일을 후회할 수는 없어. 후회를 하면 그건 시간 낭비야.”

 “물론 그렇죠.” 여자가 동의했다.

 이제 그는 일어나 여자 앞에 두 손을 늘어뜨리고 섰다. 그러나 그 손은 긴장하고 있었고 어떤 일이라도 할 준비가 되어 있다는 듯한 모습을 띠고 있었다. 포옹? 그러나 그는 대신 창가로 갔다. 그 푸른 정방형 창문으로 이제 금색과 황갈색 그림자를 띤 탐스럽고 귀여운 흰 구름이 보였다. 그는 어지럽혀진 뒤뜰을 지나 구름을 보았다.

 “사라, 당신은 뭘 하려고 하오?”

 “여행하고 싶어요.”

"당신은 늘 여행을 했지. 내가 당신 소식을 들을 때마다 어딘가 다른 곳에 있었어." 그는 짧게 웃으며 말했는데 그 웃음은 그가 부러움을 억눌렀다는 것을 뜻했다.

"그래, 나는 운이 좋았어요. 훌륭한 직업이었죠. 당신 덕분이었어요. 그러나 나이 든 여자들은 어디로 떠나지 못해 안달이라죠. 내가 그래요."

"여자들만 그런 게 아니오." 그가 말했다. 그러나 그는 "당신, 낸시와 마틴을 보러 갈 거요?"라는 말로 불평을 막아버린다.

"잠깐."

그는 이유를 묻는 듯했다.

"우리 식구가 화목하다고 말하지는 않겠어요." 여자의 말에 그는 다시 얼굴을 붉혔다.

"아, 내 생각에 우리 식구는 사이가 좋은 것 같아. 로즈가 그 일은 잘해. 그러니까 가족을 이루는 것 말야."

이 말에 그녀는 분노에 휩싸이는 듯했다. 그녀에게 아이들을 혼자 키운 세월이 어떠했는지를 그가 전혀 이해하지 못했다는 것을 알았다. 그는 결코 이해하지 못할 것이다. 여자는 미소를 지은 채 계속 침묵을 지켰다. 그러나 그가 이해하지 못했다는 것 때문에 이제 그녀는 그에게 거리감을 느꼈다.

"어쨌건, 그렇게 나쁜 사이도 아니었잖소." 그가 말했다. "그 애들은 그 많은 곳들로 당신과 함께 옮겨 다니면서 많은 것을 보았고 여러 학교에 다니면서 어디든지 적응했으니까."

"세계의 시민." 그녀가 건조하게 말했다. "그렇죠, 확실히."

그는 자기 말의 요점을 강조하며 이 말을 이어받을 수도 있었다. 그래야 했다. 그러나 여자가 "나는 우선 이곳에서 도보 여행을 시작할 거예요. 이 나라에서 먼저. 내 말은, 정말로 긴 여행을, 한 여름 내내……."라는 말로 막았다.

"아, 그래." 그가 힘차게 말했다. "그보다 더 좋은 것은 없소."

"그리고 나는 걸어서 프랑스, 독일, 아, 유럽 어느 곳이든지 갈 거예요. 노르웨이도……."

"아, 그래." 그는 마치 그때 그 자리에서 출발할 준비가 되어 있는 듯 안절부절 발을 움직이며 말했다.

로즈는 걷는 것을 좋아하지 않았다.

"온 세상을 돌아서." 여자가 말했다. "안 될 거 있나요?" 그리고 여자는 웃었다. 그 생각에 들떠서 여자의 몸 전체가, 그녀의 얼굴이 살아났다. 새처럼 자유롭게 출발하리라……. 아니, 그 말은 틀렸다. 새들은 인간만큼 자유롭지 않았다. 그들은 온갖 종류의 조직과 힘에 복종해야 한다. 그러나 인생의 속성을 보건대 인간은 이런저런 일들이 일어나기 전의 짧고 소중한 시간 동안만 자유로운지 모른다. 자유롭게 걷고 멈추고 친구들을 사귀고 방황하고 생각을 바꾸고 원한다면 하루종일 산기슭에 앉아 구름을 바라보고……. 여자는 실제로 거기 그가 서서 그녀를 주시하며 미소 짓고 있다는 것을 잊어버렸다.

"사라." 그가 낮고 친밀하게, 무모함 때문에 스릴 있는 목소리로 말했다. "우리 둘이 이번 여름에 다시 어딘가로 곧 떠납시다⋯⋯."

두 사람은 마치 자기들의 얼굴이 한 베개 위에 나란히 있는 듯 서로에게 미소 지었다. 그때 여자는 자신의 한숨 소리를 들었다. 그리고 그에게서 기운이 빠져나가는 것을 보았다.

"왜 안 돼, 사라?" 그가 재촉했다.

이는 올리브가 그 여자에게 해준 말이 사실임을 뜻했다. 로즈는 딴 남자와 바람이 났고 그래서 그는 지조를 지켜야 한다고 느끼지 않았다.

"당신 말은, 로즈가 신경 쓰지 않을 거라는 뜻이죠?"

로즈가 얼마나 신경 쓸 것인지, 그녀가 이를 어떻게 나타낼 것인지에 대한 생각은 분명 그의 무릎 뒤를 치는 일격과 같았다. 그는 갑자기 주저앉더니 그녀, 사라가 아니라 구름을 응시했다. 구름은 이제 꿀 색을 띤 돌에서 조각되어 나온 듯이 보였다.

"아니면, 그 여자한테 말 안 할 건가요?" 여자가 집요하게 물었다.

그녀와 함께 도보 여행을 떠나버리자는 것은 충동이었다. 여기 오기 전에는 생각조차 해보지 않았었다. 아니, 심각하게 생각하지 않았었다. 그러나 로즈가 그를 놓아주지 않았다면 그는 아마 여기 올 만큼 자유로움을 느끼지도 않았을 것이다. 받은 대로 주는 거지⋯⋯. 그러니까, 그는 그런 식으로 생각할 것이었다.

심각하게, 풀이 죽은 채, 그러나 회피한다는 비난을 면하기 위해 여자를 똑바로 보며 그가 말했다. "난 로즈에게 말해야 할 거요. 어쨌거나 알게 될 거니까. 그녀는 알게 될 거요."

"그래요, 알게 될 거예요."

"그런데 왜 안 돼, 사라? 대체 왜 안 돼? 좋은…… 부양자가 되는 것에도 한계가 있어야 해."

그가 뭘 말하려고 했는지 여자는 알지 못했다. 좋은 남편? 좋은 아버지?

여자는 이렇게 생각하고 있었다. 로즈하고 살면서 머리가 둔해졌군요. 로즈가 원하는 것이 이런 것들이죠. 즉 당신의 케이크를 먹으면서도 아무 일도 없는 척하는 거죠.

"이봐요, 우리 둘이 왜 스코틀랜드에 못 가는 거지? 사라, 당신은 모두 다 기억하지?"

그들은 결혼하기 직전인 1958년, 삼 주 동안 스코틀랜드를 도보로 여행했었다.

"다음 달이면 갈 수 있어." 그가 다그쳤다. "나에게 삼 주 시간이 있어."

사라는 히스가 뒤덮인 산기슭을 걸어 올라가던 두 사람을 기억하며 눈을 감았다.

"사라." 여자는 거칠게 꾸짖는 소리를 들었다. "당신 생각을 얼마나 많이 했는데. 내 삶에는 정말로 무서운 간극이 있어. 몇 년 동안이나 그랬어."

여자는 여전히 눈을 감은 채 메마르게 말했다. "일부다처! 당신이 원하는 거군요!" 그러나 여자는 미소를 짓고 있었다. 어쩔 수 없었다.

"그래, 그래." 그가 외쳤다. 그러고는 성큼성큼 그녀에게 왔다. "그래, 그렇다면, 그래."

불 옆 작은 안락의자에는 짝이 되는 의자가 붙어 있지 않았다. 그래서 그는 긴 팔을 내밀어 의자를 끌어와서 그녀 옆에 바짝 앉았다. 그는 팔로 여자를 안았다.

"사라." 그가 자기 뺨을 여자의 뺨에 대며 낮게 속삭였다. "사라." 그는 그들의 뺨이 눈물에 젖어 붙어 있는 동안 계속 말했다.

돌연 그 작은 방은 눈부시게 빛났다. 창유리에 와 닿는 햇살이 그들의 머리 바로 위 거울에 반사되었고 그것은 마름모꼴 모양의 색색의 빛살들을 벽 위로 투사했다. 반짝이는 작은 연못에 앉아 있는 것 같았다.

여자는 그에게서 몸을 빼내며 일어나 창문 위로 커튼을 닫았다. 커튼은 흰색이었고 홑겹이었다. 이제 밋밋한 벽에는 흰 그림자가 드리워져 있었고 진한 오렌지색의 커다란 장방형 무늬가 생겼다. 이 장방형의 한 귀퉁이가 들리면서 오렌지색 돛단배가 방 안을 달리더니 가라앉았다. 잠시 후면 햇빛은 더 이상 커튼 뒤로 쏟아지지 않을 것이고 벽 전체는 밋밋한 흰색으로 가라앉을 것이다.

그들의 기분은 상당히 달라졌다.

여자는 감히 그의 곁으로 다시 가서 앉을 수 없었다. 그렇게 하면, 그녀는, 그녀는…… 침몰할 것이었다.

그는 모든 것을 물들이고 있는 따뜻한 오렌지색 빛 속에서 그녀를 응시하고 있었다.

"사라?" 그는 마치 미로 속에서 그녀를 찾고 있는 듯 물었다.

그는 일어서며 말했다. "다시 말하는데, 왜 안 돼, 사라? 왜 안 되는지, 합리적인 이유가 하나도 없어! 난 당신이 내 삶 속에 있길 원해! 당신이 필요해! 난 당신 없이는 살 수가 없어."

그는 여자에게 와서 몸을 굽혀 뺨을 그녀의 뺨에 대고 부드럽게 비볐다. 그것은 애인이 아닌 남편의 권리 주장이었다.

그러고 나서 그는 떠났다. 여자는 그가 층계를 뛰어 내려가는 소리를 들었다.

방 안은 어두워지고 있었다. 커튼 뒤의 빛은 약해져서 거친 섬유의 결은 더 이상 드러나지 않았다. 플라타너스 나무 속의 새들이 경고하듯 맹렬하게 지저귀는 소리는 붙임성 있는 낮 동안의 재잘거림과는 다르다. 그것은 저녁의 소리였다. 빛은 갑자기 커튼에서 사라졌다. 벽은 이제 완전히 흰색이었다.

여자는 꽃병 옆 의자에 앉았다. 여자는 꽃들을 비판적으로 바라보았다. 뻣뻣하고 어색한 못생긴 벚꽃과 산만하게 되는 대로 갓 피어난 봄 라일락을 담기에는 항아리의 둥근 생김새가 너무 말쑥하고 자만에 차 있었다. 여자는 항아리를 자기 뒤쪽 마루로 옮겨놓고는 생각을 해보려고 애썼다.

여자는 들끓는 감정의 소용돌이 속에 있었는데 그 와중에서 한 가지 자신에게 필요한 것을 찾아냈다. 탈출하는 것. 실은, 도망치는 것. 달려, 달려, 이 방에서 이 빌딩에서, 런던에서, 그래, 영국에서 도망쳐. 여자는 이제 의자에서 일어나 갇힌 새처럼 빠르고 어색하게 방 안을 서성거렸다. 그러나 도대체 이게 다 뭔가? 여자가 제임스로부터 도망가야 한다는 것, 그것인가? 그러나 그들의 이번 만남에는 위협적인 것이라고는 없었다. 그 반대였다. 왜냐하면 이제까지 그들의 만남에 따르던, 심지어 전화에도 따르던 분노와 죄의식과 당혹한 비참함이 마술처럼 사라진 듯했기 때문이다. 오늘 제임스와의 만남은 서로 사랑하는 사람들의 달콤한 놀라움과 깨달음으로 가득 찬 첫 만남 같았다. 그러나 그녀는 심장이 두근거리고 위장은 아팠으며 불안에 휩싸이고 있었다.

여자는 억지로 다시 자리에 앉아 정신을 차리고 자신의 상황을 생각해 보는 나이 든 여자의 자세를 취했고 그에 맞도록 팔다리를 모았다. 여자는 신경을 곤두세운 채 전화가 울리기를, 그것도 불쾌하게 울리기를 기대하듯 그것을 쳐다보는 자신을 보았다.

제임스가 곧바로 집으로 갔다면 그리고 로즈가 집에 있었다면, 그가 금방 말하지 않았다 해도—그렇게 하기가 더 쉬운데—그의 분위기가 그녀를 긴장시킬 것이었다. "방금 사라하고 이야기를 하고 왔어. 아니, 걱정 마. 그냥 충동적으로 잠깐 들렀던 거니까. 그게 전부야, 더 이상 다른 건 없어." 그가 그렇게 말하는 것을 여자는 분명히 들을 수 있었다.

그 집은 쉽게 위기에 휩싸일 것이었다. 로즈는 이미 지금 제일 친한 친구에게 전화를 하고 있을 것이었다. 그녀는 절친한 만남과 활기 있는 대화로 가득한 격렬하고 극적인 관계를 한번에 한 사람과 맺고 있었다. 그러다가 싸움을 하면 전에 친했던 다른 친구에게 말할 것이다. "혹시 그 여자를 만날 수도 있다면 난 거기 안 가요!" 로즈는 바로 그 순간에 상대가 누구든지 이렇게 말하고 있을지도 몰랐다. "맙소사, 이봐요, 무슨 일이 일어났는지 알아요? 내 남편을 잃어버릴지도 몰라요. 그래요. 그는 자기 전처를 만나기 시작했어요. 그래요, 사라 말예요! 제발, 난 말을 해야겠어요, 급해요. 안 돼요, 그건 취소하세요! 당장 오세요, 제발……."

하루에 몇 번씩 있는 밀담 중 첫 번째 밀담을 기다리는 동안, 로즈는 카드를 늘어놓고 점괘를 살펴가며 점쟁이와 약속을 할 것이다. 그 점쟁이는 무한한 심리적 통찰력을 가지고 있어서 로즈의 삶뿐만 아니라 사라의 삶에 대해서도 알고 있었다. 그는 사라가 로즈에게 위협적인 존재가 아니라고 말했다. 그러나 사라처럼 생긴 부류, 즉 희고 아름다운 여자는 검고 매혹적인 여자, 로즈의 반대편에 서서 과거에도 그랬고 앞으로도 언제나 위협이 될 것이었다.

로즈는 호리호리한 금발의 매혹적인 소녀에 대한 공포 속에서 살았다. 친한 친구가 도착했을 무렵에는 이미 대여섯 사람의 입을 통해서 운명은 이미 선포되었을 것이었다. 또는 적어도 상당히 결정적인 지침들이 제시되었을 것이다. 그 두 여자가 만난 뒤에 온갖 일들이 일어나기 시작할 것이었다. 먼저, 사라의 전화가 울리기 시작할 것이다. 그 여자가 들어본 적도 없는 사람이 말할 것이다. "당신에게

폐를 끼쳐서 미안해요. 그러나 당신이 날 도울 수 있을 거라고 믿어요. 제임스가 그랬어요. 맨체스터에 관해 뭘 좀 말해 주실 수 있겠어요? 그는 당신이 거기 있었다고 하던데. 거기 집도 있었지요? 학교는 어때요?"

그렇다. 제임스는 이런 전화가 올 것임을 알고 있을 것이었다. 로즈가 경쾌하고 확신에 차서 용감하게 웃으며 제임스에게 도전적으로 말할 것이기 때문이다. "제임스, 사라가 도움이 되는 말을 해줄 수 있을 거예요. 그녀는 맨체스터에 관해 다 알고 있으니까!" 온갖 종류의 전화와 사건, 그 모든 것은 다 합리적이다. 그리고 표면에는 세련된 선의라는 본질이 있다. 제임스가 오늘 오후 그녀를 보러 온 것도 같은 맥락에서 이해될 수 있다. 그 표면에는…….

로즈의 또 다른 제일 친한 친구에게서 온 전화들. 여학생들처럼 그녀에게는 제일 친한 친구들뿐이었다. "사라, 나를 기억해요? 우리 틸링 씨 집에서 만났지요, 기억하세요? 당신이 제임스와 웨일즈로 떠난다고 들었는데? 당신들이 스완시 근처로 갈 예정이면, 내 옛 친구를 찾아가 주시겠어요? 남편이 죽은 후 너무 외로워하고 있거든요. 그녀는 당신 두 사람을 기꺼이 자기 집에서 묵게 해줄 거예요. 당신들이 그렇게 해주면 정말 좋을 텐데."

곧 로즈 자신이 전화할 것이다. 단순하게 말로 나타낼 수 없는 것들을 암시하는 그 생기 찬 낮은 목소리. "사라, 로즈예요! 그래요, 로즈! 난 오랫동안 정말 당신을 알고 싶었어요……. 우리가 만나 진심으로 이야기할 수 있을 거라고 생각하세요? 난 모든 것을 제임스와 의논했어요. 그는 좋다고 했어요. 차 한 잔 주시겠어요? 난 당신 아파트를 보고 싶어요. 제임스가 아주 예쁘다고 했어요. 아, 난 혼자 아파트에 살고 싶어요. 자유롭게 살기 위해. 그리고 나 자신이 되기 위해. 당신, 이해하세요?"

로즈에게서 계속 전화가 올 것이었다. 우연하게, 불쑥, 모욕적으로. "사라, 제임스 거기 있어요? 없어요? 거기 있는 줄 알았는데……. 아, 내가 잘못 알았어요. 그가 들르면 나한테 전화하라고 하세요. 급한 일이 있어서요. 그가 처리해야 하거든요."

이 모든 일이 진행되는 동안, 로즈는 문자 그대로 모든 사람에게 말할 것이었다. "결혼에 위기가 왔다고 말하자니 정말 속상해요. 제임스하고 나하고 둘이 해결하려고 애쓰고 있어요. 우리는 정말 행복했으니까. 결국에는 잘될 거라고 확신해요."

그녀는 다른 남자와의 연애를 포기할 것이다. 몇 번이고 만난 뒤에 울면서 말할 것이다. "내 소중한 사랑, 난 선택해야 해, 쉽지가 않아……. 아이들……."

사람들은 실제로 그들이 이혼할 것이라 생각하고 있을 것이었다. 그것은 로즈의 네 번째 결혼이었다. 그 여자의 이야기인즉 이랬다. 적어도 확인할 수 있는 데까지는. 왜냐하면 그 여자의 이야기는 듣는 사람에 따라 달라졌기 때문이다. 그녀는 전후 유럽의 비참함을 견뎌내고 살아남았다. 배고픔과 추위 그리고 죽음의 위협을 이미 겪고서. 어떤 이야기에 의하면 그녀의 어머니는 포로 수용소에서 죽었고 또 다른 이야기로는 어머니가 애인을 따라가느라고 로즈를 버렸다고 했다. 무척 예뻤던 로즈는 점령군이었던 미국인과 결혼했다. 그녀는 그를 열렬히 사랑했으니까. 그녀를 비난하지는 않았지만 어떤 사람들은 그녀가 이 남자의 첩이었다는 사실을 알고 있었다. 먹고 살기 위해 새로온 군대에 자신을 종속시켜야 했으니까.

그 다음 그녀는 또 다른 미국인과 결혼했다. 첫 번째보다 훨씬 나은 위치에 있게 되었다. 그러나 그녀는 미국을 증오하기 때문에 세계 석유 산업의 거물인 영국 사람과 결혼했다고 했다. 그는 그녀를, 이국적이고 영악한 이 고아를 숭배했지만 오래가지는 않았다. 그녀와 결혼하지 말았어야 했다고, 그냥 첩으로 데리고 살걸 그랬다고 그가 말했다고 전해진다. 그녀는 절대 아내가 될 수 없었을 것이었다. 그것은 마치 아름답고 버릇없는, 집에서 훈련될 수 없는 치타와 같은 애완 동물을 집 안에 두는 것과 같았다. 그들의 결혼 생활은 삼 년 동안 계속되었다.

로즈는 점쟁이의 충고를 심각하게 받아들였다. 그녀는 어느새 서른을 훨씬 넘어서고 있었다. 제임스와 결혼한 뒤 그녀는 진실한 아내, 좋은 아내였다. 집 안의 안락함을 위해, 맛있는 식사를 위해 애썼으며 좋은 아이들을 차례로 낳았다. 이런 것들은 모두 강력한 정신의 힘을 나타내는 증거였다. 그녀가 '열두어 번'의 낙태 수술과 유산을 한 것을 모두 알고 있기 때문이었다. 임신을 할 때마다, 출산 때마다 그 일들은 제임스, 산파, 의사, 병원, 친구, 이웃의 관심뿐만 아니라 로즈에 관해 별로 들어본 적도 없는 사람들의 관심조차 불러일으켰다. 그것은 매우 주목할 만한 유례없는 일임에 틀림없었다.

사라는 이 모든 극적인 일들을 싫어하고 혐오했다. 무엇보다 제임스가 그 모든 것을 허용할 수 있다는 것을 믿기 어려워하면서 관찰하고 있었다. 사람들은 순전히 육체적인 고통 또는 어떤 종류의 고통이든지 그것에 관해 수선을 떨지 않는다. 말을 안 하고 윗입술을 꽉 다물고 체념하고 버티며…… 참는다. 로즈 때문에 사라는 이런 신조를, 이 영국식 신조를 검토하지 않을 수 없었으나 이런 것이 전혀 잘못되지 않았으며 이 모든 생소하고 과장된 연기 속에는 미덕이 없다는 결론을 내렸다. 그리고 로즈의 경우 이 과장된 연기들은 항상 거짓과 계산으로 얽혀 있었고 너무도 파행적이어서 때로는 몇 년이 지난 뒤에야 그 당시 실제로 일어나고 있던 일들을 이해할 수 있었다.

로즈는 차 마시러 오겠다고 말해 놓고는 곧 전화를 해서 이런 식으로 말할 것이었다. "사라! 나예요, 로즈예요! 저녁 식사하러 안 오시겠어요? 생각도 안 해보고 안 오겠다고 하지 마세요. 왜 안 오세요, 사라? 우리는 공동의 친구들이 많잖아요. 제임스는 물론이고. 나쁜 뜻으로 그 말 한 거 아니에요. 정말이에요. 사라, 날 믿어요……."

여자는 그 집 넓은 식탁 둘레에 앉아 있는 대여섯 명의 손님 중에서 자신을 볼 수 있었다. 제임스가 한쪽 끝에 로즈는 그 맞은편 끝에 앉아 있고 아이들은 그녀의 두 아이가 그랬던 것처럼 어른들을 눈여겨보고 있을 것이었다. 이 끔찍하고 잔인한 필연을 향해 공손하게 심지어는 존경하는

흙구덩이 **221**

태도를 가지고. 그러나 긴장된 눈으로 서로를 바라보며, 크게 겁먹은 미소를 지으며. 그들은 재빨리 식사를 끝내고 양해를 구한 뒤 식탁을 떠나 자기들 방으로 가 앉아 두려워하며, 성이 나서, 그러나 두렵기 때문에 경멸이 가득한 큰 소리로 아래층에서 벌어지고 있는 그 위험한 상황에 대해 이야기할 것이다. "우리 아버지의 첫 번째 부인이 저녁 먹으러 왔어……. 사라 말이야. 너 사라 몰라? 그 여자가 여기 저녁 먹으러 왔어. 내가 너희 집에 가도 돼?" 그들은 전화로 친구에게 그렇게 말할 것이었다.

모두에게 만족스러운 교양 있고 세련된 가족 식사가 끝난 뒤, 제임스는 곧 이렇게 말할 것이다. 로즈가 자신을 난처하게 만들 때마다 짓는, 그 화를 내면서도 감탄하는 웃음을 지으며. "사라, 로즈는 우리가 프랑스로 떠날 때 큰 아이 둘을 데려가야 한다고 생각해요. 그 애들은 아주 잘 걸어요. 나는 작년에 그 애들을 레이크 디스트릭에 데리고 갔어요. 당신, 괜찮겠어요?"

여자는 괜찮다고 말할 것이었다. 아마 그녀는 괜찮을 것이다. 그때쯤 그녀는 그 집 아이들과 아주 좋은 친구가 되어 있을 것이며 요새 아이들에게 필요한 봉헌물과 선물을 고르느라고 시간을 많이 쓸 것이다. 로즈는 그녀가 두 번째 엄마가 되는 것을 막을 것이고 그래서 그녀는 아이들에게 좋은 아줌마가 될 것이다. 그녀는 제임스에게 말할 것이다. "샘과 베티를 데리고 온 것은 정말 잘한 일이에요. 다른 애들도 같이 올 수 있을 만큼 나이가 먹었으면 얼마나 좋았겠어요. 그러나 내년에는 올 수 있겠지요. 난 물론 그 애들이 오는 것도 괜찮아요. 왜 안 그렇겠어요?"

그런 생각을 하면서도 여자는 심장이 뛰고 손바닥은 땀 때문에 가려웠다. 그녀는 다시 방 주위를 서성거렸다. 창문을 뛰어넘어 거리로 나가 어디로든지 도망칠 준비를 하는 듯했다.

그 여자가 가지고 있는 엄청난 힘이란! 언제나!

그 힘은 이기심에 뿌리를 둔, 어리석음에서 나오는 비양심적인 힘이었다. 로즈에게는 인간으로서 이것 또는 저것을 해서는 안 된다는 생각이 결코 들지 않았다. (그러나 물론 수용소에서 보낸 어린 시절의 문제가 있었다. 이는 로즈를 결코 상식적인 수준에서 판단하지 말아야 한다는 뜻인가?) 사라가 고통스러웠을 때, 로즈에 대해 너무 골똘히 생각할 때, 그녀는 언제나 이 질문에 부딪혔다. 마치 로즈와 세상을 갈라놓고 있는 유리 벽을 향해 질주하듯. "그러나 인간은 그럴 수 없어요, 모르겠어요?"라고 로즈에게 말하는 것은, "그건 점잖은 짓이 아니에요!"라고 말하는 것은 있을 수 없었다. 경쟁자에게 자신이 이런저런 말을 쉽게 할 수 있는 상상 속에서조차 그랬다.

그러나…… 어리석음이란? 그것이 어리석음이라면, 그렇다면 로즈에게 모든 것을 가져다준 것은 어리석음이었다. 사라의 남편. 네 아이. 커다란 집. 떠돌이로 살다가 얻은 안정된 삶. 그녀의 필요에 발목 잡힌 남자. 어리석음! 아니, 그것은 사라가 한번도 들어가 보지 못한 인간 존재의 어떤 차원에서 나오는 힘이자 권력이었다. 로즈에게 가버리는 제임스를 바라볼 때 그녀는 원시의 법칙에 조종되는 마법의 숲으로 끌려가는 그를 보는 듯한 느낌이 들었다. 여자는 그가 그 자신의 최상의 자아에서 떠나가고 있다고 느꼈었다.

그러나 아이들이 있었다. 그녀는 지나간 몇 년 동안 몇 번이고 자신에게 말했다. "사라, 아이가 넷이 있어. 사라, 네 아이가 있어. 그 사실을 명심해." 한 아이가 태어날 때마다 미지의 것을 가지고 온다. 인류의 먼 과거에 뿌리를 두고 미래를 향해 뻗어 있는 가능성과 기회들을 가지고 온다. 제임스는 마녀를 따라 마법의 숲으로 들어가 버렸는지 몰랐다. 그러나 거기서 그는 그에게 위탁된, 각각의 운명으로 채워진 네 개의 꾸러미를 발견했던 거다.

여자는 로즈가 제임스의 억압된 여성성, 즉 제임스의 외면적 자아가 가장 절실하게 필요로 하는 특징들로 가득 찬 큰 꾸러미를 나타낸다고 생각했다. 여자는 거기에 논쟁의 여지가 없음을 알았다.

로즈가 제임스의 아니마, 즉 그의 억압된 여성성이라고 말한 것은 로즈의 점쟁이였다. 이에 상응하는 사라의 남성은 어디 있는가? 사라는 제임스가 떠난 뒤 사귀었던 두 남자에 대해 자주 생각했지만 그들은 적합하지 않았다. 또 이미 잘못된 행동을 경계할 만큼 민감해진 사춘기의 자녀들을 기르며 연애하기란 쉽지 않았다. 일자리가 있고, 그 것을 지키기 위해 여기저기의 도시 또는 나라로 이사를 다녀야 하고, 늘 아이들과 그들의 욕구, 학기, 휴일, 아파트, 집, 여행을 기술적으로 관리해야 하므로 쉽지 않았다. 이 모든 문제들 때문에 제한을 받고 신경을 써야 했지만 두 번의 연애는 그만하면 유쾌했다. 그리고 정말이지 지금도 머릿속에 있는 그들을 생각할 때마다 그녀의 얼굴에는 풍요하고 기분 좋은 미소가 떠오르곤 했다. 그러나 그들은 그들 자신일 뿐 다른 어떤 것을 대변한다고는 볼 수 없었다.

아니, 그녀가 피할 수 없는 존재, 그녀의 또 다른 자아를 구현하는 남자는 제임스라고 그녀는 믿었다. 그러나 심리적인 등식 어딘가에 불균형이 있는 듯했다. 그녀는 자주 자신이 가지고 있는 최상의 본능들을 침묵시킬, 어둡고 극적이고 힘 있는 거짓말쟁이 남자를 자주 떠올려보려 애썼다. 그러나 결국에는 이런 힘은 여성만 가지고 있다는 결론을 내렸었다. (그녀는 페미니스트였으므로 이런 결론을 좋아하지 않았다.) 여자는 로즈의 특성을 가진 남자를 상상할 수가 없었다. 그런 남자를 만난 적도 없고 그런 남자에 관해 읽은 적도 없었다. 로즈와 같은 특징을 가진 남자는 변태이거나 범죄자일 것이었다.

그러나 로즈는 변태도 범죄자도 아니었다. 그녀는 단지 여성일 뿐이었다. 모든 여자가 본능적으로 첫눈에 알아보는 특정한 부류의 여자. 그리고 모든 남자가 매혹되거나 불편해하고 싫어하면서도 즉시 반응해야만 하는 여자. 어떤 남자도 로즈에게 절대 무관심하지 않았다.

로즈는 그저 방 안으로 걸어 들어가기만 하면 되었다…….

그 여자와 제임스가 결혼 생활을 한 지 십 년, 행복한 십 년이 되었을 때──제임스는 공정하게, 점잖게, 명예롭게 항상 이 점을 강조했다──두 사람은 함께 파티에 갔다. 아기 보는 사람과 문제가 좀 있어서 그들은 늦게 도착했다.

방 한가운데 남녀 한 쌍이. 피부가 검고 극적으로 보이는 여자와 매우 젊은 남자가 서 있었다. 그는 사실 소년, 루퍼트 브룩[1]처럼 보이는 시적인 소년이었다. 그 여자는 그를 홀리고 있었다. 그는 그녀에게 사로잡혀 있었다. 여자는 키가 크고 늘씬했다. 그러나 그녀는 주황색 바탕에 은색으로 수놓인 사리를 입고 있었으므로 그 휘감은 숄 아래로 이를 알아보기는 어려웠다. 여자의 어깨와 등으로 검게 빛나는 머리가 굽슬거리며 길게 늘어져 있었다. 머리 한 가닥이 가녀린 갈색 팔 위에 늘어져 있었다. 이 유혹적인 머리칼은, 사라의 즉각적이고 냉소적인 관찰에 따르면, 팔꿈치를 들면 생기는 부드럽고 강한 커브 때문에 거기 미끄럽고 반짝이는 피부 위에 머물 수 있었다. 로즈는 아름답지는 않았지만 모두들 그녀를, 그리고 그녀의 깊고 검은 두 눈에 사로잡혀 꼼짝도 못하는 그 가련한 젊은이를 쳐다보았다.

사라는 젊은이가 이런 식으로 이용당하고 있는 것에 분개했다. 로즈는 자기를 응시하고 있는 남자들에 대한 자신의 영향력을 판단하면서 그들에게 교활하고 빠른 시선을 보내고 있었고 여자들에게는 공모의 시선을 보내고 있었다. 그러나 바로 그 때문에 로즈를 미워하고 있는 여자들은 시선에 응하지 않았으며 로즈는 이를 결코 이해하지 못할 것이었다. "이 가련하고 멍청이 같은 남자를 내가 얼마큼 바보로 만들고 있는지 보세요." 로즈는 거기 있는 모든

---

1) Rupert Brooke(1887-1915). 영국 시인.

여자들이 이렇게 함께 느끼기를 바랐다. 사라는 자신의 느낌에 제임스도 공감하기를 기대하며 그를 바라보았지만 로즈를 바라보는 그의 표정은 젊은이와 같았다. 그는 착한 아내 사라가 최악의 상태에 있는 여성을 보고 수치심을 느끼고 있을 때 이미 로즈의 첫인상에 넋이 빠져 있었다. 그녀의 남편이 제정신, 자신의 선량한 감각을 잃고 있는 바로 그 순간에 사라는 생각하고 있었다. '그녀는 암컷이다. 그녀는 세상의 모든 점잖은 여성이 증오하는 근본적으로 시궁창 같은 암컷이다.'

그는 곧바로 로즈에게 걸어갔다. 사람들은 버려진 채 거기 서 있는 사라를 쳐다보았다. 사라는 버려진 것이었다. 그보다 더 적나라한 장면은 없었다. 제임스가 그의 자리를 자치하자 가련한 시인처럼 보이는 청년은 그 순간부터 잊혀진 채 한쪽으로 비틀거리며 가버렸다. 그리고 그렇게, 그렇게 간단하게 어쩔 도리 없이 사라는 로즈에게 남편을 빼앗겼던 거다. 집에 갈 때가 되어 그녀가 그의 팔을 건드렸고 그는 아내도 다른 누구도 쳐다보지 않은 채 세 시간 동안 함께 이야기했던 로즈로부터 떨어져 나왔다.

여자는 넋을 잃은 남자를 데리고 집으로 왔다. 그는 전과 다름없는 침대로 와서 잠들지 않은 채 누워 있었고 여자 또한 그가 한숨 쉬며 괴로워하는 것을 들으며 누워 있었다. 아침이 올 무렵, 벌써 방 안에 이른 빛이 들어오는 어느 순간, 그는 이렇게 말하는 것이었다. "그런데 사라, 대체 무슨 일이 일어난 거요? 난 이해할 수 없어. 내가 뭘 잘못했소?"

그 방 안에 있던 모든 사람들은 무슨 일이 일어났는지 알고 있었다. 바로 다음 날 그들 부부의 좋은 친구인 올리브가 사라에게 전화로 말했다. "잊어버려요. 당신이 할 수 있는 건 아무것도 없으니까. 그 일은 갈 데까지 가야만 할 거야."

그리고 '그 일'은 여전히 갈 데까지 가고 있는 중이었다. '그 일'은 그녀 또한 삼키려 하고 있었다.
"사라." 사라는 나이 든 사람들이 하듯 혼잣말을 했다. "사라, 사실 넌 도망갈 생각을 하고 있다는 걸 아니? 네가 좋아하는 이 아파트에서, 네가 사랑하는 이 도시로부터. 단지 로즈에게서 벗어나기 위해, ……로부터 멀어지기 위해?"
"아니, 이러지 마. 너 정말 과장하고 있어. 제임스가 제안하는 대로 한다고 생각해 봐. 그 이상도 그 이하도 아니고. 너는 그와 삼 주 동안 도보 여행을 떠날 거야. (그리고 지금 네가 상상하고 있는 것은 정사의 기쁨이 아니고 이야기하는 기쁨, 너를 완벽하게 이해하는 사람, 즉 너의 또 다른 자아와 이야기하는 기쁨이야.) 그리고 어디를 가든 상관없어. 스코틀랜드, 팀북투. 넌 물론 로즈에게 말해야 한다고 주장하지. 왜냐하면 그게 예의 바르고 올바른 거니까. 넌 그녀의 전화에 맞서지 않을 거야. 그저 공손하게만 답할 거야. 넌 또한 로즈가 다른 사람들을 통해 간접적으로 전화를 해도 받지 않을 거야. 모든 전화마다 로즈의 책략의 기미가 틀림없이 들어 있을 거야. 로즈의 식탁에 손님으로 앉지도 않을 거고 아이들의 친절한 아줌마가 되지도 않을 거야. 다시 말해 로즈의 삶, 모래성 같은 그녀 가족의 일부가 되지 않을 거야. 단지 제임스와 도보로 휴일을 보내러 떠날 거야. 그뿐이야! 모든 걸 간단명료하게 말하자면 말야."

사라는 곧은 등받이가 달린 작은 안락의자에 깊숙이 앉아 눈을 감았다. 뒤죽박죽이었다. 이런 식으로 생각하기 시작하는 것조차 이미 말려들었다는 것을 뜻했다.

"안 돼요." 여자는 제임스에게 말해야 할 것이었다. "아니, 안 돼, 안 돼요, 제임스. 말도 안 돼요. 당신은 그걸 알아야 해요." 그가 로즈와 함께 십오 년을 보내지 않았다면 즉시 이것을 알았을 것이다.

여자는 전화가 울리기도 전에 그것이 마치 폭발이라도 할 것처럼 응시하고 있었다.

조심스럽게 여자는 수화기를 들고 말했다. "네?"

아이의 목소리.

"사라 아줌마 계세요?" 어린 소녀가 숨찬 목소리로 말했다. (아마, 베티일 것이다. 그 목소리에는 이미 로즈의 뻔뻔스러움이 스며 있었다.)

"나야." 사라가 말했다.

"우리 아빠 거기 있어요?"

"아니." 사라가 말했다.

로즈가 시키는 대로 아이는 말했다. "고맙습니다." 그리고 전화는 끊어졌다.

사라는 어두운 방 전화기 옆에 서 있었고 옆에 달린 긴 창문에는 흐린 하늘을 배경으로 어두운 나뭇가지들이 비치고 있었다. 그녀는 벌써 마음이 약해지고 있었다. 제임스가 그녀에게 다시 돌아오면 어떨까 하는 생각을 막을 수 없었다. 아, 그녀를 떠나 로즈에게 갔을 때 그는 얼마나 많은 것을 함께 가지고 갔었는가! 그리고 지금 떠나지 않고 머무는 것은 얼마나 쉬운가.(도망가. 여자는 자신을 무섭게 꾸짖고 있었다.) 남아서 끝을 보기란 얼마나 쉬운가.

끝을? 어째서 끝을?

사라는 전등을 켰다. 그녀는 밤이 차단된 작고 환한 방 안에 있었다. 그녀는 세차게 숨을 쉬고 있었다. 어떤 종류의 에너지가 그녀라는 존재를 들쑤시고 있었다……. 조용히 있는 것이 힘이 들었고 그녀는 자신에게 너무 작은 방을 빙빙 돌았다. 그녀는 작은 거울 속에서 눈이 불안하고 입술이 떨리는, 비탄에 차 있는 흥분한 인간을 보았다. 그녀는 중얼거렸다. 이 여자, 사라, 그녀 자신.

여자는 중얼거리고 있었다. "저것은 내가 아냐. 저것은 그 여자야. 사라가 아니야. 로즈야."

그녀의 말은 무슨 뜻인가……. "그 말이 무슨 뜻인가?" 여자는 짜증이 나서 자신에게 물었다. "무슨 일이야?" 왜냐하면 여자는 자신을 변화시키는 강력한 실체와도 같은 어떤 깨달음을 보았으며 그것이 자신을 침범한다고 느꼈기 때문이다. "로즈, 그건 로즈야. 내가 아니고 로즈야." 여자는 입술 위에 남아 있는 이 말들에 주의를 기울였다.

여자는 전등불을 다시 끄고 끝 벽에 있는 창가에 섰다. 어지러운 정원이 어둠에 가려졌고 보이는 것이란 하늘을 배경으로 한 지붕뿐이었다.

여자는 눈을 감았다. 천천히 숨을 쉬었다. 그녀는 보고 있었다. (어떤 장면이 강렬하게 떠올랐다. 어떤 구덩이 또는 함정 위로 어린 소녀의 가냘픈 두 팔이 뻗어 오른다. 황금의 갈색 팔. 검은 머리의 고운 광택……. 그 아이의 손가락들은 위로 올라오더니 구덩이의 가장자리를 잡는다. 그러자 큰 장화들이 와서 짓밟는다. 두 팔은 아래로 떨어지더니 다시 위로 기어오른다. 강한 손가락들이 푸석푸석한 흙을 움켜쥔다. 그녀가 그걸 붙잡으려 하자 흙은 무너져 내린다. 그 가느다란 팔은 떨면서 거기 긴장한 채…….) 사라는 큰 장화들이 짓밟으러 오는 것을 보지 않으려 눈을 감았다.

어여쁜 어린 소녀들은 어떻게 그 모든 것에서 빠져나왔나……. 어떻게 그들은 살아남았나?

사라는 전쟁 때 어린아이였다. 전쟁이 진행되는 동안 그녀가 전쟁에 대해 했던 생각이란 전시의 필요에 의해 그녀에게 주어진 인습적인 것이었다. 그녀의 아버지는 공군이었다. 전쟁이 끝난 뒤 그녀의 부모는 폐허가 된 유럽에서 오는 피난민들을 돕는 일에 관여하고 있었다. 사라는 '그 모든 것'에 관해 알고 있었다. 그 모든 것에 관해 실제로는 모르는 상태이면서. 아직 어렸을 때 그녀는 자신에게 말했었다. "물론 그 모든 것이 어땠는지를 정말로 이해할 수는 없지, 영국 사람일 경우에 말이야. 다시 말해, 너의 일생이 안전했다면 말이야." (그 말에는 계속 자신의 삶은 안전할 것이라는 뜻이 포함되어 있었다.) '그 모든 것'은 일상적인 삶의 바깥에 있는 공포였고 그것에 집착하는 것은 무모한 짓이었다. 왜냐하면 그 상황에 있지 않았다면 결코 이해할 수 없을 것이기 때문이었다. 사라는 자기 내부의 문을 닫았다. 아니, 문을 열기를 거부했다. 그리고 그래, 그녀는 그렇게 하는 자신이 옳다고 믿었다. 자신을 공포 속에 뒹굴게 할 필요는 없으니까.

여자가 처음 로즈의 과거에 관해 들었을 때 그녀는 잘 듣고는 여전히 문을 닫아두었었다. 우선 그것을 믿지 않았다. 그래, 로즈가 거기 있었고 '그 모든 것'으로부터 탈출했다는 것은 알았다. 그러나 반드시 로즈가 말하는 방식으로는 아니었을 것이었다. 로즈는 거짓말쟁이였다. 그녀는 거짓말을 숨 쉬듯 했다. 로즈는 그런 사람들, 동쪽으로 가기 위해 오른쪽 길을 똑바로 걸어 올라간다고 말하면 자동적으로 그것을 '왼쪽으로, 서쪽으로 가는'으로 바꾸는 사람들 중의 하나였다.

로즈는 포로 수용소에 있었다. 그녀는 사람들에게 그렇게 말했다. 여러 사람들에게 말했다. 그녀의 어머니는 수용소에서 죽었다. 아버지는 전설적인 남미의 거부였고 아름다운 어머니와 굉장한 연애를 했었다. 그러나 그는 기혼자였고 아내에게 돌아갔다. 사실인가? 누가 알랴! (누가 상관하랴. 도덕적인 한계에 달하면 사라는 그렇게 덧붙이기도 했었다. 언제나 로즈는 너무했다!)

사라는 '그 모든 것'을 거쳐온 많은 사람들이 자신은 수용소에 있었다고 말한다는 것을 알았다. 그럴지도 몰랐다. 그러나 그 말들은 '그 모든 것'에 속하지 않았던 사람들은 접할 필요가 없는, 접할 수 없는 공포를 뜻했다. 이런 말들은 일종의 압축 언어였으며 수용소는 그 일부에 지나지 않았다. 수용소란 검은 구덩이였고 그 안으로 사람들이 내던져지고 떨어지고 사라졌다. 그 둘레에서 사람들은 스스로를 구하기 위해, 다른 사람들을 구하기 위해 외부 사람들은 상상할 수도 없는 방식으로 싸우고 투쟁했다. 로즈는 '그 모든 것'으로부터 살아남았다. 그녀의 이야기가 사실이 아니라 한들 어떤가?

그 여자는 탈출했다. 살아남았던 거다. 그것이면 족했다.

그 여자는 세 번, 그녀를 흠모하는 남자들의 귀여움을 받는, 어린애 같고 화를 잘 내는, 정부 같은 아내가 되었으며 그들은 그녀가 일상 생활에 적응하지 못한다고, 아내가 될 수 없다고 그녀를 버렸다.

그 여자는 이를 어떻게 받아들였는가? 그녀는 자신이 해야 한다고 믿을 수밖에 없었던 역할을 했었다. 그로 인해 그녀는 검은 구덩이에서 나와 탈출할 수 있었기 때문이다. 그러나 결국 그것은 적합하지 않았다. 그러자 그녀는 좋은 아내가 되기로 작정했다. 가족들이 모여 사는 집에서 시끌벅적한 아이들을 키우고 그들을 위해 빵을 만드는 그런 아내. 그러나 그렇게 되기 위해 그녀는 결정을 내려야 했었다. 제임스의 좋은 아내로서의 로즈는 하나의 조립물, 하나의 배역이었던 거다. 귀염받는 예쁜 어린아이 같은 정부가 하나의 배역이었던 것처럼.

로즈는 '그 모든 것'이 아닌, 안전하고 질서 잡힌 이 세상을 결코 이해한 적이 없었다. 그 여자는 이 세상을 움직이는 법칙들을 결코 파악할 수가 없었다. 그렇다, 그것들은 대개의 경우에는 불문율이었으며 물론 사라처럼 성장하는 과정에서 흡수하는 것이었다.

로즈는 그렇지 못했다.

사라는 눈을 감은 채 어두운 방 창가에 서 있었다. 사태를 바라보는 관점이 너무도 변해서 그녀는 거의 로즈가 되었다. 그녀는 로즈와 같이 느끼고 있었다. 그녀가 느낀 것은 공포였다. (사라는 이제 뼛속 깊이 알게 되었다.) 로즈가 숨 쉬는 공기는 두려움이었다. 그 여자는 튼튼해 보이지만 떨어져버릴 손잡이를 붙들려고 쉴 새 없이 손을 뻗는 사람 같았다. 안전을 위해 결혼했던 세 명의 남편은 그녀의 손 안에서 무너져버렸고 그녀는 필사적으로 마음먹고 제임스를 발견했던 거다.

그리고 이제 제임스, 이 결혼도 허물어지고 있었다.

로즈가 지금 하고 있는 연애는 공포의 또 다른 얼굴이었다. (시인처럼 보이는 또 다른 젊은 영국 남자와 로즈가 사귄다는 얘기를 사라는 들은 적이 있었다.) 중년의 로즈는 자신이 여전히 사람을 매료시킬 수 있다는 것을 스스로에게 확신시키려 애쓰고 있었다.

사라는 자신이 조금 전에 그려본 장면들을 마음속에서 재연하기 시작했다.

로즈, 미친 듯이, 필사적으로, 겁이 나서, 제정신이 아닌 채 '제일 친한 친구'에게 전화를 하고 있다. 지금쯤 그녀는 그 '제일 친한 친구'가 갑자기 친구가 아닌 것을 알게 될 것이다. 왜냐하면 그들이 감당하기에 로즈는 너무 지나치므로, 너무 넘치므로. "영국 사람들에게 나는 너무

활력이 넘치고 에너지가 많아!"그녀는 불평을 할 것이다. 그녀의 아름다운 검은 눈동자는 불가사의에 차서 내면으로 향할 것이다. 자신이 이번에는 무슨 일을 했는지 의아해 하면서. 당신은 또 거짓말을 하고 있었지, 사라가 로즈의 이미지에게 말했다. 그러나 로즈는 사라의 말뜻을 결코 이해하지 못할 것이었다. 로즈는 모든 것에 대해 완벽하게 숨 쉬듯이 거짓말을 했다. 그러나 그녀에게 거짓말은 단지 살아남기 위한 것이었고 자신을 지켜준 것이었고 자신의 어린 시절인 그 끔찍한 장소로부터 구해 준 것이었다. 로즈는 제임스 주위로 그물을 쳤고 그는 이것을 절대 이해하지 못할 것이었다. 그녀가 그를 결코 이해할 수 없었던 것과 마찬가지로.

로즈는 일상적인 예의와 상식과 정직을 결코 이해하지 못할 것이었다. '그 모든 것'의 일부였던 사람들은 이런 도덕들을 배우지 않았다.

그 여자는 그물과 덫을 짜며 두려움에 미치려고 하면서 자신이 알고 있는 모든 속임수를 쓰며 적수인 사라를 그녀에게로 그 집으로 그 가족에게로 그 다음…… 아이들과 그들의 친구들이 둘러앉은 커다란 가족 식탁으로 끌어들일 것이었다. 제임스, 때로는 그의 동료들이 식탁의 상석에, 그 여자 로즈는 끝 자리에. 올리브와…… 다른 사람들과…… 그리고 거기 식탁의 옆자리에 얌전하게 방문객처럼 아이들과 함께 앉아 있는 사라. 그녀의(로즈의) 남편과 그의 첫 아내, 그 두 명의 북구 출신들, 나이 든 바이킹의 후손들, 태양과 바람에 마른, 그러나 잘생기고 유머가 넘치며 신중한 그들. 눈앞의 장면에 대해 언급하지 않고 심지어 서로 시선조차 마주치지 않는 그들. 그들이 시선을 마주치는 것만으로도 로즈는 의심으로 미칠 지경이 될 것이다. 왜냐하면 그녀는 언제나 누구하고든 그 아름다운 눈으로 음모를 꾸미고 눈썹을 약간 올리며 어둡고 의미심장한 표정을 짓기 때문에. 이런 것들 없이 그녀는 자신을 지탱할 수 없었으니까. 그런 것들 없이는 일 대 일, 즉 '당신과 나'만을 강조하는 그녀의 분위기는 있을 수 없었다. ……그러나 거기 그들은, 그녀의 남편과 사라는, 침착하게 미소 지으며 로즈가 이해하지 않고 이해하지 못하는 세계 속에서 조용히 편안하게 있을 것이다. 그리고 이 모든 것을 로즈는 이해할 수 없을 것이다. 그 여자는 거기, 사람들이 간신히 살아남은 그 다른 장소에서 태어났기 때문이다.

 로즈는 제임스를 이용하면서 사라 주위에 그물을 치는 것 외에는 달리 아무것도 할 수 없었다. 그녀는 음모를 꾸미고 계획을 하고 계략을 짤 것이며 자신이 이해 못하는 세상을 위한 덫을 놓을 것이며 그것을 자신의 삶 속으로 가정으로 끌어당겨 식탁에 앉힐 것이었다.

 그리고 그 다음은?

 그리고 그 다음 그녀는 자살할 것이었다. 그녀로서는 달리 아무것도 할 수 있는 게 없었다. 그녀의 공포, 그녀의 두려움은 사라가 온순하고 착하게 그녀의 식탁에 앉아 있기 때문에 누그러들거나 풀어지는 것이 아니고 오히려 반대로 그녀 속에서 일어나 그녀를 죽일 것이었다.

 물론이었다!

명백했다!

처음부터 명백했고 그래서 사라 자신이 그토록 공포에 빠져 있었던 거다. 벗어나기 위해…… 멀리 떠나기 위해…… 이런 모든 일들이 하나도 일어나지 않도록 확실히 해두기 위해.

"로즈, 사라가 아닌." "그 여자, 내가 아닌." 여자는, 느리고 육중한 대낮 같은 자아보다 훨씬 더 똑똑한 그녀의 그 부분(우리 모두의 그 부분)으로부터 자신이 중얼거리는 소리를 들었다.

로즈는 오늘 밤 전화할 것이다. 어쩌면 또 다른 아이가 할 것이다. 또는 제임스가 로즈의 메시지를 전할 것이었다.

사라는 그저 전화를 받지 않을 것이다.

이윽고 여자는 전등을 켜고 서랍에서 편지 하나를 찾아 노르웨이에 있는 옛 친구 그레타에게 다이얼을 돌렸다. "그레타." 여자는 확실하게 말했다. "난 너의 초대를 받아들이고 싶어. 그러나 큰 부탁이 있어. 지금 당장 가고 싶어. 너의 집을 근거지로 해서, 그래, 여름 내내 오랫동안 도보 여행을 하려고 해. 그리고 아무도 내가 있는 곳을 몰랐으면 해. 난 제임스가 아는 것을 원치 않아. 로즈가 아는 것도 원하지 않아. 아무도 몰라야 해. 괜찮아? 그래 오슬로에서 너한테 전화할게."

그렇다, 이제 됐다.

여자는 필요한 옷들을 빠르게 챙기기 시작했다.

여자는 내일 부동산 업자에게 자기 집을 맡기고 즉시 공항으로 갈 것이었다.

이제 오늘 밤 외출하여 식당에서 저녁을 먹고 늦게까지 집에 오지 않을 것이다. 그리고 전화를 받지 않을 것이다. 전화가 울리고 있었고 그것을 피해 여자는 층계를 뛰어 내려갔다.

늙은 여자 둘과 젊은 여자 하나

 그 레스토랑은 출판업자와 중개인, 그들이 접대하는 작가들이 드나드는 곳이다. 그 레스토랑에 대해 특별히 언급할 것은 없다. 그러나 음식이 모두 괜찮은 두 군데의 레스토랑 중에서 왜 한 레스토랑이 더 인기 있는지는 설명되어야 할 것이다. 실내장식이 너무 재미있기 때문일 수도 있다. 동시에 그곳은 풍요로운 곳이 되려고 애를 썼다. 그곳은 늘 만원이었다.
 정오. 사람들이 점심을 먹으러 들어오고 있었다. 연한 연두색 담쟁이덩굴이 쏟아지는 곳 옆으로 사람들이 좋아하는 테이블에 늙은 여자 둘이 앉아 있었다. 그들은 세련되게 그러나 야단스럽게 치장하고 있었다. 스카프와 목걸이와 귀걸이로. 여배우들인가? 저 속눈썹과 눈 화장에는 자신들을 풍자하겠다는 뜻이 배어 있는가?
 그들은 대각선으로 마주 앉아 있었다. 테이블은 3인용이었다. 그들은 아페리티프[1]를 사양했으나 손님들이 계속 들어오자 셰리를 주문했다.

"아주 드라이한 걸로." 한 여자가 웨이터에게 말했다. 목소리가 떨리는 걸로 보아 여자는 보기보다 나이가 더 들었나 보다.

"아주 드라이한 걸로." 또 한 여자가 한 옥타브 낮은 소리로 말했다. 한때는 섹시하게 들렸을 그 목소리는 지금은 낮은 까마귀 소리처럼 들린다.

"좋지요." 웨이터가 말했다. 그는 미소를 띤 채 잠시 머뭇거렸다. 생기 있는 프랑스 청년이었다.

"우리가 날짜를 잘못 알았나?" 한 사람이 말했다.

"확실히 오늘이야." 다른 이가 말했다.

그리고 이제 그들을 초대한 사람, 젊어 보이는 남자가 걱정스러울 정도로 당황하여 거의 뛰다시피 그들에게 왔다. "정말 죄송합니다." 그는 거의 울려고 하면서 급히 와서 사과하느라고 흐트러진, 소년처럼 깎은 머리를 손으로 쓸어 넘겼다. 그가 앉으면서 "샴페인, 늘 마시는 것으로."라고 말하자 아까 그 웨이터가 고개를 끄덕였다.

"이런." 한 늙은 여자가 말했다. "우리가 너무 환대를 받는군." 그녀는 더 예쁜 듯한 유쾌한 노인이었다. 젊었을 때 그녀는 애교 있고, 장밋빛 혈색에 푸른 눈, 금발 머리였을 것이다. 지금도 그녀는 숱이 많고 멋지게 굽슬거리는 은발 머리를 노년의 메리 여왕이 즐겨했던 것과 같은 투구

---

1) 식사 전 반주.

모양으로 빗고 있었다.

"정말 그렇군." 다른 여자가 낮은 목소리로 말했다. 검은 눈에 검은 머리였을 그 여자도 물론 상당한 미인이었을 것이다. 지금은 엷은 금발 머리를 검정 비로드 리본으로 묶어 쪽을 졌다.

자매인가?

"당신들 때문에 늦었어요. 변명은 안 되겠지만." 손님을 초대한 그가 말했다. 그러고는 손을 내밀어 방금 채워진 샴페인 잔을 잡더니 예의에 어긋나지 않을 만큼만 기다려 다른 두 잔에 거품이 차자마자 첫잔을 다 비웠다. 웨이터는 즉시 잔을 다시 채웠다. 두 여자는 그를 응시하며 아주 짧게 서로 시선을 교환했다.

"모두 해결되었어요." 출판인이 말했다. "계약은 두 건이고 둘 다 같은 조건입니다. 두 분께서 그 책에 동일 분량을 쓰는 것으로 간주되는 겁니다."

"아, 잘됐군." 은발이 말했다. "그래, 그럼 합의가 됐군. 아주 기뻐요." 여자는 단숨에 다시 샴페인을 마신 뒤 그를 보며 부드럽게 미소 지었다.

"물론." 금발이 쉰 목소리로 말했다. "난 당신이 해결할 거라고 확신했어요." 그녀도 잔을 비웠다.

"참 좋군." 은발이 말했다. "점심에 샴페인을 마시는 것이." 그녀의 목소리는 이미 아까보다 떨리고 있었다. 그 목소리는 더 낮아지며 회상에 잠긴 듯 다정해졌다.

"참 좋군." 금발이 말했다. "잘생긴 젊은 남자와 샴페인을 마신다는 것이."

"아, 왜 이러세요." 그는 놀라서 황급히 말했다. 그는 기분이 몹시 상했다. 그의 이름은 윌리엄이었다. 나를 윌리엄이라고 부르세요. 그러나 그는 두 여자에게 그렇게 말하지는 않을 것이다. 그들은 어떤 식으로든지 그것을 이용할 것이 분명했다.

두 여자는 그를 유심히 살피고 있었고 그는 이들이 자기를 범한다고 느꼈다. 그들은 자기들과 그 사이에 한 세기 반의 세월이 있다고 주장할 것이다. 그는 한순간 공포를 느끼며 중얼거렸다.

그는 두 늙은 여자를 샴페인 잔 너머로 응시하며 앉아 있었다. 그는 이들을 만난 적이 없었다. 전화로만 이야기했을 뿐이었고 그런 이야기들을 한 결과, 그는 계약의 각 조항들을 개인적으로는 간과했었다. 그는 예상하지 못했었다……. 그렇다, 그는 충격을 받았다. 그는 세속적인 이 두 할멈을 다루는 법 같은 것을 배운 적은 한번도 없었다. 그들은 지금 모두 샴페인 두어 모금에 취해 버렸다.

"이봐요." 은발이 말했다. "우리가 이 사람을 놀라게 했군." 그녀는 보기 좋은 그러나 나이 때문에 얼룩진, 반지들을 잔뜩 낀 손을 그의 팔뚝에 얹었다.

"우리한테 신경 쓰지 말아요." 그에게는 매우 괴상하고 심술궂게 보이는 태도로 금발이 말했다. "그런데 좀 취하는 것 같아."

그러는 동안 내내 웨이터는 이 모든 것을 지켜보고 있었다. 그는 잔 세 개를 채웠다.

"우리 둘 다 혼자 살아요." 은발이 그에게 설명했다.

"아, 난 당신들이 함께 산다고 생각했어요……. 왜 그런 생각을 했는지는 모르겠어요…….”
"우리는 자매처럼 살 수도 있지만, 아직은 아니에요."
"우리는 아직은 그보다 좋은 것을 기대하고 있어요." 금발이 말하고는 조롱하듯 웃었다. 무엇을 조롱하는지는 알 수 없었다.
"난 혼자 우리 아기와 살아요." 은발이 말했다. 그 여자 이름은 패니 윈터홈이었다.
"나도 우리 아기와 살아요. 우리는 둘 다 우리 아기들을 사랑하죠." 금발, 케이트 비슬리가 말했다.
그들은 과부였다. 삼십 년 동안 연극계의 중개인으로 활동했었고 '모든 사람들'을 알고 있었고 유명 무명의 무수한 좋은 배우들을 대변했고 지금은 자신들의 회상록을 쓰고 있었다. 그 책은 위대한 사람들의 일화 때문에 물론 어느 정도 팔릴 것이었다. 어떤 일화들은 정곡을 찌를 것이었다. "그러나 결코 악의적이지는 않을 거예요. 당신에게 약속하지요." 패니는 전화로 그에게 단언했다. 또한 연극계의 과거와 현재에 대한 전문적인 견해를 다루는 항목도 있었다. 그들보다 더 많이 아는 사람은 아무도 없다고 그는 확언을 받았었다.
그 젊은 (젊어 보이는) 출판인은 어제 아주 우연히 유명 배우에게서 그 두 여자가 미인이었다고 들었다. 그는 그 배우에게 책의 '판촉'을 도와달라고 부탁했었다.
그는 그들을 차례로 바라보며 앉아 있었다.
"케이트는 미얀마 고양이를, 난 샴 고양이를 기르지요."

패니가 말했다. 그러면서 그녀는 허공에 대고 보이지 않는 고양이를 향해 립스틱 칠한 입술로 키스를 보냈다.

"주문하는 게 좋겠어요." 그가 확실하게 말했다.

그는 먹는 것에 관심이 있고 그들은 그렇지 않은 것이 분명했다. 웨이터가 가까이 와서 남은 샴페인을 세 개의 잔에 채우자 그가 말했다. "한 병 더." 그는 자기가 정신이 홀렸기 때문에 그랬다고 확신했다.

"좋아요." 패니가 한숨을 쉬었다. "샴페인은 얼마든지 마실 수 있어요."

"하루 중에서 이맘때면 그래요." 케이트가 말했다.

"아, 기차를 타려면 우린 서로 부축해야겠네."

"혹시 이 잘생긴 남성이 우리를 그곳까지 데려다 주지 않을까?"

"기꺼이 그러고 싶지만 늦으면 안 되는 약속이 있어서요."

"아, 그럼 당신에게 너무 큰 기대를 해서는 안 되겠군요." 패니가 말했다. 진주 귀걸이가 달린 왼쪽 귀 위의 예쁜 은장식을 또닥거릴 때 그녀의 반지들이 빛났다. 반지 하나가 머리카락에 걸렸다. "이런." 그녀가 말했다. "꾸미지 말았어야 하는데." 그러고는 귀걸이를 떼어 테이블보 위에 놓고 다른 쪽도 떼고 나서 반지도 한두 개 뺐다.

"모두 당신을 위해서였죠." 케이트가 말했다. "그러나 우린 서툴러요." 그녀는 낮고 깊은 목소리로 그에게 설명하고 있었다. 패니가 가벼운 목소리로 설명하듯이. 그들의 음성······. 그는 미소를 지으면서, 전채니 참새우니 이런저런 것들을 맛있게 먹으며 그들의 음성을 이해하려 애쓰고 있었다.

"계약 조건에 대해서는 묻지도 않으시렵니까?" 그는 가볍게 그러나 불만 섞인 낮은 소리로 물었다.

"아, 당신이 잘했을 거라고 확신해요." 패니가 말했다. 그녀의 음성이 그의 등뼈를 간지럽혔다.

"그리고 당신은 우리에게 계약 조건을 써주었어요. 잊었어요?" 케이트가 말했다. 그녀의 음성이 내는 깊은 종소리는 패니의 울림과 짝을 이루었다.

빌어먹을. 그는 생각하고 있었다.

"또, 당신이 우리를 속일 것 같지는 않아요." 패니가 말했다. "우리는 그 분야에서는 우리 시대 최고의 중개인이었지요."

"그렇지요." 그가 말했다.

생선 위에 포크 끄트머리를 얹어두었던 두 사람은 포크를 내려놓고 동시에 잔을 잡았다.

"아, 좋구나." 홀짝거리며 패니가 말했다.

"정말 좋아." 케이트가 받았다.

그는 그들 너머 작은 아치를 통해 보이는 테이블을 바라보고 있었다. 거기 젊은 여성이 그를 향해 앉아 있었다. 그 여자는 뉴욕의 영향력 있는 출판업자를 대접하고 있었으며 그를 보고 있지는 않았다. 그가 거기 있는 것을 틀림없이 보았겠지만 말이다. 그 여자는 다들 잘 아는 모딜리아니 스타일로 꾸몄을 때 더욱 매력적이다. 그녀의 흰 목은 길고 육감적이었다. 검은 머리는 깨끗한 석탄처럼 빛났고 단발형 커트였다. 눈은 녹색이었고 풀빛 나는 녹색 점퍼를 입고 있었으며 흑옥 구슬 목걸이를 하고 있었다. 흰 피부에서는 짙은 동백 꽃잎 같은 윤기가 났다. 그 남자만 그 여자를 바라보는 것은 물론 아니었다. 그러나 그녀는 오로지 자기 맞은편에 앉아 있는 남자만을 바라보고, 그렇다, 그를 기쁘게 해주려고 결심한 애첩처럼 그에게 몰두하고 있었다. 그가 이 두 늙은…… 들에게 붙들려 있지만 않았더라면 이런 비교를 할 생각은 들지도 않았을 것이다. 그는 인정했다.

그 여자가 그를 계속 모른 체하자 그는 난처해질 각오를 하고 다시 의자에 기대 앉았다.

그들은 그의 마음이 다른 곳에 가 있는 것을 알아차렸고 그래서 호사하는 두 마리 잉꼬처럼 조용히 앉아 마시면서 오래전 일들, 행복했던 추억들을 생각하는 듯했다. 그들의 주름 진 입에 미소가 돌았고 눈은 샴페인에 젖어 있었다.

그는 식사의 메인 코스를 먹기 시작했다. 그들은 참을성 있게 그러나 무심하게 기다렸다. 그들은 메인 코스를 먹지 않겠다고 했었다. 생각을 바꾸라고 다시 권고를 받자 패니가 말했다. "푸딩, 난 푸딩이 먹고 싶어요. 난 지금은 단 것을 정말 좋아해요. 전에는 그런 적이 없지만."

"사랑스런 이에게 달콤한 것을." 케이트는 그를 위해 패니에게 아첨하는 듯했다. 그에게는 그런 생각이 떠오르지 않았기 때문이었다. 아니 어쩌면 그것은 그녀 자신의 과거에서 기억해 낸 순간이었나?

두 여자 모두 이제는 매우 취했고 케이트는 실제로 몸을 약간 흔들며 한 소절 또는 두 소절의 노래를 불안정하게 허밍으로 불렀다. 어떤 노래일까?

패니는 머리를 한쪽으로 기울이며 입술을 오므렸고 케이트는 승리감에 차서 말했다. "당신은 내 속에 있어요."

"그건 춤추기에 좋은 곡이지." 패니가 말했다. "당신, 춤출 줄 아세요?" 그녀는 늙고 달콤한 목소리로 그를 쓰다듬듯 물었다.

"아니, 요즘 사람들은 춤을 안 춰." 케이트가 말했다. "우리는 춤을 추었지. 요즘엔 안 그래. 정말 춤을 추지 않아. 그저 펄쩍거리지."

"못 춥니다." 그가 샴페인으로 자신을 무장하며 고백했다. "난 실제로 못하는……"

두 번째 병은 거의 비었다. 안 돼. 그는 세 번째 병을 주문하지는 않을 것이었다. 주문하면 그는 끝장이었다.

그는 맛도 모른 채 음식을 삼켰다.

그는 자신이 웨이터에게 필사적으로 고개를 끄덕였다는 것을 알았다. 웨이터는 이 기묘한 인간들을 다루는 법을 정확하게 알고 있는 것이 분명했다. 그는 미소를 지으며 우아하게 앞으로 나와 두 여자에게 주의 깊고 친절한 눈길을 보내며 자세하게 후식을 설명하기 시작했다. 그가 보석이나 난초를 설명하고 있다는 생각이 들 정도였다. 그의 태도는 음식에 대한, 그리고 물론 그들에 대한 아첨과 찬사로 가득 차 있었다. 그에게는 좋아하는 할머니가 있었나 보지? 그 세 사람은 실제로 노닥거리고 있었다! 아주 매력적인 공연이었다고 그 남자는 인정할 태세였다. 드디어 그들이 초콜릿 설탕 졸임과 생크림을 먹기로 결정하자 웨이터는 테이블보 위에 이렇게 예쁜 물건들을 늘어놓고 있는 것은 현명하지 못한 일이라고 말했다. 두 여자 모두 옆에 보석을 늘어놓고 있었던 거다. 그는 미소 지었다. 그들도 미소 지었고 둘 다 보석들을 핸드백 속에 쓸어 넣었다.

"내가 그것들을 가지고 도망가지 않을지 어떻게 아세요?" 웨이터가 후식을 가지러 가면서 웃으며 물었다.

"아, 그만둬요." 케이트가 그의 뒤에 대고 한숨 지었다.

"그는 멋쟁이야." 패니가 말했다. "잘생긴 젊은이들이 옛날보다 더 많다고 난 확신해."

"환상이야." 케이트가 말했다.

그들은 그를 잊어버린 듯 또는 포기한 듯했다. 그들은 그의 주위를 전혀 쳐다보지 않고 생각에 잠겨 앉아 있었기 때문이었다.

그들은 후식을 천천히 맛있게 조금씩 핥아먹었다. 그러나 아니었다. 이 공연은, 그를, 그들을 초대한 남자를 위한 것이 아니었다. 그는 그들을 매력적인 여성으로 보려고 애쓰며 앉아서 주시하고 있었다. 웨이터는 분명 그들을 그렇게 보고 있었다. 웨이터는 쉴 틈이 있으면 가까이 서서 미소 지으며 바라보고 있었다.

이 두 여자가 런던에서 가장 매력적인 여자들이었다고 지난주 어떤 감독이 말했었다.

매력적인. 매력적인 여자. 매력적인 여자들. 가장 매력적인.

샴페인은 이제 바닥이 났다.

두 사람 모두 요새는 커피를 마시지 않으며 브랜디는 너무 호사일 터였다. 그들은 기차를 타러 살살 걸어가며 아주 행복해할 것이었다.

그는 웨이터에게 돌아와 계산을 하겠다고 말하고 그들을 양팔에 한 사람씩 데리고 밖으로 나왔다. 그들과의 접촉에 그는 불안해졌는데 이유를 알고 싶지 않았다. 웨이터는 문을 열고 서 있었다. "안녕히, 안녕히 가십시오." 그는 말했다. "또 오십시오, 부인. 또 오십시오."

그리고 다시 일을 하기 시작하기 전에 그들을 바라보며 서 있었다. 그러고는 유감스러운 듯 체념한 듯 익살스럽도록 부드럽게 보일 듯 말 듯 어깨를 으쓱했다.

금방 택시가 왔다. 남자는 그들을 안에 태웠다. 두 사람 모두 약간 비틀거렸지만 자신들을 추스르고 있었다. 그가 작별의 미소를 보내려고 몸을 굽혔을 때 그는 그들이 실제로는 그들 스스로에게 말하고 있는 거라는 생각이 들었다. 그가 돌아서는 순간 그들은 서로 말할 것이었다. "그래, 우린 해냈어." 하나의 공연이 끝난 것이다. 그들은 그에게 손을 흔들고는—적어도 그에게는 형식적으로 보였다—곧 다시 자리에 앉아 그를 잊어버렸다.

그는 레스토랑으로 돌아왔다. 이제 그 모딜리아니 스타일의 여자는 혼자였다. 그는 그녀의 테이블에 앉았고 그러자 다른 동료도 합석했다. 그 세 사람은 같은 출판사의 다른 부서에서 일했다.

"세상에." 그녀가 말했다. "업무상 해야 하는 일들이라니." 그녀는 한 사람씩 차례로 그들의 시선을 놓치지 않으면서 상냥하게 미소를 보냈다. 그녀 앞에는 아르마냑 술병이 있었다. 그녀 역시 좀 취해 있었다. "점심에 술을 마셔야 하다니." 그녀가 불평했다.

그 옆 테이블에는 그들이 모두 아는 여자, 런던 주재의 미국인 중개인이 앉아 있었다. 그녀가 그들에게 인사하자 그들도 그녀에게 인사했다. 그리고 그 여자는 젊은 신인 작가들에 관해 물으면서 자신의 여행 이야기를 하기 시작했다. 그녀의 울리는 음성은 관심을 불러모았다. 그것은 전문직 미국 여성들의 음성이 흔히 그렇듯이 집요하고 한 치의 양보도 없는, 한마디 한마디를 모두 주장하는 그런 소리였다.

모딜리아니 그림 같은 여자가 그녀에게 대답했다. 그녀의 음성 역시 영국식으로 된, 그 미국인의 음성 같았다. 영국 어디 여학교에서 아마도 60년대 후반이나 70년대 초반의 어느 시기에 틀림없이 여교장 또는 최소한 여자 반장이었을 것이다. 그들은 매우 개성이 강하거나 우아했을 것이고 부자이거나 예뻤을 것이다. 어느 쪽이든 적어도 자신의 스타일을 모든 사람에게 강요하는 특징을 가지고 있었을 것이다. 그래서 반 전체가, 그러다가 학교 전체가, 그러다가 서너 군데의 학교가 그 여자를 부러워하게 되고 모방하게 되었을 것이다. 이런 음성은 도처에서 그 당시 전문직 여성들 사이에서 흔히 발견되는 것이다. 그 목소리는 약간 숨이 찬 고음이었다. 그런 목소리를 가진 여자들의 억눌린 부분, 가슴의 공동은 분명 아니고 머리 언저리의 소리도 아닌, 두 평방 인치도 안 되는 가슴 위쪽에서 나오는 소리였다. 아, 불쌍한 나. 그들은 불친절한 세상을 향해 속삭이며 호소한다. 그들이 사용할 수 있는 강점을 있는 대로 이용하는, 강하고 무자비한 이 젊은 여자들. 때로는 같은 레스토랑에 있는 두어 개의 테이블에서 이런 목소리가 들린다. 또는 이사회나 회의가 진행되는 홀 안의 다른 부서에서도 들린다. 그들은 전문적이고도 훌륭한 토론을 하며 거기 앉아 있다. 미국의 무법자, 영국 애교쟁이, 사랑에 빠진 여인, 매력적인 여인, 인형 같은 얼굴, 그들 부류의 완벽한 표본들. 하나는 집요하게 밀어붙이고 또 하나는 아름답고 긴 흰 목을 팽팽한 곡선을 그리면서 돌리며 애교 섞인 소리로 말하고 미소 짓는다. 비단결 같은 검은 머리가 뺨 위에서 흔들린다.

두 남자는 주시하며 들었다.

그때 그들의 여자, 그들의 동료가 다시 그들에게 관심을 돌렸다. "난 오늘 오후에는 땡땡이를 칠 거예요. 사무실에 안 가겠어요." 거의 속삭이는 듯한 그녀의 커다란 에메랄드 빛 눈은 어둠을 보는 어린 소녀의 눈처럼 커졌다. "난 집에 가서 우리 아기에게 먹이를 주고 싶어요. 나 새 친구가 생겼어요. 강아지예요. 너무 귀여워요."

웨이터가 늙은 여자들을 초대했던 남자에게 계산서를 가져왔다. 그는 금액을 확인한 뒤 사인했다.

그 미녀에게는 그녀의 계산서가 왔다. 그녀는 재빠르고 냉정하게 검토한 뒤 사인했다. 속삭이며 속마음을 여는 것과는 천리 만리 떨어진 태도였다. 동료들은 그 모습에서 그녀가 일할 때 얼마나 빈틈이 없는지를 떠올렸다. 이윽고 그녀는 다시 어리광 피우듯 말했다. "내 삶은 변했어요. 빌과 헤어졌을 때는……." 빌은 그녀가 최근에 이혼한 남편이었다. "있잖아요, 난 영원히 완벽하게 끝이라고 생각했어요. 그러나 이제 난 내 사랑, 내 아기를 갖게 되었어요. 난 다시 사랑에 빠졌어요. 그는 내 침대에서 자요. 난 그를 못 오게 하지만요. 나는 그에게 방바닥에 작은 둥지를 만들어주었어요. 커다란 장난감 곰 같아요. 그러나 그는 그걸 원하지 않아요……." 그녀는 그들을 사로잡으며 미소 지었다.

　세 사람 모두 사무실로 돌아가야 했다. 반 시간 전에 이곳을 떠났어야 했고 적어도 지금은 떠나야 했지만, 거기 그녀가 그들을 붙잡고 있었다. "난 그를 데리고 나가요. 출근하기 전 매일 아침 내 아기를 공원에 데리고 가요. 그래요, 진짜 아기처럼 훈련시키는 거지요. 그리고 나서 집에 데리고 오면 나 없는 동안 갖고 놀 작은 것들을 주지요. 푸른 잎사귀나 나뭇가지를 갖고 놀기를 좋아해요. 아, 정말 예뻐요. 풀밭을 뛰어 노는 아기 사자 같아요……."

　그들은 계속 앉아 있었다. 그 여자가 자리를 파하고 일어날 때까지, 그들을 떠날 때까지 앉아 있을 것이었다.

　그러나 그들이 일어나서 그녀를 떠날 수 없다면, 그녀 또한 그들을 계속 유혹하지 않을 수 없는 듯하다.

진실

맨 처음 세바스천에게 전화한 것은 조디였다. 대화는 이런 식으로 진행되었다. "세바스천? 세바스천이세요? 난 조디예요, 조디! 내가 누군지, 당신, 모르시겠어요?"
말없음. "아뇨, 알 것 같아요. 헨리의 새로운……."
"새롭지는 않은데요?"
말없음. "아." 말없음.
"당신이 나에 대해 들은 게 언제지요?"
"아…… 사실 지금 들었어요."
그 말의 효과는 전화선 저쪽에서는 폭발적인 듯했지만, 소리 없는 폭발이었다. "당신 나에 대해 지금 막 들었다고요? 하지만…… 세상에, 난 지금 이 년 넘게 헨리와 사귀고 있어요."
"그 사실에 놀랐다고 말해야겠군요."
"그래요? 아무도 당신에게 말 안 했어요? 안젤라도 말

안 했어요?"
　말없음. "예……. 여보세요……. 난, 아니……. 난…… 미안해요……."
　"나한테 너무 영국식으로 대하실 건 없어요. 내가 바라는 건 그뿐이에요."
　"당신이 원하는 게 뭔데요?"
　"그렇게 묻는 게 더 좋아요." 미국인의 음성이었다. (당연했다. 그 여자는 미국인이었으니까.) 크고 집요한 그 음성에는 눈물 또는 웃음이 스며 있다. "난 그저 이야기하고 싶었어요. 그게 전부예요. 전화 끊지 말아요."
　"끊을 마음 없었어요."
　"난 헨리와 결혼하려 해요. 그리고 당신은 안젤라와 결혼하겠죠. 난 확신해요. 우습지만 내 생각에는 우리가 간단한 대화를 나눌 수 있는 유대는 그것만으로도 충분해요."
　"여보세요." 그는 상대편이 자신의 인내가 한계에 이르렀다는 것을 알도록 내버려둔 채 다시 말을 시작했다. "난 당신이 원하는 건 무슨 말이든지 할 용의가 있어요. 그러나 당신이 날 놀라게 한 건 사실이에요."
　"안젤라가 내 얘길 한 적이 없다는 소린가요?"
　"없어요. 헨리도 말한 적 없어요."
　"헨리! 당신이 헨리를 만난단 말인가요?"
　"그래요, 가끔. 교양인들답게. 뭐, 그렇지요."
　"나한테 교양이란 단어, 꺼내지 마세요." 여자는 격렬하게 말했다. "미안해요. 그러나 이미 그 말을 해버렸네요."

"좋아요. 원하시는 대로. 그러나 사실인즉 헨리하고 나는 알다시피 만나서 이런저런 이야기를 나누죠."

"그러나 나에 대해서는 말한 적이 없군요."

"없어요. 말한 적 없어요."

"기가 막혀서. 단지…… 난 그저 그렇다는 것을 믿을 수가 없어서 그래요. 그게 다예요."

그는 사과하듯 말했다. "이것 보세요. 얘기가 나온 적이 없어요."

"아, 그럴 이유가 없겠지요! 난 헨리와 결혼하려는 여자일 뿐이니까. 그뿐이지요."

침묵. "그런데…… 조디…… 조디?"

"조디. 이름이죠. 메리와 같은."

"또는 세바스천 같은." 그가 작게 화해하려는 듯 웃으며 말했다. "이봐요, 조디, 모르겠어요? 우리는 그런 얘긴 하지 않아요. 당신도 헨리와 있을 때 내 얘기 안 하잖아요? 당신들은 더 좋은 얘깃거리가 있을 테니까요!"

"그래요. 그렇지만 당신들은 정말 만난 지 얼마 안 된 사이지요, 그렇죠? 최근에 만난 거지요?"

"아뇨. 난 안젤라를 만난 지 삼 년 됐어요."

"삼 년이라." 그녀는 충격을 받은 듯 보이려고 하면서 말했다.

"거의 그래요. 그래, 헨리가 당신한테 내 말을 전혀 안 했어요?"

"안젤라의 새 남자라고 말했지요."

"아! 아 그래요, 그래서요? 그것이 요점은 아니겠고? 난

진실 255

안젤라와 그녀의 전 남편의 애정 생활을 논하기 위해 시간을 보낼 생각은 없소."
 "당신이 거기 있는 줄 알았으면 난 오래전에 당신에게 전화했을 거예요."
 "언제든지." 그가 말했다.
 "아니, 아니." 여자가 말했다. "안 돼요……. 그런 어조는 안 돼요. 그런 영국적인 어조. 그걸 들으면 나는……."
 "당신은 권총을 잡게 되나요?"
 "권총이 있으면, 그래요. 난 묵살당하지 않을 거예요."
 돌연한 분노. 자신의 이성을 너무 믿는 남자의 분노. "이건 너무하군." 그가 폭발했다. "당신, 말하고 싶으면, 말해요. 그러나 난 누구의 또는 다른 사람의 대타로 여기 앉아 있는 게 아니오."
 "아, 맙소사." 여자가 갑자기 울부짖었다. "미안해요, 정말 미안해요. 그럴 생각은 아니었는데……. 난 당신에게 말하고 싶었어요. 그래야만 했어요. 난 그냥 알아야만 했어요……. 아니, 당신이 옳아요. 미안해요. 끊을게요, 세바스천."
 그는 혼자였다. 밤 11시였고 잘 준비가 되어 있었다. 그 대신 그는 스카치를 한 잔 따랐다. 그 시간에 늘상 그러는 것은 아니었다. 그는 마치 텔레비전이 돌연 정보를 제공할지도 모른다는 듯 텅 빈 화면을 응시하며 앉아 있었다. 그는 생각보다 훨씬 더 동요되었다.
 두세 달 뒤 그가 그녀에게 먼저 전화를 했다.
 "조디? 세바스천이에요."

"안녕하세요, 세바스천." 그는 그녀가 일부러 무뚝뚝하게 말한다고 확신했다.
"내 전화에 기분 나빠하지 마요." 그가 조심스럽게 말했다. "전에 당신이 나한테 전화한 것이 생각나서요."
"내가 그랬지요."
"저, 이렇게 됐어요. 헨리가 당신에게 전화해서 말해 달라고 부탁했어요. 그는 안젤라와 함께 코니의 학교 연극을 보러 갔다고요. 그가 당신에게 연락하려 했는데 안 됐대요. 이번 주말 그는 당신을 만날 수 없게 됐어요." 침묵. "그러니까 그는 그 연극에 관해 잊고 있었던 거죠. 코니, 당신도 알지요, 그 아이."
그녀는 조심스럽게 숨죽인 음성으로 한마디 한마디에 귀를 기울이며 힘들게 말했다. "당신 말은, 헨리, 내 애인이 그의 전처 애인인 당신에게 그가 나를 못 만난다고 전화해 달라고 부탁했다는 건가요?"
"그런 말이지요. 그래요."
흐느낌, 저주, 기도일 수도 있는 소리.
"아." 그가 말했다. "어쩔 수 없잖아요."
"미안해요. 그러나 당신은 어쩌다가 헨리의 메시지를 전달하는 위치에 있게 된 거지요?"
"지난 밤에 난 헨리와 안젤라와 같이 있었어요. 그렇게 된 거지요."
"셋이서?"
"아니, 사실은 넷이서. 내 아내, 그러니까, 나의 전처 올가도 거기 있었어요."

"이봐요." 그 여자가 애써 가라앉힌 음성으로 말했다. "난 모두 웃긴다고 생각해요. 미안하지만."

"나도 유감이오. 그런데 뭐가 웃겨요?"

"헨리는 날 야만인이라고 하지요. 그는 그렇게 말해요. 난 이 모든 상냥하고 밝은 태도가 맘에 들지 않아요. 자연스럽지가 않아요. 건강하지도 않아요. 그리고 어리석어요. 그런 태도는 우리 모두에게 고통일 뿐이에요."

"그건 하나의 관점일 뿐이지요, 말하자면."

"맙소사, 모든 것을 무의미하게 만들어버리는 이런 장난스런 태도가 난 정말 싫어요."

"모든 진실을 말이지요?"

"바로 말했어요. 그래요. 정확하게 그래요. 모든 진실을요."

"그리고 당신은 사람들이 이혼한 뒤에 사이좋게 지내야 한다고 생각하지 않지요?"

"일단 이혼 수속이 끝나면 다시는 그를 보고 싶지 않다고 난 말했어요. 그리고 난 그를 본 적 없어요. 내 전 남편. 마르쿠스."

"아."

"비열한 자."

"그런데 당신들에게는 아이가 하나 있는 줄 알았는데."

"있어요."

"그러나 당신들은 절대 안 만나고요."

"안 만나요."

"아."

"당신에게도 아, 라고 말하고 싶어요. 아. 할 말은 전달됐고. 그리고 고마워요." 여자는 전화를 끊었다.

그는 웃으려 했지만 어느새 술 한 잔을 다시 따르고 있었다.

몇 달 뒤 여자가 그에게 전화했다. "헨리와 안젤라의 별장에서 멋진 주말을 보내기 위해 당신과 내가 간다는 게, 이게 무슨 소리예요?"

"그런 말이 있었어요."

"그래서 세바스천, 당신은 뭐랬어요?"

"난 시기상조라고 말했어요."

"시기상조라고." 여자는 비명을 질렀다. "이봐요, 아니, 잠깐만…… 난 우리가 만나야 한다고 생각해요. 당신하고 나하고만요. 나는 말을 해야겠어요."

"무엇에 관해서요?"

여자는 웃었다. 그는 용기를 얻었다. 그것은 진짜 웃음이었다. 그게 더 낫지, 그는 생각하고 있었다.

"난 실질적인 것들에 관해 말하고 싶은 게 아녜요. 아이들을 어디에 두고 누가 무엇을 위해 돈을 내고, 하는 것들이 아녜요. 다른 게 있어요……. 정확히 어떻게 표현해야 할지 모르겠어요." 그는 그녀에게 도움이 될 만한 어떤 말도 하지 않았고 그래서 상당히 긴 침묵이 있었다. 그러자 여자는 합리적으로 물었다. "자신이 어떤 것, 그러니까 손에 잡을 수 없는 어떤 것에 대항하고 있다는 생각이 든 적이 없나요?"

"어떤 종류의 일에?"

"그 두 사람과 관련된 거요. 헨리와 안젤라." 그는 여전히 그녀의 말을 거들지 않았고 그래서 여자는 어렵게 말을 계속했다. "내 말은, 부적절하다는 것. 그게 내가 느끼는 거예요. 난 어울리지 않아요."

"아, 그거요." 그가 손잡이를 내밀듯 말했다. "물론 부적절하지요. 그러나 부적절하다고 느끼지 않는 사람이 어디 있나요?"

"제발 관둬요. 그러지 마요."

"무엇을요?"

"그냥 없던 걸로 해요."

"누가 뭐랬나요!"

"물론 안 그랬지요. 당신네들은 절대 그러지 않아요, 안 그래요?"

"우리라면, 영국 사람들 말이오?"

"그래요, 바로 그래요. 정확하게."

"그러나 내가 알기로는 당신은 영국인과 결혼했었다면서요?"

"그랬었죠. 그리고 난 또 다른 영국인 헨리와 결혼이 약속된 상태지요. 마르쿠스. 그 다음 헨리. 실패를 감추는 훌륭한 교육인 셈이지."

"우리 영국인들은 당신 기호에 정말 맞지 않는다는 소리로 들리는데."

여자는 웃었다. "우리 둘이 만나는 거, 당신, 싫어요? 이야기 좀 하는 게? 식사하면서?"

"당신은 맨체스터에 살지요?"

"그래요. 그러나 이번 주말에는 런던에 있어요."
 "당신이 이곳으로 오시겠어요?"
 "중립적인 곳이 좋지요. 식당에서."
 "맙소사, 난 내가 위험 인물이라고는 절대 생각 않는데. 또는 어떤 다른 인물이라고도."
 "또는 어떤 다른 인물…… 어떤 식당?"
 "상관없어요."
 "상관없어요? 너무 자주 듣는 말인데 안젤라는 완벽한 요리사예요."
 "아무리 좋은 거라도 지나치면 질리는 수가 있지."
 "아, 그럼 좋아요, 어디?"
 그들은 느즈막한 시간에 식당에 도착하기로 합의했다. 그러면 서둘지 않아도 되니까. 실제 그곳에는 손님들이 자리를 뜨고 있었다. 그들은 순전히 그곳에 없는 헨리 때문에, 그곳에 없는 안젤라 때문에 호기심에 차서 상대방을 뜯어보며 앉아 있었다. 여자는 생각하고 있었다. 어째서 안젤라는 한 사람을 버리고 그와 똑같은 다른 사람을 만나야 했는지?
 한편 그는 이렇게 생각하고 있었다. 세상에, 헨리는 안젤라와 살아봤으니 이 여자를 감당하기는 어렵겠는데. 그러고는 자신이 더 좋은 거래를 했다고 자축했다.
 그는 키가 크고 피부가 검고 약간 구부정한 남자였다. 마치 그는 자신의 키마저 너무 과하다고 생각하는 듯했고 그래서 작아지려고 애쓰는 듯했다. 그는 소위 말하는 좋은 옷을 입고 있었다. 그는 기묘한 표정을 짓고 있었는데 그녀는 그것이 자기를 화나게 만드는 그 경멸하는 듯한 유머의 표시라고 확신했다. 그는 이 만남을 위해서라고 보기엔 지나치게 잘 차려입은——그에겐 그것이 강하게 느껴졌다——이 극적으로 보이는 금발을 향해 공손하게 미소 짓고 있었다.

그는 도착하기 전에 이봐 조심해, 아주 사소한 말도 그녀를 흥분시킬 거야, 라고 혼잣말을 하긴 했지만 자신이 생각했던 것보다 더 방어적으로 굴었다. 그의 몸짓 하나하나가 '너무 가까이 오지 마시오.'라고 말하고 있었다. 그는 의자 깊숙이 기대앉았다. 여자가 그를 향해 몸을 기울이면 더 뒤로 갔다. 여자는 마치 틀림없이 자기가 그를 따라 다니는 것처럼 보일 거라고 의식하고 있었지만 상관하지 않았다.

그는 여자의 음성이 그녀에게 도움이 되지 못한다고 생각하고 있었다. 미국인들은, 그들 식으로 말하자면, 모든 것을 말로 표현해야만 하는 것 또한 유감이었다. 그녀는 지적이었다. 확실히 그랬다. 그러나 유감······.

식사 주문을 얼른 끝내고——이 경우에는 중요하지 않으니까——여자가 말했다. "세바스천, 안젤라와 지낸 지 얼마나 돼요?"

그는 생각해야만 했다. "사 년, 적어도."

"그리고 난 헨리와 삼 년 사귀었어요."

"당신도 나만큼 잘 지냈기를 바라요."

그는 이 말이 그들 대화의 성격을 결정해 줄 것이라고 믿었으나 여자는 쓴웃음을 지었다. 그도 역시 웃었다.

"좋습니다." 그가 말했다. "난 물론 둔한 사람입니다."

"그들이 이혼하는 데 그토록 오랜 시간이 걸린 것이 당신에게는 전혀 문제가 되지 않았나요? 정말로 단순한 이혼이었는데."

"예, 왜 그랬어야 되죠?"

"형식일 뿐이었는데!"

"당신은 그럼 형식 이상으로 보는 건가요?"

"그래요, 처음에는 몰랐어요. 그러다가 이상하다고 생각하기 시작했죠. 왜 아무 일도 시작이 안 되는지."

"이제 끝난 일입니다. 마침내 지난달로 끝났다고요."

"그러나 우리 너무 성급하게 굴지 맙시다. 너무 서두르지 말자고요."

그는 여자가 아주 짧게 미소 지으며 자기를 놀린다는 것을 알았다. 계속 그렇게 합시다! 그가 신호를 보냈다.

"나는 계속 느껴요. 말하지 않은 뭔가 있다고, 내가 이해 못하는 어떤 것이 있다고."

"당신이 전화로 그랬지요." 여자가 이 말을 변명으로 받아들이지 않도록 그는, 아니, 기다려요, 라는 손짓을 했다. 그는 이 상황에 도움이 될지도 모른다고 생각하며 포도주를 두어 모금 마셨다. 그리고 자신이 그녀를 진심으로 정직하게 대면하려 한다는 것을 나타내고자 진지한 시선으로 쳐다보았다. 그러면서도 그는 당황스럽고 내키지 않는 듯한 태도로 말했다. "나도 당신이 말하는 것을 줄곧 생각해 왔어요. 음, 난 당신처럼 많은 기대를 하지는 않아요. 물론 어려움도 있고 장애물도 있지요. 내 생각에 헨리와 안젤라는 십 년 동안 결혼 생활을 했어요. 당신도 알다시피 그들에게는 아이, 코니도 있어요. 그 모든 것이 그러니까 당신과 나 때문에 그냥 사라지지는 않을 거잖아요? 그리고 내게도 전처가 있어요, 올가라는. 내가 당신에게 말했나요? 나는 때로 안젤라가 나와의 관계가 그다지 쉽지 않다는 것을 안다고 생각해요. 그리고 당신도 전 남편이 있지요. 물론 헨리가 때로……."

"아니요." 그 여자는 단호하게 잘랐다. "아니요, 절대로 안 그래요. 나는 완전히 끝냈어요. 그게 요점이지요. 끝났어요! 끝났고말고요! 나는 내 삶 속에 유령을 원하지 않아요."

그는 한숨을 쉬었다. 그건 그의 의도가 아니었다. 그는 이제 죄 지은 듯 보이고, 그래서 여자는 그에게 미소를 지어야 했다. 여자는 헨리에게 꽤 자주 이런 미소를 지을 것이다. 능수능란한 미소라고 그는 생각하고 있었다. "왜 당신은 그렇게 많은 것을 기대하죠?" 그는 물었다. 그리고 이것이 (그 여자는 알았다.) 그가 처음으로 한 진실한 말이었다. 그는 진심에서 나오는 말을 하고 있었다. 자기 방어를 위해 스스로 믿는 바를 말하는 게 아니었다. "아마도 난 당신보다 쉽게 기쁨을 느끼는가 보죠? 난 지난 사 년 동안 안젤라와 완벽하게 멋진 시간을 보냈어요. 그리고 난 그런 시간을 더 많이 갖게 되기를 바라요."

"나도 헨리와 완벽하게 멋진 시간을 보내지 못했다고는 말하지 않았어요." 여자는 부드럽게 말했다. 그리고 그들은 함께 웃었다. 나아가 그들은 서로에게 호감을 갖게 되었다. 이 식사를 같이하고 있는 보이지 않는 두 사람, 안젤라와 헨리가 인정할 수 있을 만큼. "그러나 말이죠, 만사가 구비되지 않는 한 결혼해야 할 이유를 모르겠어요."
 "아, 그래요. 그렇다면 난 당신이 합리적이지 못하다고 생각해요. 문제를 자초하는 거죠."
 "뭣 때문에 결혼하려 애를 써요?"
 "글쎄 그래서는 안 되겠지요? 아니 내 말은, 그러니까 제발 날 믿으세요. 너무 많은 것을 원하는 건 좋지 않아요. 그것이 나와 올가가 실수한 부분이죠."
 "당신은 그녀, 올가와 이혼한 것을 후회한 적이 있어요?"
 이제 망설임. 그는 이런 것은 좋아하지 않았다. "네." 그가 어렵게 말했다. "그래요, 때로 난 후회해요. 그러나 우리는 제일 친한 친구지요."
 "헨리와 안젤라처럼."
 "그러기를 바라지요."
 "그리고 당신과 헨리처럼."
 "난 헨리를 좋아해요. 헨리가 있어서 내 삶은 한결 나아요. 그는 나에게 정말로 문제가 생겼을 때 내가 찾아갈 그런 사람 중의 하나지요."
 "드문 경우군요."
 "나도 그렇게 생각해요, 그래요."
 "미숙함." 여자는 연극하듯 한숨을 쉬었다. "그게 나예요. 난 성숙하지 못해요." 그런 다음, 그가 두려워하던 그 갑작스럽고도 거의 야만적인 어조로 변하여 말했다. "그러

진실 **265**

나 개수작들이죠. 웃기는 거예요. 아, 당신이 날 어떻게 생각하는지 알아요. 몇 년 동안 마르쿠스와도 경험했고 지금은 헨리와 경험하고 있으니까."

"마르쿠스 그 못난 놈?" 그는 농담을 해보려고 했다. 그러나 묵살되었다.

"그래요, 그놈이죠, 한마디로."

"아."

"그의 행동은…… 그는 확실히 미숙하죠. 왜 내가 그런 일은 절대 없었다는 듯 감춰야 하나요? 그런 게 성숙이라면, 그러면……."

"난 그런 단어를 쓴 적이 한번도 없어요!"

"없지요. 그러나 당신이 그렇게 생각하지 않았다고 가슴에 손을 얹고 맹세해 봐요."

그는 웃지 않을 수 없었다. 여자는 웃었다. 그러나 그 웃음은 오래갈 수 없는 웃음이라고 그는 생각하고 있었다. 식사는 그들이 생각했던 것보다 빨리 끝났다. 그는 여자가 울까 봐 겁이 났다. 그녀도 그랬다.

몇 주일이 지나 여자가 그에게 전화해서 물었다. "당신, 어떻게 생각해요? 우리 모두가 주말을 함께 보내자는 것이 정말로 근사한 생각인가요?"

"왜 아니겠어요? 우리는 모두 이런저런 일로 서로를 만나게 될 텐데요, 내 생각에는."

"당신의 세속적이고 탁월한 지혜에 경의를 표합니다."

"어쨌건, 그곳은 아주 예뻐요. 당신도 틀림없이 좋아할 겁니다."

여자는 웃었다. 그를 비웃으며. 그도 같이 웃었다.

그곳은 예쁜 장소였다. 두 사람이 오 분 안의 간격으로, 그는 런던에서 여자는 맨체스터에서 출발하여 중앙 도로를 거쳐 점점 좁아지는 샛길을 지나 크고 오래된 건물에 이를 때까지 운전을 했다. 그 건물 안에는 아치가 있는데 그것은 흩어져 있는 다른 빌딩들 사이를 거쳐 마당으로 연결되어 있었다. 그 '오두막집'은 사실 낡았지만 그만하면 넓고 편리한 집이었다. 마당 쪽으로 창문들이 나 있었고 어느 창으로는 식탁에 앉아 있는 헨리와 안젤라가 보였다. 먼저 세바스천이, 그 다음 좀 더 머뭇거리는 태도로 조디가 통 안에 심은 화초와 잠자고 있는 개를 지나 이 창문으로 다가왔다. 그리고 열렬하게 손을 흔들고 미소를 지으면서 안으로 들어오라고 청하는 한 쌍 앞에 모습을 드러냈다. 부엌으로 가는 문에 세바스천이 도착하자 안젤라가 달려와 그를 얼싸안고 키스를 퍼부으며, 내 사랑 세바스천, 하고 말했고 헨리는 부드럽게 미소 지으며 반쯤 몸을 돌렸다. 조디가 뒤이어 곧 나타나자 헨리는 그녀에게 다가가 꼭 껴안았다. "내 사랑." 하고 말하고 난 그는 머리를 그녀 머리 옆으로 기울여 잘 왔다고 속삭였다. 세바스천 옆에 있는 안젤라가 (그들은 여전히 두 팔로 안고 있었다.) 고개를 돌리지 않고도 이 모습을 보았고 그녀의 얼굴에는 잠깐 상실의 그늘이 나타났다.

그 다음 안젤라와 헨리는 서로의 애인에게서 떨어져 식탁 위에 있는 쟁반과 유리잔들을 치웠다. 그들은 싱크대

진실 **267**

쪽으로 등을 댄 채 미소를 지으며 나란히 섰다.

안젤라는 작고 귀여운 여인이었고 검은 곱슬머리는 숱이 많았다. 그녀는 경쾌하고 즐거운 태도로 조디에게 열렬하게 말했다. "당신이 여기 와서 너무 기뻐요. 정말이지 우리가 오래전에 만나지 않은 게 우스운 거죠. 난 줄곧 그러자고 말해 왔어요. 안 그래요, 헨리?"

"그래, 당신이 그랬지. 그러나 꼭 그래야만 할 것 같지는 않았어." 헨리가 말했다. 그는 몸집이 크고 거무스름하고 다정한 남자였다. 그의 얼굴은 불그스레했는데 그와 안젤라가 마시고 있던 포도주 때문이었다. 거기 나란히 서 있는 두 사람은 선의로 가득 찬, 행복으로 가득 찬 한 쌍이자 짝이며 부부였다.

"아, 고마워요." 조디가 말했다. 세바스천이 이 크고 허름하고 기분 좋은 시골 부엌 한가운데 놓인 식탁에 자리를 잡았으므로 그녀 또한 창을 통해 안젤라가 앉아 있는 것을 보았던 바로 그 자리에 앉았다. 그들은 모두 서로를 살피고 있었고 이를 감추지 않았다. 그들의 얼굴이며 자세가 그랬다. 솔직히 그들이 호기심에 차 있는 것은 자연스런 일이었다. 특히 여자들은 첫 만남이었기 때문에 서로를 가늠하는 것이 당연했다. 그러나 그들이 거기 한 방 안에 있기 때문에 생길 수밖에 없는 생각들에는 끝이 없었다. 예를 들면 조디가 여러 번 세바스천과 헨리가 공통점을 갖고 있다고 말한 적이 있기 때문에 세바스천은 이 관점에서 헨리를 보고 있었다. 그리고 미소를 지은 채 결론을 내리고 있었다. 그러한 비교는 자신이 접근할 수 있는 것과는 거리가 먼 시각에서만 가능한 것이라고. 그리고 자신이 거기에 다가가려 애쓰는 것은 의미가 없다고. 또 그는 이런 방향으로도 생각을 해보았다. 안젤라는 헨리를 선택했었고 지금은 나를 선택했다. 그러니 우리 두 사람 속에는 우리가 의식하지 못하는 어떤 것이 있는지도 모르지 않나? 그 다음 이와 상응하는 생각이 떠올랐다. 즉 헨리는 안젤라를 선택했고 그 다음 처음 선택을 취소하고 조디를 선택했다. 모든 면에서 완벽하고 매력적인 안젤라는 생동감 있는 조디와 필적할 수 있는 어떤 한 요소를 갖고 있지 못하다. 조디는 우아한 전원용 옷을 입고 저만치 앉아 있었다. 그녀의 노란 머리는 (물들였을 거라고 그는 생각했다.) 부드럽게 빛났다. 그녀는 솔직한 태도로 미소 짓고 있지만 사물을 관찰하는 저 영리한 회색 눈 이면에는 예리하고 섬세한 지성이 있다. 아주 매력적인 인물, 조디. 헨리가 그녀를 만난 건 잘한 일이다.

"문제가 하나 있소." 헨리가 말했다. "코니가 아파요, 그래서 우린 그 애를 이 근처 병원에 데려가기로 했어요."

"그래서 당신들이 도착하기 전에 실례인 줄 알면서도 우리가 식사를 먼저 한 거예요." 안젤라가 고백했다. "그러나 두 분이 쉬고 계시면 금방 다녀올 거예요."

이 '금방'이란 오후 내내를 뜻한다는 것이 이에 대해 생각하자마자 명백해졌다. 세바스천은 조디의 표정을 눈여겨 보고 있었다. 그녀의 표정은 자신의 의지와 상관없이 외치고 있었다. 열한 살 난 코니가 아픈 건 물론 자기 부모와 그들의 새 애인들이 주말을 함께 보내는 이 비극적 상황과 관계 있다는 것을 부모들은 알아챘어야 한다고. 그러나 부모들은 이런 생각을 했다 할지라도 내색하지 않았다.
 "며칠 동안 그 애는 창백했었죠." 안젤라가 말했다. "지난 토요일에도 병원에 데리고 가려 했었어요."
 "우리는 정말 빨리 다녀올 거요." 헨리는 조디를 쳐다보며 말했다. 그 표정을 보고 조디는 기쁨으로 빛났고 돌연 소녀처럼 혼란스러우면서도 감사한 마음으로 가득 찼다. 그러나 곧 그녀의 얼굴이 지나치게 긴장된 원래의 진지한 상태로 돌아오자 세바스천은 내심 불편해졌다.
 "세바스천은 필요한 게 어디 있는지 다 알아요." 안젤라가 특별한 표정을 짓고 그를 바라보면서 말했다.
 헨리와 안젤라가 나갔다. 남은 두 사람은 담요에 싸여 축 늘어진 딸을 두 사람이 데리고 자동차로 가는 것을 주시했다. 자동차는 커다란 아치 아래를 지나 바깥 세상으로 떠났다. 안젤라는 미소를 짓고 손을 흔들며 코니의 머리 위로 세바스천에게 키스까지 보냈다.
 그런 뒤 세바스천은 일어나 냉장고로 가더니 식탁에 점심을 차리기 시작했다. 실은 본격적인 저녁 식사의 시작이었다. 고기 파이, 치즈, 샐러드, 과일. 세바스천과 조디는 이 쾌적한 부엌에 함께 앉아 한동안 식사를 했다.
 "당신처럼 남들이 자기 생각을 그렇게 잘 느낄 수 있도록 만드는 여자는 처음 보네요." 세바스천이 말했다. 그러나 그가 이러한 특징을 좋아한다는 소리로는 들리지 않았다.
 "나에게도 물론 그런 특징들이 많이 있어요."
 그는 아무 말 없이 포도주를 더 따랐다. 그리고 그녀에게 묻지도 않고 그녀의 잔을 다시 채웠다.
"그런데 당신이 지난번에 여기 온 게 언제지요?"
"두 주일 전. 아니, 올가하고 왔어요. 그리고 물론 우리 아이도. 그 애 이름은 마리온이에요. 그리고 코니도 그날 여기 있었지요."
그녀는 이 말을 되새겼다. "당신과 당신 전 부인이 휴일을 같이 보낸다고요?"
"그래요, 알다시피 아이를 위해서지요. 마리온은 코니하고 아주 친해졌어요. 잘된 일이지요. 헨리와 안젤라는 사람들이 이 장소를 이용하는 것을 좋아해요." 침묵. 그는 말했다. "우리는 침실을 따로 써요, 조디."
"당연하지요, 당신들은 이혼했으니까."
"우리가 이혼했기 때문이 아니라 내가 안젤라를 사랑하기 때문이죠."
"안젤라와 헨리가 봄에 열흘 동안 함께 여행 간 것을 알았나요?"
"코니하고 같이 갔지요. 스위스에 있는 코니의 할머니를 같이 방문했고요. 그 애 할머니는 거기서 세 번째 남편하고 살아요. 안젤라의 어머니지요." 그가 덧붙였다. "실제로 헨리는 거기 겨우 이삼 일 있었어요. 난 그가 어딘가에서 당신을 만난다고 생각했지요."
"나도 그렇게 생각했어요. 그러나 그는 일하고 있었어요, 독일에서."
"헨리는 아주 열심히 일해요. 나보다 훨씬 열심히."
헨리는 어떤 예술 재단의 행정부에서 일했고 언제나 여

행을 하고 있었다. 세바스천은 사업가였고 그 역시 여행을 많이 했다.

그들은 치즈를 먹고 포도주를 더 마셨다. 그런 다음 세바스천은 조심스럽게 말하기 시작했다. 자신이 이 모든 것을 말해야 한다고 느끼지만 그럴 필요가 없기를 바라는 태도였다. "헨리와 안젤라가 평생을 서로 알고 지낸 걸 아세요? 그들은 같이 자랐어요."

"그래요. 헨리가 말해 줬어요."

"오빠와 누이동생. 그들은 오누이 같아요. 내가 그걸 아는 데는 시간이 좀 걸렸어요, 난 인정해요."

그는 지금 그 말을 설명할 필요가 있는 건지 판단하고자 여자를 쳐다보았다.

여자는 건조하게 말했다. "난 섹스에 관해 질투하는 게 아니에요." 그러고는 어린애처럼 덧붙였다. "난 그럴 이유가 없어요." 그리고 나서 그녀는 자신의 허풍 때문에 얼굴을 붉혔고 다시 순간적으로 소녀가 되었다.

이제 그가 그녀를 비웃었다. 그는 약간 취해 헨리처럼 얼굴이 붉어졌으며 긴장이 풀려 편안해졌다. 마치 자신의 집 부엌에 있는 것처럼 편안해졌다. "아, 잘 됐군요." 그가 말했다. "반면, 나는 심하게 질투를 느낄 수 있어요. 그러나 헨리에 대해서가 아니고. 그들은 몇 년 동안 함께 자지 않았어요. 그럴 수가 없었지요. 할 수 없었던 거죠. 그들에게 섹스가 중요했던 적은 절대 없었어요."

"헨리가 나에게 그러더군요."

"아, 언제요?" 그는 이제 그녀에게 적대감을 느끼는 듯했다. 평상시의 긴장감과 조심스러움이 사라진 그의 불그레한 얼굴이 여자를 똑바로 향해 있었다. 포도주 탓이었다! 어쩌면 그녀를 싫어하는 마음이……. 그는 말을 계속했다. "질투라! 만일 당신이 내 충고를 원한다면, 그러면, 아니, 시작하지도 마세요. 질투가 끼어들지 않게 말이오. 난 알아요. 내가 그랬으니까. 그리고 후회하니까."

"올가하고?"

"그래요. 올가뿐만 아니라. 다른 사람하고도. 질투한다는 건 나의 불행이지. 그리고 이제 난 질투하지 않으려고 상당히 노력해요. 질투로는 절대로 이길 수 없어요."

여자에게 곧바로 이 경고를 한 뒤, 그는 일어섰다.

"난 내가 질투한다고 생각하지 않아요."

"그래요? 나한테는 질투하는 것처럼 보이는데."

그러나 여자가 더 이상 말하기도 전에 그는 문으로 가며 말했다. "난 약간 긴장돼요. 그래서 자려고 해요. 난 헨리의 절반만큼도 열심히 일하지 않아요. 하지만 나는 여기 오면 낮잠을 좀 자는 것을 좋아해요." 그는 문에서 멈추었다. "물론 당신은 어디서 자야 할지 모르겠지요."

"아마도 헨리와 자겠지요."

"당연하지요. 층계 맨 위에 서서 당신 앞에 있는 홀을 따라가면 거기 제일 끝방이 당신 방이오." 그는 거의 다 나갔다가 돌아서서 말했다. "당신이 궁금해할 경우를 생각해서 말하는데, 안젤라와 나의 방은 다른 방향이오. 그 사이에 적어도 방이 다섯 개 있으니까."

"상당한 집이군요." 여자가 말했다. 그러나 그는 나가

진실 273

버렸다.
 여자는 조용한 부엌에 혼자 앉아 있었다. 여자는 머리 위에서 나는 세바스천의 발자국 소리를 들을 수 있었다. 듣기 좋았다. 정원을 비추는 엷은 영국의 햇빛, 그곳을 스쳐가는 사람들의 태도, 골목길을 지나가는 차 소리, 마당의 돌 위에 앉은 새 한 마리의 그림자. 이 모든 것들은 그녀에게 산만함과 변화와 상실의 느낌을 가져왔다. 여자는 마치 경계하듯 똑바로 앉아 손가락으로 빈 포도주잔 밑을 감은 채 자신이 동떨어져 있다고 느끼기 시작했다. 그녀 역시 잠깐 눈을 붙여야 했다. 그렇지 않은가?
 복도 끝에 있는 침실은 시골을 방문하는 사람들에게 적합하도록 가구가 배치된 큰 방이었다. 바닥에는 양탄자가 깔려 있었고 널찍한 더블 베드에는 옛날식의 오리털 누비 이불이 덮여 있었다. 여자는 창문을 통해 푸른 들판에 넓게 자리잡은 집들을 바라보았다. 그녀는 커다란 침대 안으로 미끄러져 들어가며 여기서 오늘밤 그녀와 헨리가…… 글쎄, 두고 봐야지, 하고 생각했다.
 두 사람은 서로 오 분 차이를 두고 아래층으로 내려왔다. 어느새 늦은 오후였다. 헨리는 전화를 해서 아직도 자기와 안젤라가 병원에 있다고 말했다. 세바스천과 조디가 먼저 저녁 식사를 시작하는 게 어떠냐는 물음과 함께.
 이 부엌을 잘 아는 세바스천의 인도 아래 조디는 차분하게 썰고 섞어가며 둘이 함께 그녀가 잘 만드는 푸딩을 만들었다. 창밖의 정원은 이제 웅덩이처럼 마지막 빛을 담고 있었고, 화초들과 길 위 돌에 앉아 조는 개 한 마리, 나무한 그루, 벤치 하나가 노래 또는 이야기의 배경인 듯 멀리 보였다. 세바스천은 조디에게 수세기 이전까지 거슬러 올라가는 사건들로 가득 찬 이 '오두막집'의 긴 역사와 배경을 말해 주었다. 그러나 그들이 바라보고 있는 집은 그중에서 맨 끝의 역사만을 말해 주고 있었다. 이 지역 전체가 한때는 커다란 사유지였고 열두어 개의 작업실이 들어 있는 건물 아래, 마차와 짐차, 말이 끄는 수레가 들어오던 곳에는 커다란 아치형의 문이 있었다. 그러나 빵집, 대장간, 편자 공장, 제혁 공장, 목수나 석공들의 작업장이었던 곳은 이제 일 년 내내 이곳에 와서 작업을 하는 예술가와 학생을 위한 스튜디오였다. 대개 젊은이들인 이들은 게으른 물고기처럼 느릿느릿 창문을 지나가고 있었다. 그들은 머뭇거리며 바람 부는 저녁 하늘을 올려다보기도 하고, 멈춰 서서 개를 쳐다보기도 하고, 조디와 세바스천이 일하는 모습이 보이는 창문을 잠깐 쳐다보다가 예의상 시선을 돌리기도 했다. 어둠이 뜰을 채우자 오븐에 식사를 넣어놓고 두 사람은 거실로 들어갔다. 이곳 또한 이 집의 다른 장소들처럼 넓고 허름하고 편안했다. 이 방에는 조디의 멋진 옷들이 어울리지 않았지만 그녀의 태도는 옷에 대해 전혀 개의치 않는 듯했다.

그들은 술을 한 잔씩 마셨다. 또 한 잔 마셨다. 그런 뒤 철자 바꾸기 놀이를 했다.

그들 한 쌍이 돌아온 것은 캄캄해진 후였다. 그들은 둘 사이에 여전히 축 늘어져 있는 코니를 데리고 집 안으로 들어왔다. 그들은 세바스천과 조디에게 인사말을 건네며 아이를 2층 침실로 데리고 가기 전 문 앞에서 미안하다는 미소를 보냈다.

곧 그들은 다시 아래층으로 내려왔다. 코니가 지쳐 금방 잠들 것 같았기 때문이었다. 안젤라와 헨리는 자신들이 왜 늦었는지를 설명했다. 의사는 언제나 과로한다는 둥…… 10마일 떨어진 곳에 있는 큰 병원으로 코니를 데리고 갔다는 둥…… 거기서 다시 기다려야 했다는 등의 말을 했다. 코니는 편도선을 떼내야 할런지 모르지만 물론 요즈음 '그들'은 수술하는 것을 좋아하지 않는다고 했다. 안젤라와 헨리는 벽난로 맞은편에 놓인 오래된 소파에 나란히 앉았다. 벽난로는 지금은 비어 있지만 겨울에는 아주 아늑할 것임에 틀림없었다. 그들은 오른쪽 커다란 안락의자에 앉아 있는 세바스천에게, 또 왼쪽 안락의자에 앉아 있는 조디에게 생기에 차서 말했다. 그들은 이 사람에게서 저 사람에게로 좌우로 몸을 돌리며 마치 자신들의 관심을 세심하게 분할하듯 말했다. 그 다음은 저녁 식사 시간이었다. 네 사람은 부엌으로 가서 헨리가 식탁머리에 안젤라가 식탁 끝에 앉아 식사를 했다. 안젤라는 하품을 하며 몸이 기울어지자 애교 있게 사과했다. 그 여자는 오늘 아침 코니와 함께 친정 어머니를 방문한 뒤 스위스를 통과하며 운전을 했었다. 그녀는 간밤에 거의 자지 못했다. "저런, 내 사랑." 헨리가 세바스천보다 먼저 말했다. 안젤라는 그에게 고맙다는 미소를 짓고는 보통 때는 장밋빛이지만 지금은 지치고 창백한 얼굴을 세바스천에게 돌리고는 고개를 흔들었다. 그리고 자신의 상태에 대해 웃는 것 외에는 아무것도 할 수 없는 자기의 무력함에 대해 미소 지었다. 거실로 커피를 가지고 왔지만 안젤라는 벌써 소파 위에서 자고 있었다. 그들은 모두 웃었고 이번에는 세바스천이 제때에 그녀를 깨워 2층에 있는 침실로 부축하여 데리고 갔다. 그녀는 미안하다는 미소를 보내고 모두에게 키스를 보냈다. 물론 지금쯤 키스를 받고 싶어 할 조디에게도.

세바스천은 곧 다시 내려와서 조심스레 홀에서 인기척을 낸 뒤 거실에 들어왔다. 헨리는 안젤라가 앉았던 곳에 눈을 껌벅이고 하품을 하며 앉아 있었고 조디는 그의 손을 쥔 채 그 옆에 있었다. 그 여자는 쓰러지려는 남자 옆에 비싼 구두를 신은 두 발을 모으고 노란 머리를 반짝이며 똑바로 앉아 있었다.

"이런." 헨리가 말했다. "너무 미안하오. 깨어 있을 수가 없군." 조디에게는 "미안, 어쩔 수가 없군……." 그리고 그는 그녀를 동지처럼 껴안은 뒤 그녀 입에 키스하고 그들에게 손을 흔들고는 2층으로 사라졌다.

세바스천과 조디는 서로 쳐다보지 않았다. 커피를 마시고 나서 그들은 계속 철자 바꾸기 놀이를 했다. 둘 다 상당한 점수를 올리며 상대가 속임수를 썼다고 주장하며 많이 웃었다. 그들은 그날 오후 꽤 많이 잤으므로 자정이 넘어서야 세바스천은 집의 한쪽 끝에 있는 안젤라에게, 조디는 다른 쪽에 있는 헨리와 합류했다. 안젤라와 헨리 두 사람은 깊게 잠들었다. 일요일 아침 9시가 넘어 세바스천이 깼을 때 그는 방 안에 혼자 있었다. 한편 실내복을 입은 조디가 내려와 보니 헨리와 안젤라는 커피를 마시고 있었다. 그들은 긴 산보를 한 듯했다. 그들은 반 마일도 떨어지지 않은 곳에 살고 있는 친구들에게 코니를 데리고 가서 하루를 보낼 계획이었다. 코니는 벌써 일어났고 다 회복된 게 분명했다. 세바스천과 조디 두 사람이 아침 식사를 해야 하는가? 그랬다. 조디가 말하지 않은 그 무엇은 부엌뿐만 아니라 그들이 거실에 들어갔을 때 그곳에도 가득 차 있었다.

그러나 안젤라와 헨리는 생기에 가득 차 모두 긴 산보를 함께 하자면서 돌아왔다. 그들은 코니가 있는 곳으로 초대를 받았으므로 점심 걱정을 할 필요가 없다고 했다. 네 사람은 이제 제대로 짝을 이루어, 헨리와 조디가 손을 잡고 흔들며 웃으면서 앞서고 세바스천과 안젤라가 뒤따라 갔다. 두 커플이 서로 애정의 말을 나눌 수도 있을 만큼 충분히 거리가 있었다. 그러나 그런 경우가 생겼다 해도 오래가지 않았다. 왜냐하면 잠시 멈추어 높이 솟은 언덕 위로 멋지고 빠르게 횡단하는 구름이 보이는 광경에 감탄하다가 안젤라와 조디는 기운차게 나란히 걸어가는 남자들 뒤로 한참 처진 채 걸어갔다. 안젤라와 조디가 마침내 친구가 되어야 한다는 것이 이 아슬아슬한 (조디에겐 그렇게 보였다.) 주말을 보내는 이유 중의 하나였다. 그들은 각자의 아이들에 대해 이야기했다. 안젤라는 주로 코니에 대한 걱정을 했다. 그 아이는 부모의 별거와 뒤이은 이혼을 낙천적이면서 대범하게 받아들였지만, 그 모든 일이 그 애에게 아주 중요한 사 년 동안 계속되었고, 그녀와 헨리가 모든 것을 다 해주었지만 — '우리가 할 수 있는 모든 것'이라고 안젤라는 바람 속으로 울부짖었다—매우 힘들어하고 있다고 그녀는 느꼈다. 헨리는 그녀가 확대 해석한다고 생각하지만 말이다. 이쯤 해서 조디는 열 살된 자기 아이 스티븐 때문에 자신이 얼마나 괴로운지 말했다. 자기가 스티븐의 아버지, 마르쿠스와 결혼한 상태에 있을 때는 그녀는 아이가 영국식으로 기숙사에 들어가는 것을 막을 수 있었다. 그러나 이혼으로 인해 그녀의 영향력은 끝났다. 영국인 특유의 온갖 무자비한 방식으로 스티븐은 그의 아버지가 주장하는 학교로 추방되었다. 휴일이면 가능한 한 그를 데려오려 노력하지만 그녀는 일을 해야 했다. 그녀는 대기업의 홍보과에서 꽤 괜찮은 그리고 꽤 어려운 일을 하고 있었다. 그녀는 고작 일 년에 한 번 스티븐과 함께 진정한 휴일을 보내겠노라고 내세울 수 있었다. 그녀는 아이가 자기로부터 멀어지고 있다는 것을, 멀어졌음을 알고 있었다. 자신이 아이에게 점점 더 낯설어진다는 것을 알고 있었다. 긴 방학 동안에는 스티븐을 그녀의 가족이 농장을 하고 있는 콜로라도로 데려가고 싶지만, 그리고 스티븐이 이를 원한다고 확신하지만, 스티븐의 아버지는 이것이 이미 불안해진 소년을 심각하게 동요시킬 것이라고 주장했다. 그는 그녀가 이기적이라고 말했다. "우리는 만날 때마다 싸워요." 그리고 덧붙였다. "우리는 실제로 만나는 것도 아니에요. 나는 다시는 그에게 눈길 주기도 싫어요. 전화 통화를 하면 언제나 소리지르는 걸로 끝나요."

안젤라는 이 모든 얘기에 진지하게 귀를 기울였다. 바람이 이 불만들을 흐트러뜨릴 때면 이따금씩 조디 쪽으로 머리를 기울이기도 했다. "헨리와 내가 좋은 친구로 남은 것은 정말 다행이죠." 그녀가 소리쳤다. "적어도 그런 일은 없으니까."

곧 그들은 선술집에 도착했다. 그곳은 오늘 산보의 목적지이자 그들이 시골에서 하는 모든 산보의 목적지인 듯하기도 했다. 나지막한 흰 건물이 사방에 솟아 있는 언덕의 바람을 당당하게 맞고 있었다. 건물 밖에는 납작한 판석들이 깔려 있고 하얗게 칠해진 탁자 대여섯 개와 의자 몇 개가 있었다. 그러나 이런 것들은 들판으로 미끄러질 듯 보였고 산골짜기 덤불 속으로 흩어질 듯했다. 이 차가운 날 밖에 있는 사람이라고는 두엇뿐이었는데 그들은 대개 흔들리는 나무들과 빠르게 움직이는 하늘과 질주하듯 흔들리는 풀들의 희미한 반짝임을 배경으로 아이들과 함께 있었다. 선술집 안에는 여름이라고 해서 달라진 것이 없었다. 어둑한 공간을 붉고 노란 빛이 도는 전등들이 희미하게 비추고 있었고 서른 명 가량의 손님들이 서 있거나 카운터에 걸터앉아들 있었다. 이 장면 속으로 헨리와 안젤라와 세바스천은 수천 번이나 그랬던 것처럼 섞여들고 있었고 조디도 정중한 환영을 받았다. 여기 사람들은 이곳을 자주 방문하는 런던에서 온 이 손님들을 모두 알고 있는 게 분명했고 그들은 즉시 이야기에 끼어들었다. 그러나 그 이야기들은 그 지역 사람들에 관한 정보와 가십, 사건, 동물에 관한 것들이어서 조디는 따라갈 수가 없었다. 그들은 크고 자신만만한 목소리로 재치 있게 이야기들을 했으며 무수한 악센트를 사용했다. 한두 계층만이 아니라 대여섯 계층을 포함하고 있는 듯한 런던 사람들의 목소리가 표준음에 합세했다. 이 섬나라의 그 유명한 계급 격차가 쉽게 해소될 수 있겠다고 이 이방인이 생각하는 것도 이상한 일은 아니었다. 예를 들어 이 술집에서처럼 많은 사람들은 동굴 같은 어둑한 공간에서 일요일 점심을 먹기 전, 음주 의식을 즐기면서 희미한 빛에 의해 하나로 융합되는 것이다. 마치 화가의 지시를 받는 것처럼 서로를 쳐다보는 생기 있는 얼굴 또는 술집 스탠드에서 큰 소리로 떠드는 사람들의 번쩍이는 이빨이 빛에 의해 강조되기도 했다. 마치 어떤 실마리 또는 기본적인 정의, 근원적인 어떤 것이 언급되기만 하면 이곳에 있는 모든 사람들은 즉시 동의할 듯이 보였다. 그러나 이런 말들은 언급되지 않았고 앞으로도 결코 언급되지 않을 것이었다. 그럴 필요가 없기 때문이었다. 내밀하고 친밀하며 깊게 공유된 어떤 것, 무모하고 위험하기까지 한 어떤 것이 이 장면 속에 있었으며 헨리와 세바스천의 얼굴은 평상시의 유머 섞인 비난이 어린 얼굴과는 딴판이었다. 세바스천과 헨리 사이에 서 있는 안젤라, 그녀는 더 이상 여기 걸어오는 동안 볼 수 있었던, 슬픔에 가득 찬 모습이 아니었다. 매력적인 작은 얼굴은 분명 그녀를 좋아하는 많은 사람들을 향해 자연스럽게 계속 미소를 띠고 있었다. 이 부부—여전히 부부이다—가 자신들이 이 지역의 영국적인 요소와 맺고 있는 연결 고리를 포기할 의도가 전혀 없는 것은 당연했다. 또 조디는 세바스천 역시 이곳의 일부가 되기로 결심했다는 것을 알 수 있었다. 조디는 생각했다. 그렇구나, 헨리가 사는 곳, 헨리가 진실로 사는 곳은 이곳이구나, 런던에 있는 그의 집이 아니구나! 그의 '친척들'은 이 근처 어느 지역의 출신들이다. 그런데 나는 그것을 감안하지 않았었다……. 그는 결국은 이곳에 정착할 것이었다. 그리고 나는? 그녀는 세바스천 가까이, 그와 경마용 마구간을 경영하는 몸집이 크고 나이 든 금발의 여자 사이에 서 있었다. 그는 자기 딸 마리온을 위해 승마 레슨에 관해 의논하고 있었다. 이야기는 저절로 그 지역의 사냥 클럽에 관한 소식과 개 때문에 생기는 문제점으로 이어졌다. 헨리는 사냥에 찬성하는가? 그녀는 물어볼 생각도 하지 못했었다……. 선술집 주인의 암놈 포인터 마벨이 최근 앓고 있는 질병, 그리고 일본에서 온 어떤 사람에게 근처 강에서 낚시할 수 있는 증서를 대여해 주고 받은 돈의 액수는 모든 사람에게 최대의 만족을 준 것이 분명했다. 그 다음 화제는 최근에 과부가 된 농부의 아내와 이웃 농장 주인인 벨기에 남자와의 결혼 가능성으로 넘어갔고 아무도 이에 찬성하지 않았다. 그들은 모두 이 사건의 육욕적인 측면에 대해서는 관대한 이해를 보여주었지만 그 결혼이 지속되지는 않을 거라고 의견을 모은 듯했다. 그래, 그녀는 두 팔 안에 잘 안길 거야, 라고 카운터 뒤에 앉은 (우리를 접대하는 포인터 암놈의 주인이 아니라 그의 매형 되는) 남자가 주장했다. 그녀는 확실히 멋진 뉴스감이지, 농담 잘하는 마르고 꾀 많은 듯한 이 남자가 말했다. 그는 체크무늬 조끼를 입고 있었는데 사람들은 그를 놀렸으며 그는 이를 기분 좋게 받아들였다. 그는 좋은 것을 알아보는 사람이 그렇듯 날카롭고 재빠르게 눈을 굴렸고 아는 체하는 미소를 띠고 있었다. 거버스—그의 이름이 뭐더라—가 그녀를 원하는 건 당연하지. 원하지 않는다면 뇌 검사를 받아야지⋯⋯. 이 말에 술집 사방에서 웃음이 터졌다. 화려한 조끼를 입은 그는 자기 팔에 안기는 여자를 싫어하지 않는 게 분명했다. 그는 신중하게 고개를 끄덕이며 그 웃음을 인정했다. 그만하면 괜찮다! 그러나 결혼이란 생각을 요하는 일이고 황급히 결혼하는 사람들은 좋은 결과를 맺을 수 없다고 주장하며 말을 마무리했다.

이 말은 어쩌면 그녀와 헨리에게 들으라고 하는 소리였나? 조디는 궁금해하고 있었다. 왜냐하면 헨리가 미국인과 결혼하려 한다는 것이 이 공적인 토론장에서 당연히 논의되어야 한다는 것을 그녀도 알고 있었기 때문이다. 모두들 그녀의 존재를 분명히 의식하고 있었다. 헨리가 그녀 옆으로 와서 한 손에는 잔을 들고 한 손으로는 그녀의 팔꿈치를 잡고 서 있는 것은 그가 이 사실을 이해하고 있다는 것을 의미했다. 곧 그는 특정인을 향한 것이 아닌 말들을 했는데 이는 그가 누군가 자기를 도와주기를 바란다는 뜻으로 들렸다.

이 모든 일들이 한 시간 남짓 또는 그 이상 진행되었고 그동안 사람들이 들고 났는데 들어오는 사람들이 대부분이었다. 술집은 만원이었다. 그들 넷이 떠날 때, "그럼, 곧 다시 봅시다." 또는 "또 올 거지요, 그때 봅시다!"라는 큰 소리들이 사방에서 들렸다. 밖에 나와 그들은 바람을 뒤로 하고 출발했다. 이번에는 네 사람이 나란히 섰다. 헨리가 조디의 손을 잡은 채 한쪽 끝에 서고 안젤라는 세바스천의

진실 **283**

손을 잡고 또 다른 끝에 섰다. 마을에서 있었던 어떤 사건에 관해 안젤라와 헨리가 이야기하며 크게 웃는 바람에 이야기가 중단되기도 했다. 큰 호박이 이웃 정원을 침범했다. 침범당한 정원의 주인은 그것을 맛본 적이 없다는 이유로 신데렐라 마차만큼이나 큰 호박에서 한 부분을 잘라냈다. 좋지 않은 감정 싸움이 뒤따랐다……. 그들은 '오두막집'으로 가지 않고 코니가 있는 집으로 갔다. 작은 무리의 사람들이 이번에는 바람이 통하지 않는 또 다른 작은 마당에 놓인 큰 나무 탁자 주위에 벌써들 앉아 있었다. 진한 노란색 햇빛 아래 벽돌 벽을 덮은 흰 장미의 향기가 마당을 채우고 있었다. 코니는 거기 친구 제인과 앉아 있었다. 햇빛에 보니 코니는 새까만 생머리에 키가 크고 마른 아이였다. 그 애의 검은 머리는 헨리를, 암사슴 같은 검은 두 눈은 안젤라를 닮은 것이었다. 그것들은 아파서 창백한 그 애의 두 뺨 때문에 두드러져 보였다. 그 애는 또다시 아픈 듯했다. 조디는 자신이 잘 알고 있는 특징들이 낯선 사람에게서 나타난 것을 볼 때 느끼는 충격을 맛보았다. (세바스천은 그렇지 않을 것이었다. 그는 지금쯤 그것에 익숙해져 있을 테니까.) 코니와 제인은 어른들에 대항하여 자기들끼리 짝을 이루고 있었다. 어른들은 모두 코니와 제인이 비판에 가득 찬 눈으로 그들을 응시하도록 놔둬야 한다고 인정했다. 그 비난은 그 애들 공통의 신념에서 나오는 것이었고 그 나이 또래가 갖는 오만한 결벽성으로 정제된 것들이었다.

제인은 이곳 토지 관리인 브리오니의 딸이었다. 브리오

니는 중년의 강인한 시골 여자로 밀짚 색깔의 짧은 머리, 건강한 두 뺨, 신중한 두 눈을 가지고 있었다. 두 손은 들과 숲, 정원과 건물 유지에 따르는 갖가지 노동과 소장 예술가들의 거주지 관리 때문에 억세져 있었다. 알고 보니 그녀는 이 재산을 소유한 남자의 이혼한 아내이며 제인보다 열 살쯤 더 먹은 큰오빠, 곧 스물한 살이 될 아들의 어머니였다. 그 여자는 '가엾은 올리버가 순전히 어찌할 줄을 몰라서, 늘 무엇을 해야 할지 몰랐기 때문에' 이곳을 관리하고 있지만 자기 아들이 인계받을 그 순간 이 집에서 벗어날 수 있기를 기다리고 있었다. 그러면 그녀는 자신의 적성과 기호에 맞는 스테인드 글라스를 만드는 일로 복귀할 것이었다. 조디는 외국인으로서 자신이 보통 느끼는 것보다 더 생소한 느낌을 가지고 이 모든 말에 귀를 기울였다. 그녀는 왜 이 여자가 이혼한 남편의 관리인으로서 일생을 보낼 준비를 했는지 이해할 엄두조차 낼 수 없었다. 큰 보상도 없는 듯했다. 그녀가 말했듯이 그 토지는 폴(스무 살가량의 아들)이 상속받을 만한 가치도 별로 없었고 크게 돈이 되는 것도 아니었다.

안주인과 테이블을 사이에 두고 마주 앉아 있는 (적어도 가끔씩은 이웃이 될) 조디는 그녀에게 이 모든 것으로부터 얻는 것이 무엇인지 물었다. 이런 질문은 그녀만이 할 수 있는 질문이라고 누구든지 생각할 거라고 느꼈지만 말이다.

브리오니는 오른손에 와인 잔을 들고 왼쪽 손가락으로 편안하게 빵을 떼며 미소 지었다. 그녀는 안주인의 의무로 여기며, 즉 조디가 외부 세계, 이들의 섬 바깥에서 왔기

진실 **285**

때문에 설명을 해주었다. "이곳은 살기 좋은 곳이지요. 난 이곳이 좋아요. 이런 일들을 하는 것을 좋아해요. 그만한 가치가 있어요." 그러면서 그녀는 회색 석조 건물들 사이의 장방형 공터를 바라보며 앉아 있었다. 그 사이로 급경사를 지으며 올라간 들판은 숲과 연결되었고 그곳에는 벌써 겨울 곡식을 위해 밭갈이가 된 갈색 흙이 빛나고 있었다.

"아." 조디는 브리오니를 마주보며 고집스럽게 말했다. 두 사람은 매우 달랐지만 그녀는 브리오니를 매우 좋아했다. 한 사람은 세련되고 화려했으며 한 사람은 매우 수수하고 노동에 익숙했다. "나 같으면, 내가 이용당한다고 느낄 거예요. 당신은 안 그렇죠? 당신의 전 남편은 당신이 이 토지들을 관리할 수 있는 조치를 왜 안 해놨지요? 당신이 여길 떠날 때 이 모든 수고에 대해 어떻게 보상받죠?"

브리오니는 고개를 끄덕이며 이 말의 정당성을 인정했다. "아, 폴은 휴일이면 올 수 있는 아주 멋진 장소를 갖게 되는 거죠. 그의 친구들도 그렇고. 제인도 여길 정말 좋아해요. 그 애의 친구들도 그렇고……." 여기서 그녀는 제인에게 다정하게 미소 지었고 제인은 어른들을 비판할 수밖에 없지만 진실을 인정해야 한다는 미소를 마지못해 보냈다. "모든 것을 가질 수는 없지요." 브리오니는 드디어 요약해서 말했다. "내가 나의 일, 스테인드 글라스 일을 했으면 일류가 될 수 있었을 거예요. 그러나 난 아직도 그 일을 잘할 수 있을 거예요. 그리고 난 이곳의 모든 일이 좋았어요."

좋다는 말이 또 나왔다.

맛있는 시골 음식과 풍부한 와인으로 식사는 아주 길고 즐거웠다. 태양은 벽으로 둘러싸인 지점으로 쏟아졌는데 그곳이 해마다 여름이면 가장 맛좋은 복숭아가 자라는 곳이라고 브리오니는 말했다. 지난달에는 수백 개의 복숭아를 거두어들였다고 했다. 벽을 수평으로 구획 짓는 철사들을 따라 이제는 가벼워진 복숭아 가지들이 뻗어 있었고 장미색 혼합 음료를 담은 유리 그릇이 조디 쪽으로 미끄러져 왔다. 바로 복숭아를 꿀과 포도주에 담근 것이었다.

식사가 끝났을 때는 거의 5시였다. 그들은 모두 취했고 아주 기분이 좋았다. 조디마저 그랬다. 네 사람은 코니와 제인을 남겨두고 오두막집으로 돌아왔다. 그 애는 제 엄마에게 아직도 좀 아프다고 말했고 안젤라는 몸이 더 안 좋아지면 바로 자기에게 전화하라고 말했다. 엄마 아빠 두 사람이 오 분 안에 그 애의 침대 옆에 있게 될 거라고 말했다.

남아 있는 햇빛을 보내버리는 건 아까운 일이었다. 이곳 큰 정원에서는 햇빛이 그리 강렬하지 않았지만 그만하면 충분했다. 그래서 그들은 부엌 창밖에 앉아 차를 마셨다. 칼새들이 창백한 푸른 하늘에서 선회하며 날카롭게 울었다. 개는 행복에 취해 따뜻한 돌 위에 몸을 뻗고 누워 생각날 때마다 꼬리를 이리저리 흔들었다. 빛이 조용하고 은밀한 황혼을 뒤로 하고 사라진 뒤에도 벌들은 부지런히 일했다. 아무도 말을 많이 하지 않았다. 안젤라와 헨리는 그렇게 일찍 일어났으니 피곤한 것이 당연했다. 한번은 조디가 자신이 느끼기에 이번 주말 여행의 목적인 진지한 얘기로 이어질 수도 있는 말을 했다. 그러나 헨리도 안젤라도 그 말을 이어받지 않았다. 그런 저녁은 일분 일초를 완벽하게 음미하지 않을 수 없는 너무도 귀한 시간이었다. 그녀는 자신도 그들과 같은 마음이라고 생각했다.

"우리는 별로 저녁이 먹고 싶지 않아." 안젤라가 말했다. 이제는 어두워져, 맞은편 창에서 나오는 빛을 받은 부분만 환한 마당에 놓인 의자에서 그들은 일어났다.

"그래." 헨리가 말했다. "많이는 말고 조금은 먹어야지. 내가 감자 수프를 만들게. 빨리 할 수 있고 맛있잖아." 그가 부엌으로 들어가고 다른 이들도 막 거실로 들어가려는데 전화가 울렸고 안젤라는 기다리고 있었다는 듯 전화기로 달려갔다. 코니는 더 아픈 것 같다고 했고 안젤라는 부엌에서 나오는 헨리를 불렀다. 두 사람은 딸에게로 갔다. 세바스천이 자기도 헨리만큼 맛있는 수프를 만들 수 있다고 했고 세바스천과 조디는 다시 부엌일을 맡았다. 그러나 조디는 식탁에 앉아 울기 시작했고 그치려고 하지도 않았다. 그 여자는 오래된, 적어도 확실하게 자리잡은 슬픔의 샘으로부터 눈물을 흘리며 거기 앉아 있었다. 그녀는 눈물이 줄줄 흐르는 두 눈을 크게 뜨고 세바스천을 스쳐 어둠 속을 응시하고 있었다. 그곳에는 이제 노란색 높은 창문에서 한 줄기 빛이 흘러나오고 있었다. 세바스천은 감자와 양파를 소스 냄비에 썰어 넣으며 서 있었고 이따금 그녀를 쳐다보며 공감하듯 고개를 끄덕였지만 수프를 만드는 일을 계속했다.

그녀의 울음은 그에게도 세상에게도 아무런 주장을 하지

못했다. 한번은 그가 그녀에게 티슈 상자를 건네주었다. 또 한번은 그녀 쪽으로 와인 한 잔을 밀어주었다. 마치 그들이 이미 충분히 마시지 않았던 것처럼. 나중에 그가 "당신 아들 때문에?"라고 물었고 그녀는 고개를 끄덕였다.

"난 그 애를 잃어버렸어요." 그녀가 말했다.

그는 그녀가 과장하는 게 아닌지 알고자 오랫동안 날카롭게 쳐다보더니 공감하는 소리를 냈다. 그는 말했다. "안됐군요, 조디. 음, 헨리와 안젤라가 아이 일을 처리하는 것을 보기란 쉬운 일은 아니에요."

한숨을 쉬며 그녀가 말했다. "내가 보기에 정말로 성공적이에요. 그리고 당신의 아이, 마리온은?"

"다행히 그 애는 코니하고 나이가 같아요."

"당신의 아내도 있어요. 헨리와 안젤라뿐이 아니고."

그가 고개를 끄덕였다. "그래요. 그러나 올가와 나는 가여운 마리온을 우리의 불화 속에 개입시키지 말자고 약속했어요. 우리는 헨리와 안젤라만큼 잘하지는 않아요. 내 생각에 그들은 정도가 지나치지요. 그러나 마리온은 괜찮아요." 그녀가 쳐다보자 그가 강조했다. "그래요, 정말 괜찮아요. 그 애는 학교에서도 잘 지내요. 물론 그게 증거가 아니겠어요? 그 애는 올가하고 여기 오는 걸 좋아해요. 그들이 여기에 왔던 때가 겨우 한 달 전이에요. 그들 둘이."

"당신의 전 부인 올가와 당신 딸, 그리고 헨리와 안젤라 그리고 코니와 당신?"

"그리고 다른 사람들도 좀 왔었지요. 집에서 파티를 한 거지요. 진짜 파티. 하지만 난 올 수 없었어요. 일하고 있었으니까. 알다시피 난 직장이 있잖아요."
 "나도 그래요." 그녀가 주장했다. "나도 열심히 일해요."
 "우리는 모두 열심히 일하죠. 열심히 일하는 노동 계층이지요."
 여자는 울음을 그쳤다. 그녀는 자기 식으로 어깨를 뒤로 하고 똑바로 앉았다. 건강 교실에서 앉는 방법을 배운 뒤부터는 반드시 그대로 지킨다는 듯. 그러나 그녀는 비참함으로 가득 차 식탁 위로 두 손을 움켜쥐고 있었다.
 "당신의 전 남편은 당신이 어떻게 느끼는지 알고 있나요?" 그를 향해 그녀가 폭발하기 전, 그는 급박한 무엇인가를 느꼈고 그래서 그녀에게 눈을 고정시킨 채 선의의 경고로서 또는 압력으로서 침착하게 말을 이었다. "내 말은, 올가가 그 모든 것에 대해 어떻게 느끼는지 내가 알 수 있었다고는 생각 안 한다는 거예요. 우리가 그렇게 많은 이야기를 나누지 않았더라면 말이지요. 우리는 토론을 하고 또 했지요." 그는 거의 장난스럽게 말을 이었지만 그의 웃음은 슬펐다. "내 생각에, 어떤 때는 토론을 너무 많이 할 때도 있지요."
 "내 생각에도 그래요."
 "그러나 올가는 언제나 그래야 한다고 했어요. 마리온과 관계되는 모든 것을 우린 함께 이야기했어요. 그리고 그녀가 옳았어요."
 여자의 큰 눈에 다시 눈물이 고였다. "올가는 자신이 얼마나 운이 좋은지 모를 거예요. 안젤라도 그렇고."
 "실제로 당신은 그에게, 마르쿠스에게 이야기를 해보려

고 노력은 했나요?"
 "내 생각에 처음에는 그런 것 같아요. 그러나 아니에요. 지금은 너무 늦었어요."
 "그는 재혼했나요?"
 "네, 지난 겨울에."
 "아."
 "그래요. 아. 그러나 그런 일들도 있지요. 어떻게 해볼 도리가 없는 그런 상황들이."
 "저, 난 아직 그 말을 인정할 준비가 안 되었어요." 이 말 역시 지나치게 가벼운 어조를 띠고 있었는데 그녀는 이것이 이 비극적인 분위기를 완화시키려는 그의 노력임을 알았다. 분위기가 그렇다는 것을 두 사람 모두 알고 있었다.
 현관문이 열리고 그 다음 부엌으로 들어오는 문이 왈칵 열리더니 거기 헨리와 안젤라가 서 있었다. 그들은 그 집에서 나와 반쯤은 어둠에 젖은 오솔길과 큰길을 달려오느라고 또 커다란 아치 아래를 지나 이 마당을 가로질러 달려오느라고 상기되어 있었다. 그들은 비가 온다고 외쳤다. 아니, 조금, 큰 빗방울이 떨어진다고 말했다. 샤워를 하는 것 같다고 말했다. 그들은 큰 소리로 설명하며 서 있었는데 생기 넘치는 그들의 기운이 부엌을 점령하고 있었다.
 조디는 눈을 닦고 화장을 고치러 말없이 눈에 띄지 않게 밖으로 나갈 수 있었다.
 그들은 수프와 빵으로 식사하는 동안 와인을 더 마셨다. 안젤라와 헨리는 다시 하품을 하기 시작했다. 그들은 6시 전부터 일어나 있었다고 말했다. 그러나 세바스천은 그들

진실 **291**

이 조디를 위해 깨어 있어야 한다고 말했다. 어느 시점에서는 중요한 이야기를 해야만 하기 때문이었다.
"아, 물론이죠." 안젤라가 말했다. "그러나 우린 모두 내일도 여기 있을 거예요. 그리고 내 생각에는 얘기할 것도 많지 않은 것 같아요. 우린 모두 전적으로 합리적인 사람들이 아닌가요?"
식사 후 세바스천이 커피를 타는 동안 헨리와 안젤라는 거실로 들어갔다. 조디는 그와 함께 뒤에 남았다. 그러고는 그가 설거지를 하고 싶다고 해서, 아니 그녀에게 방해하지 말라고 해서 그녀는 그 두 사람을 따라갔다. 세바스천이 쟁반을 들고 거실로 들어가자 조디는 맞은편 큰 의자에 앉아 있었다. 불빛을 등지고 앉으려고 그렇게 했던 거다. 다른 두 사람은 브리오니에 대해서, 뉴질랜드에서 곧 돌아오기로 되어 있는 올리버에 대해서, 제인에 대해서, 런던에서 코니와 머물기 위해 제인이 오는 것에 대해서, 다음달 어느 주말, 모두 다시 이곳에 올 수 있으면 좋겠다는 것에 대해서 쉬지 않고 이야기했다.
그 두 사람은 서로에게 몸을 돌린 채 가까이 앉아 서로의 얼굴을 들여다보고 있었다. 한 사람이 말을 끝내거나 의견을 내면 헨리나 안젤라가 보기 좋게 받았다. 다시 말하건대 이 두 사람이 얼마나 멋진 한 쌍인지 언급하지 않는다는 것은 불가능하다. 그들은 외모도 비슷하고 편안한 시골 옷차림을 하고 있다……. 안젤라는 바지 위에 헨리의 셔츠를 입고 소매를 걷고 있어서 그의 크고 자신만만한 몸과 대조되어 작고 약하게 보이지 않는가? 상기된 두 얼굴.

오랫동안 결혼 생활을 했던 사람들이 설명할 수 없는 방식으로 서로 닮게 된 것. 또 상대가 이야기를 중단한 지점에서 요점을 다시 끄집어내는 습관 때문에 그들의 눈은 서로의 눈을 탐색한다……. 이야기가 진행되면서 그들은 몸을 더욱 돌려 마주보았다. 반 시간이 지난 뒤에도 여전히 그들은 그 이야기를 하고 있었다. 스위스에서 크리스마스에 할머니를 위해 세울 수 있는 계획, 코니가 음악 레슨을 받아야 할 필요성…….

세바스천이 끼어들었다. "난 알다시피 조디의 아들 스티븐을 어떻게 합류시킬지 의논해야 한다고 생각하는데. 그 애도 우리 아이들과 친구가 되어야 하니까."

이 말에 흐름이 끊겼다. 헨리와 안젤라는 천천히 서로에게서 몸을 돌려 멀어져서 뒤로 기댄 채 세바스천을, 조디를 응시했다. 그러나 조디의 얼굴은 그녀가 조심스럽게 의도했던 대로 그늘져 있었다.

"아, 물론이지." "우리가 이 일을 의논하지 않았던가, 물론 했었지?" 헨리가 조디에게 말했다.

"언급한 적이 있었지요."

"크리스마스쯤 마리온과 올가가 올 때 그 애도 여기 올 수 있지 않을까?" 헨리가 말했다.

"조금 힘이 들겠지, 겨울에는. 그러나 그때도 아름다우니까." 안젤라가 말했다.

"물론 그 애들은 불편함을 참을 수 있도록 훈련받으니까." 조디가 말했다. 스티븐은 유명한 학교에 다니는데, 시설이 좋다고 알려진 학교는 아니었다.

"스티븐이 남자아이인 것이 유감이네." 헨리가 말했다.

"그래, 당신이 딸아이를 가졌으면 일이 수월할 텐데. 마리온과 코니는 정말 잘 지내거든. 제인도 마리온과 잘 어울리고." 안젤라가 말했다.

조디가 말했다. "그 학교에서 여자애들과 어울리는 방법을 가르치는 건 아니지요." 그녀의 목소리는 건조했고 감정이 전혀 실려 있지 않았다. 그녀는 커피잔을 든 손을 의자 팔걸이 위에 놓은 채 앉아 있었다. 길고 우아하고 잘 관리된 손. 그러나 쟁반 위의 컵이 계속 흔들리는 소리 때문에 세바스천은 그녀에게서 잔을 받아 뭔가를 도우려는 듯 몸을 앞으로 기울였다. 그 다음 그는 다리를 포개며 다시 몸을 뒤로 세웠다. 그녀는 컵을 내려놓았다.

"요즘 공립 학교들은 옛날보다는 좋지." 헨리가 말했다.

"그 애가 여기 있는 우리 모두와 이삼 일 같이 지내는 것을 스티븐의 아버지가 허락할까요?" 세바스천이 물었다.

"난 마르쿠스가 무엇을 허락할지 안 할지 알지 못해요." 조디가 말했다. "그러나 이 어린 여자애들 셋이서 그렇게 잘 지낸다면 갑자기 낯선 남자아이가 합류했을 때 괜찮을까요?"

"그렇게 되도록 우리가 노력해야죠." 안젤라가 열렬히 말했다.

"그런데 우린 코니가 당신 어머니의 스키장에 간다는 걸 모르는 듯이 말하고 있군." 헨리가 말했다. "부활절이 더 좋을지 모르지."

"우린 모두 언제 결혼할 건가?" 안젤라가 헨리에게 물었다.
"물론 당신은 세바스천에게 물어야지. 조디와 나는 시월로 생각하고 있어."
그가 자신을 조디와 이렇게 연결시키는 것은 깜짝 놀랄 일이었다. 그만큼 이번 주말에 그 두 사람은 커플 같지 않았던 거다.
"시월이 나에게 적합할 거예요." 조디가 말했다.
안젤라가 세바스천에게 말했다. "당신, 시월이라고 했지요? 십일월은 안 될까? 코니의 수학 여행이 있거든. 그 애 학교에서 프랑스에 간대요." 여자는 다른 이들에게 설명했다. "옷 준비라든가 하는 일 때문에 시간이 있어야 해."
"난 당신들이 정식으로 결혼식을 올릴 줄 몰랐어요." 헨리가 놀라서 말했다. "우리가 모두 호적 등기소에서 일을 빨리 끝내면, 언제든지 할 수 있는데."
"당신 무슨 소리예요, 정식 결혼이라니?" 안젤라가 항변했다. "우리가 했던 그런 결혼식은 아녜요. 그래도 결혼식이지. 나는 코니와 마리온을 신부 들러리로 삼고 싶어."
"신부 들러리라고!" 헨리가 웃으며 말했다.
"왜 안 돼요? 그들이 좋아할 텐데?"
"난 내 아들 스티븐이 헨리와 나의 결혼식을 좋아할런지 오히려 의심이 들어요." 조디가 말했다. "지금까지 그 애는 그저 화제를 바꾸기만 했으니까."
"그는 당신의 전…… 그러니까 마르쿠스의 결혼을 어떻게 받아들였어요?" 세바스천이 물었다.
"내가 물었더니 괜찮다고 했어요." 조디가 말했다.

진실 **295**

헨리가 웃었다. 안젤라도 웃었다. 그러다가 정색을 하고 안젤라가 조디 편에서 말했다. "그러나 끔찍해요. 사내아이들은 훨씬 더 힘들어요."
"특히, 그들이 받는 그 끔찍하고 우스꽝스럽고 용서할 수 없는 정서적 훈련이 그렇지요." 조디가 말했다. 그녀의 목소리는 이제 전혀 침착하지 않았고 그래서 헨리가 손을 내밀어 그녀의 손을 꼭 잡았다. 두 손은 거기 소파와 의자 사이에 떠 있었다. 그들은 불편해지자 손을 놓았다.
세바스천이 말했다. "우리는 재정 문제도 논해야 해요. 올가와 내가 이 장소를 사용하는 데 나도 돈을 좀 내고 싶어요."
"그런 것도 다 의논해 보죠." 안젤라가 말하며 하품을 했다.
"또 코니의 등록금 문제도 있어요." 헨리가 안젤라에게 말했다. "당신, 제때에 돈을 내지?" 그가 다른 사람들에게 말했다. "미안해요, 그러나 우린 의논할 것이 많아요."
"우리는 서로 오랫동안 만나지 못했어요. 얼마나 오래되었지요, 헨리?"
"몇 주일은 되었지." 헨리가 말했다.
그들은 다시 마주 보았다. 그리고 다시 구체적인 것들, 등록금, 휴일, 만나기에 서로 편한 시간에 관해 말하기 시작했다. 코니는 학교를 옮겨야 할까? 세바스천과 안젤라의 새 아파트에 마리온과 코니를 위한 방이 있어야 할 테지? 그리고 헨리와 조디의 아파트에도 물론. 기타 등등……. 다시 두 사람은 긴밀하게 말을 주고받으며 하나의 화제가 끝나기를 기다렸다가 또 다른 화제를 꺼내곤 했다. 마치 말은 그것을 사용하는 사람들의 도구, 만질 수 있는 어떤 것 같았다.

이번 주말 내내 세바스천과 조디는 어떤 의견을 나타내기 위해 서로 눈을 마주치는 것을 피해 왔다. 그러나 이제 조디는 계속해서 세바스천을 보고 있었고 그러자 그는 천천히 마치 책임 또는 의무를 회피하지 않기로 결심한 듯 눈을 들어 그녀의 눈을 마주봤다. 오랫동안 진지한 시선으로.

다시 반 시간이 지났다. 헨리와 안젤라는 대화를 끝낼 수가 없었다. 대화는 생기 있었고 감탄사가 끼어들며 동의와 이의 제기 등으로 계속되었다……. 그러다가 홀에서 시계가 쳤고 안젤라는 벌떡 일어나며 말했다. "맙소사, 난 자야겠어. 졸려서 쓰러지겠어. 아, 세바스천, 금방 올라오세요." 여자는 세 사람에게 손을 흔들며 나갔다. 그러나 헨리가 그녀를 따라갔고 그 두 사람은 계속해서 열렬하게 이야기를 하며 층계를 올라갔다. 다시 뒤에 남겨진 두 사람은 서로를 바라보았다. 헨리와 안젤라가 층계 맨 위에서 활기 있게 얘기하는 것을 들으면서, 드디어 헨리가 조디와 같이 쓰는 방 쪽으로 가고 안젤라가 또 다른 방이 있는 쪽으로 갈 때까지. 세바스천은 곧 자신들의 방에서 곤히 잠들어 있는 안젤라를 보게 될 것이었다.

침묵.

조디가 조심스럽게 말했다. "저이들은 저렇게 말을 하지요. 말을 해야만 해요. 왜냐하면 같이 섹스를 할 수 없으니까."
 그는 얼굴을 붉혔지만 그 말을 피하지는 않았다. "난 이번 주말에 상황을 이해하게 되었다고 해야겠어요······."
 "그래요." 조디가 말했다.
 "술 한 잔 해야겠소." 그가 말했다. 이렇게 함으로써 그는 그녀로부터, 자신이 느끼고 보는 것을 그도 공유해야 한다는 그녀의 절대적인 결심으로부터 멀어질 수 있을 거라고 분명하게 생각했다. 그는 묻지도 않고 그녀를 위해 위스키를 따른 뒤 손에 술잔을 쥐어주었다. 그는 다시 앉지 않을 듯하더니 앉았다. 여자가 그러기를 너무 원하는 상태였으므로 그래야 했다.
 "난 내일 아침 일찍 떠나려고 해요." 여자가 말했다. "오늘은 여기 아래서 잘까 봐요."
 그는 분명 놀랐다. 그러다가 그녀의 생각을 받아들이려는 노력을 계속하며 말했다. "지난밤, 안젤라는 내가 거기 있는 것조차 몰랐다고 난 생각해요. 그녀는 딱하게도 완전히 지쳤어요."
 "아, 그래요." 조디는 자신은 그의 이 말을 전혀 다른 관점에서 받아들인다는 것을 그가 이해하기를 바라면서 말했다. "어쨌건, 난 견딜 수 없어요." 그녀는 눈물 때문에 목이 메이려 하면서 말했다. 그러나 그녀는 고개를 흔들고 술 한 모금을 마시고 억지로 미소 지었다.
 "내가 한 가지 아는 것은, 당신은 매우 흥분한 상태에서 결정을 내리고 있다는 거예요. 그러면 언제나 실수하게 되지요."

"내가 결정을 내리고 있다고는 말하지 않았어요. 내가 떠나겠다고 말했지……. 아, 그래요. 그럼 그건 결정이지요. 그러나 급히 내린 결정이 언제나 잘못된 거라고는 생각지 않아요."

그는 말했다. "그렇게 가차없는 통찰력으로 차 있다는 것이 언제나 이로운 건 아닐 겁니다." 이 말은 심술궂게 들렸고 그래서 그는 재빨리 덧붙였다. "난 당신이 틀리다고 말하는 건 아니에요. 그러나 당신이 얻는 것이 뭡니까? 나와 함께 참아봐요. 나도 그 생각을 해봤어요. 당신이 날 생각하게 만들었죠. 내가 모든 세부적인 것들의 의미를 안다고 해서 더 행복해질까요……." 그녀의 얼굴은 냉소적으로 어떤 의미들이라고 말하고 있었고 그는 참을 수 없다는 듯 고개를 끄덕였다. "어쩌면 난 내가 모든 것을 보지 못한다는 것을 모른 채 결정을 내린 거겠죠……. 결국 나는 안젤라와 결혼할 것이고 우린 행복해질 겁니다……." 말끝이 흐려졌다. 좋지 않은 순간이었다. 만일 헨리가 조디와 결혼하지 않으면, 그러면 온갖 종류의 새로운 조정, 복잡한 일, 새로운 균형이 생길 것이라는 생각이 그에게 떠오르고 있었다. 물론 조디에게는 그 생각이 당연히 오래전부터 떠올랐을 거라고 그는 화가 난 채 생각했다.

"당신이 못 보는 듯한 게 하나 있어요." 그 여자가 말했다. "올가에 대해서."

"올가?"

"당신에겐 올가가 있어요. 당신의 가장 좋은 친구."

그는 이 말을 액면 그대로 점검했다. "나의 가장 좋은

진실 299

친구라. 그렇소. 당신이 옳아요. 올가 없이는…… 그래. 그녀가 없다면 난……."

"나에게는 마르쿠스밖에 없어요. 당신에게 가장 좋은 친구가 없으면……. 그런데, 그녀는 재혼했나요?"

"아니요. 아직. 그 여자는 결혼하고 싶을 거예요. 난 확신해요. 그러나 지금까지는……."

"그 여자와 당신, 다시 결혼하지 않겠어요?"

"이봐요. 당신은 모르는 것 같아요……. 난 안젤라를 사랑해요. 이번 주말이 좋지 않았다는 건 알아요……. 그러나 난 당신이 사태를 충분히 생각했다고 보지 않아요. 난 확실히 줄곧 당신처럼 느끼지는 않았거든요."

침묵. "당신들은 물론 모두 즐거운 시간을 누리고 있죠."

"뭐, 뭐라고요?"

그 여자는 거기 술잔을 손에 쥔 채 앉아 있는 그를 찬찬히 바라보았다. 지나간 이틀 동안에 있었던 여러 가지 사소한 장면들이 다시 떠올랐고 그녀는 천천히 그 장면들도 되새겨 보았다. 드디어 여자가 입을 열었을 때 그녀의 미소는 비난으로 가득 차 있었다. "당신네들은 너무도 자족하고 있어요! 너무도 만족스러워 해요!"

"만족한다고요? 당신은 그게 마치 범죄인 듯 말하는군요! 그래요. 난 만족스럽다고 생각해요. 난 이렇게 사는 게 좋아요." 그는 여자를 보았다. 천천히 오랫동안 바라보는 것이 아니라 이번에는 짧게. 적나라하게 이글거리는 그 여자의 불행을 견딜 수 없었기 때문이다.

"난 놓쳐버렸어요." 그녀가 말했다. "그게 내가 당신들한테서 배운 거예요. 난 그들 모두와의 최상의 관계를 다 놓쳐버렸어요. 난 가장 좋은 친구가 없어요. 전 남편이라든가 아내였던 사람이라든가." 그녀의 웃음은 비참한 비명 같았다.

그는 그 여자의 재치를 인정하는 미소를 지으며 고개를 끄덕였다.

"미안해요." 그는 말하며 일어섰다. "내가 당신이라면, 난 더 생각해 보겠어요. 헨리는 좋은 사람이에요. 아시겠지만. 난 그를 잘 이해하게 되었어요. 그만하면 그는 괜찮아요."

"그래요. 또 한 명의 좋은 친구겠죠."

"음." 그가 말했다. "그 말밖에는 더 할 말이 없군요."

"당신은 기분이 좋지 않군요." 여자가 끝으로 말했다. "그리고 나도 그래요."

그는 밖으로 나가더니 잠자러 올라갔고 여자는 계속 자리에 앉아 있었다.

옮긴이의 말

　도리스 레싱은 1919년 페르시아(지금의 이란)에서 태어나 남부 로디지아(지금의 짐바브웨)에서 성장했다. 부모는 둘 다 영국인이었다. 2차 대전 후인 1949년 영국에서 첫 장편 『풀잎은 노래한다』를 발표하면서 작가 생활을 시작했다. 한국의 독자들에게도 번역 소개된 주요 장편들——『마사 퀘스트』, 『황금 노트북』, 『다섯째 아이』, 『풀잎은 노래한다』, 『생존자의 회고록』——을 중심으로 레싱이 다루고 있는 것은 페미니즘, 사회주의와 자본주의, 인종 문제, 탈식민주의, 환경과 핵문제, 생명과학 등 20세기 정치, 사회, 문화, 종교, 사상을 총괄하는 주제들이다. 그녀가 다루는 주제들의 방대함으로, 그리고 여든 살이 넘은 지금까지도 계속되는 창작 활동으로 인해 레싱의 작품 세계를 총체적으로 연구하려는 시도는 늘 새로운 도전을 위해 열린 상태이다.

레싱의 지칠 줄 모르는 지적 탐색과 창작열의 중심에는 아프리카가 있다. 아프리카는, 그녀가 성장하고 결혼하고 아이들을 낳고 살았던 그곳에서의 경험은, 그녀의 작품들에 기본 골격을 제공한다. 영국이라는 서구 문명의 눈으로 볼 때 그곳은 미개, 원시, 야성, 착취, 고통의 땅인 것이다. 이런 땅에서 좌절한 영국인 부모 사이에서 태어나고 성장하면서 그녀는 인종간의 불화와 착취, 불평등을 목격하게 하고 문화의 충돌과 갈등, 제국주의와 자본주의의 모순 등에 대한 통찰력을 얻게 된다. 그녀의 지칠 줄 모르는 창작열은 일찍이 그녀가 아프리카에서 갖게 된 사회 정치적 관심 및 실천과 직결되어 있다. 또한 그녀가 50년대 중반까지 사회주의 이데올로기에 심취, 투신했던 것도 이런 맥락에서 이해할 수 있다.

첫 작품 『풀잎은 노래한다』는 아프리카에서의 척박했던 자기 부모의 삶을 근간으로 한다. 50-60년대에 발표된 작품들을 통해 그녀는 보다 본격적으로 백인 식민주의자들에게 착취당하는 아프리카인들의 삶과 자연, 그리고 무엇보다도 그 과정에서 황폐해져 가는 백인들의 심리적, 도덕적인 공황 상태를 보여주고 있다. 그가 거의 사십여 년 동안 아프리카 방문을 금지당한 데는 이런 이유도 포함될 것이다.

레싱의 세계에서는 개인의 다양한 욕망의 충돌과 갈등, 운명은 사회적 욕망 및 운명과 궤를 같이 한다. 즉 개인적이고 일상적인 것이 사회적이고 정치적인 것이다. 가령 이 특징이 극명하게 드러나는 작품이 『황금 노트북』이다. 현대 페미니즘 문학의 정전으로 꼽히기도 하는 이 소설에서 그녀는 현대 여성들의 문제를 사회 연결망 속에서 이해하고 해결 방식을 모색하고자 한다. 다시 말해 현대 여성들의 다층적인 자아를 인성하면서 그들을 괴롭히는 가치관의 혼돈, 여기에서 비롯되는 정서적 무력감의 실체를 밝히고자 하며 이 과정에서 제도적인 모순과 차별, 이로 인한 여성들의 일상의 이중성과 소외를 직시한다. 그녀는 혁명이나 전쟁, 비극적인 사건이 아닌, 매일 매일의 여성의 삶을 통해 인종, 계층, 성, 제도적인 문제를 표출한다.

70-80년대에 들어서면서 그녀의 작품 영역은 더욱 확장되어 판타지, 공상과학, 핵문제, 생명공학, 신비주의 등을 광범위하게 다룬다. 이를 통해 그녀가 일관되게 모색하는 것은 개인 의식의 변화 또는 혁명이라고 할 수 있겠는데 이는 개인의 자유와 해방이 곧 사회적 해방 또는 정의와 연결된다는 신념에 근거한다. 일찍이 아프리카에서 사회주의 이데올로기에 심취하고 투신하게 했던 신념과 열정은 그 뒤 2차 대전과 냉전시대를 거치면서 환멸로 변하지만 그녀의 작품 속에는 여전히 유토피아적인 상상력이 근저를 이루고 있다. 다양한 주제와 기법에 대한 끊임없는 시도는 다름 아닌 이상적인 사회를 향한 열정과 맞물려 있는 것이다.

그녀의 창작 활동은 여든 살이 넘은 지금까지도 계속 되고 있다. 두 권의 자서전 『내 피부 아래 Under My Skin』와 『그림자 속을 걷다 Walking in the Shadow』는 자서전의 전범을 제시했다는 평가를 받았으며 2002년에는 소설 『가장 달콤한 꿈 The Sweetest Dream』을 출간했다.

20세기 최고의 작가로 손색이 없는 그녀의 작품들은, 그 방대한 주제와 깊이에도 불구하고, 어쩌면 바로 그 때문에 한국의 독자들에게는 친숙하게 알려져 있지 않은 것 같다. 주요 장편들이 번역 소개되고 학위 논문들과 본격적인 국내 연구서도 나오고 있지만 일반 독자들에게는 여전히 상대적으로 덜 알려진 어려운 작가이다. 이런 의미에서 이 단편집을 소개하게 된 것을 기쁘게 생각한다.

이런 비유를 할 수 있을까. 그녀의 장편들이 잘 자란 거목들이라면 여기 소개된 짧은 이야기들 또는 소묘/스케치들은 그 거목에서 돋아나는, 또는 같은 뿌리에서 나오는 새싹들을 연상시킨다. 쌩쌩한 어린 잎사귀들 또는 반짝이는 신록 같기도 하다. 광범위한 주제들이 이야기마다, 그 속에 등장하는 어느 여자나 남자, 또는 새끼참새 한 마리의 묘사에 스쳐가거나 또렷하게 응축되고 있다는 뜻에서 그렇다. 이야기들을 읽고 난 뒤의 강렬한 느낌과 인상은 쉽게 사라지지 않는다.

무엇보다도 이 짧은 이야기들을 읽으면서 실감하게 되는 것은 레싱의 세계에서는 개인의 일상이 계층과 세대, 인종과 성이라는 거대 담론과 긴밀하게 얽혀 있는 현장이라는 점이다. 개인의 사랑과 불안, 소망과 좌절이 색색의 실로 촘촘하게 교직되어 역사와 시대, 시간의 무늬와 흔적을 암시 또는 완성하는 것이다. 그 나름으로 강렬하면서 동시에 보다 크고 넓은 이야기와 연결되어 있는 이 짧은 이야기 묶음이 레싱을 보다 잘 이해할 수 있는 계기가 되기를 바란다.

세계문학전집
82
런던 스케치

1판 1쇄 펴냄 • 2003년 8월 16일
1판 13쇄 펴냄 • 2007년 7월 10일

지은이 • 도리스 레싱
옮긴이 • 서숙
편집인 • 장은수
발행인 • 박근섭
펴낸곳 • (주) 민음사

출판등록 • 1966. 5. 19. (제16-490호)
서울시 강남구 신사동 506 강남출판문화센터 5층 (135-887)
대표전화 515-2000 • 팩시밀리 515-2007
www.minumsa.com

값 8,000원

한국어 판 ⓒ (주) 민음사, 2003. Printed in Seoul, Korea

ISBN 978-89-374-6082-1 04840
ISBN 978-89-374-6000-5 (세트)

민음사 세계문학전집

1·2 변신 이야기 오비디우스·이윤기 옮김

서울대 권장도서 100선

연세대 필독도서

3 햄릿 셰익스피어·최종철 옮김

서울대 권장도서 100선

미국대학위원회 선정 SAT 추천도서

연세대 필독도서

국립중앙도서관 선정 청소년 권장도서

4 변신·시골의사 카프카·전영애 옮김

서울대 권장도서 100선

미국대학위원회 선정 SAT 추천도서

연세대 필독도서

간행물윤리위원회 선정 예비대학생들을 위한 추천도서

논술 및 수능에 출제된 책(1998~2005)

5 동물농장 오웰·도정일 옮김

미국대학위원회 선정 SAT 추천도서

《타임》 선정 현대 100대 영문소설

서울시교육청 추천도서

논술 및 수능에 출제된 책(1998~2005)

6 허클베리 핀의 모험 마크 트웨인·김욱동 옮김

7 암흑의 핵심 콘래드·이상옥 옮김

미국대학위원회 선정 SAT 추천도서

연세대 필독도서

8 토니오 크뢰거·트리스탄·베니스에서의 죽음 토마스 만·안삼환 외 옮김

9 문학이란 무엇인가 사르트르·정명환 옮김

10 한국단편문학선 1 김동인 외·이남호 엮음

국립중앙도서관 선정 청소년 권장도서

서울시교육청 추천도서

11·12 인간의 굴레에서 서머싯 몸·송무 옮김

13 이반 데니소비치, 수용소의 하루 솔제니친·이영의 옮김

노벨 문학상 수상 작가

미국대학위원회 선정 SAT 추천도서

연세대 필독도서

서울시교육청 추천도서

14 나사니엘 호손 단편선 호손 · 천승걸 옮김
15 나의 미카엘 아모스 오즈 · 최창모 옮김
16 · 17 중국신화전설 위앤커 · 전인초, 김선자 옮김
연세대 필독도서
18 고리오 영감 발자크 · 박영근 옮김
연세대 필독도서
19 파리대왕 골딩 · 유종호 옮김
노벨 문학상 수상 작가
《타임》 선정 현대 100대 영문소설
미국대학위원회 선정 SAT 추천도서
서울시교육청 추천도서
20 한국단편문학선 2 김동리 외 · 이남호 엮음
21 · 22 파우스트 괴테 · 정서웅 옮김
서울대 권장도서 100선
미국대학위원회 선정 SAT 추천도서
연세대 필독도서
국립중앙도서관 선정 청소년 권장도서
논술 및 수능에 출제된 책(1998~2005)
23 · 24 빌헬름 마이스터의 수업시대 괴테 · 안삼환 옮김
25 젊은 베르테르의 슬픔 괴테 · 박찬기 옮김
논술 및 수능에 출제된 책(1998~2005)
26 이피게니에 · 스텔라 괴테 · 박찬기 외 옮김
27 다섯째 아이 도리스 레싱 · 정덕애 옮김
28 삶의 한가운데 루이제 린저 · 박찬일 옮김
29 농담 밀란 쿤데라 · 방미경 옮김
30 롤리타 나보코프 · 권택영 옮김
《타임》 선정 현대 100대 영문소설
31 아메리칸 헨리 제임스 · 최경도 옮김
32 · 33 양철북 귄터 그라스 · 장희창 옮김
노벨 문학상 수상 작가
서울대 권장도서 100선
미국대학위원회 선정 SAT 추천도서

34·35 백년의 고독 마르케스·조구호 옮김

노벨 문학상 수상 작가

서울대 권장도서 100선

미국대학위원회 선정 SAT 추천도서

연세대 필독도서

간행물윤리위원회 선정 예비대학생들을 위한 추천도서

36 마담 보바리 플로베르·김화영 옮김

서울대 권장도서 100선

미국대학위원회 선정 SAT 추천도서

37 거미여인의 키스 푸익·송병선 옮김

38 달과 6펜스 서머싯 몸·송무 옮김

39 폴란드의 풍차 장 지오노·박인철 옮김

40·41 독일어 시간 렌츠·정서웅 옮김

42 말테의 수기 릴케·문현미 옮김

연세대 필독도서

43 고도를 기다리며 베케트·오증자 옮김

노벨 문학상 수상 작가

서울대 권장도서 100선

미국대학위원회 선정 SAT 추천도서

44 데미안 헤세·전영애 옮김

노벨 문학상 수상 작가

서울시교육청 추천도서

45 젊은 예술가의 초상 조이스·이상옥 옮김

서울대 권장도서 100선

미국대학위원회 선정 SAT 추천도서

연세대 필독도서

국립중앙도서관 선정 청소년 권장도서

영미문학연구회 선정 우수번역서

46 카탈로니아 찬가 오웰·정영목 옮김

47 호밀밭의 파수꾼 샐린저·공경희 옮김

《타임》 선정 현대 100대 영문소설

미국대학위원회 선정 SAT 추천도서

간행물윤리위원회 선정 예비대학생들을 위한 추천도서

48·49 파르마의 수도원 스탕달·원윤수, 임미경 옮김
50 수레바퀴 아래서 헤세·김이섭 옮김
노벨 문학상 수상 작가
국립중앙도서관 선정 청소년 권장도서
51·52 황제를 위하여 이문열
53 오셀로 셰익스피어·최종철 옮김
서울대 권장도서 100선
연세대 필독도서
국립중앙도서관 선정 청소년 권장도서
54 조서 르 클레지오·김윤진 옮김
55 모래의 여자 아베 코보·김난주 옮김
56·57 부덴브로크 가의 사람들 토마스 만·홍성광 옮김
문화관광부 추천도서
58 싯다르타 헤세·박병덕 옮김
노벨 문학상 수상 작가
59·60 아들과 연인 로렌스·정상준 옮김
61 설국 가와바타 야스나리·유숙자 옮김
노벨 문학상 수상 작가
서울대 권장도서 100선
연세대 필독도서
62 벨킨 이야기·스페이드 여왕 푸슈킨·최선 옮김
63·64 넙치 귄터 그라스·김재혁 옮김
노벨 문학상 수상 작가
65 소망 없는 불행 페터 한트케·윤용호 옮김
66 나르치스와 골드문트 헤세·임홍배 옮김
노벨 문학상 수상 작가
67 황야의 이리 헤세·김누리 옮김
노벨 문학상 수상 작가
연세대 필독도서
68 뻬쩨르부르그 이야기 고골·조주관 옮김
69 밤으로의 긴 여로 오닐·민승남 옮김
노벨 문학상 수상 작가
미국대학위원회 선정 SAT 추천도서

70 체호프 단편선 체호프 · 박현섭 옮김

71 버스 정류장 가오싱젠 · 오수경 옮김

노벨 문학상 수상 작가

72 구운몽 김만중 · 송성욱 옮김

서울대 권장도서 100선
연세대 필독도서
국립중앙도서관 선정 청소년 권장도서

73 대머리 여가수 외젠 이오네스코 · 오세곤 옮김

74 이솝 우화집 이솝 · 유종호 옮김

논술 및 수능에 출제된 책(1998~2005)

75 위대한 개츠비 피츠제럴드 · 김욱동 옮김

《타임》 선정 현대 100대 영문소설
미국대학위원회 선정 SAT 추천도서
영미문학연구회 선정 우수번역서

76 푸른 꽃 노발리스 · 김재혁 옮김

77 1984 오웰 · 정회성 옮김

《타임》 선정 현대 100대 영문소설

78 · 79 영혼의 집 이사벨 아옌데 · 권미선 옮김

80 첫사랑 투르게네프 · 이항재 옮김

81 내가 죽어 누워 있을 때 포크너 · 김명주 옮김

미국대학위원회 선정 SAT 추천도서

82 런던 스케치 도리스 레싱 · 서숙 옮김

83 팡세 파스칼 · 이환 옮김

연세대 필독도서
간행물윤리위원회 선정 예비대학생들을 위한 추천도서

84 질투 로브그리예 · 박이문, 박희원 옮김

85 · 86 채털리 부인의 연인 로렌스 · 이인규 옮김

87 그 후 나쓰메 소세키 · 윤상인 옮김

88 오만과 편견 제인 오스틴 · 윤지관, 전승희 옮김

미국대학위원회 선정 SAT 추천도서
연세대 필독도서
국립중앙도서관 선정 청소년 권장도서

89·90 부활 톨스토이·박형규 옮김

논술 및 수능에 출제된 책(1998~2005)

91 방드르디, 태평양의 끝 투르니에·김화영 옮김

92 미겔 스트리트 나이폴·이상옥 옮김

노벨 문학상 수상 작가

93 뻬드로 빠라모 후안 룰포·정창 옮김

94 차라투스트라는 이렇게 말했다 니체·장희창 옮김

연세대 필독도서

국립중앙도서관 선정 청소년 권장도서

95·96 적과 흑 스탕달·이동렬 옮김

연세대 필독도서

국립중앙도서관 선정 청소년 권장도서

97·98 콜레라 시대의 사랑 마르케스·송병선 옮김

노벨 문학상 수상 작가

99 맥베스 셰익스피어·최종철 옮김

서울대 권장도서 100선

미국대학위원회 선정 SAT 추천도서

연세대 필독도서

국립중앙도서관 선정 청소년 권장도서

100 춘향전 작자 미상·송성욱 풀어 옮김

서울대 권장도서 100선

연세대 필독도서

국립중앙도서관 선정 청소년 권장도서

논술 및 수능에 출제된 책(1998~2005)

101 페르디두르케 곰브로비치·윤진 옮김

노벨 문학상 수상 작가

102 포르노그라피아 곰브로비치·임미경 옮김

노벨 문학상 수상 작가

103 인간 실격 다자이 오사무·김춘미 옮김

104 네루다의 우편배달부 안토니오 스카르메타·우석균 옮김

105·106 이탈리아 기행 괴테·박찬기 외 옮김

107 나무 위의 남작 이탈로 칼비노·이현경 옮김

108 달콤 쌉싸름한 초콜릿 라우라 에스키벨·권미선 옮김

109 · 110 제인 에어 샬럿 브론테 · 유종호 옮김
미국대학위원회 선정 SAT 추천도서
연세대 필독도서

111 크눌프 헤르만 헤세 · 이노은 옮김

112 시계태엽 오렌지 앤서니 버지스 · 박시영 옮김
《타임》 선정 현대 100대 영문소설

113 · 114 파리의 노트르담 위고 · 정기수 옮김
미국대학위원회 선정 SAT 추천도서

115 새로운 인생 단테 · 박우수 옮김

116 · 117 로드 짐 조셉 콘래드 · 이상옥 옮김

118 폭풍의 언덕 에밀리 브론테 · 김종길 옮김
미국대학위원회 선정 SAT 추천도서

119 텔크테에서의 만남 귄터 그라스 · 안삼환 옮김

120 검찰관 고골 · 조주관 옮김
연세대 필독도서

121 안개 미겔 데 우나무노 · 조민현 옮김

122 나사의 회전 헨리 제임스 · 최경도 옮김
미국대학위원회 선정 SAT 추천도서

123 피츠제럴드 단편선 피츠제럴드 · 김욱동 옮김

124 목화밭의 고독 속에서 베르나르마리 콜테스 · 임수현 옮김

125 돼지꿈(삼포 가는 길 · 객지 외) 황석영

126 라셀라스 새뮤얼 존슨 · 이인규 옮김

127 리어 왕 셰익스피어 · 최종철 옮김
서울대 권장도서 100선
연세대 필독도서
논술 및 수능에 출제된 책(1998~2005)

128 · 129 쿠오 바디스 헨릭 시엔키에비츠 · 최성은 옮김
연세대 필독도서

130 자기만의 방 버지니아 울프 · 이미애 옮김

131 시르트의 바닷가 쥘리앙 그라크 · 송진석 옮김

132 이성과 감성 제인 오스틴 · 윤지관 옮김

133 바덴바덴에서의 여름 레오니드 치프킨 · 이장욱 옮김

134 새로운 인생 오르한 파묵 · 이난아 옮김
노벨 문학상 수상 작가

135 · 136 무지개 로렌스 · 김정매 옮김

137 인생의 베일 서머싯 몸 · 황소연 옮김

138 보이지 않는 도시들 이탈로 칼비노 · 이현경 옮김

139 · 140 · 141 연초도매상 존 바스 · 이운경 옮김
《타임》선정 현대 100대 영문소설

142 · 143 플로스 강의 물방앗간 조지 엘리엇 · 한애경, 이봉지 옮김
미국대학위원회 선정 SAT 추천도서

144 연인 마르그리트 뒤라스 · 김인환 옮김

145 · 146 이름 없는 주드 토머스 하디 · 정종화 옮김

147 제49호 품목의 경매 토머스 핀천 · 김성곤 옮김

★ 세계문학전집은 계속 간행됩니다.